JAROMIR KONECNY

ROMAN

Neuausgabe April 2019

© 2019 dp DIGITAL PUBLISHERS GmbH

Made in Stuttgart with ♥
Alle Rechte vorbehalten

Krumme Gurken

ISBN 978-3-96087-771-4
E-Book-ISBN 978-3-96087-745-5

Umschlaggestaltung: Miss Ly Design
Unter Verwendung von Abbildungen von
© Avector/shutterstock.com, © Avesun/shutterstock.com
und © PanicAttack/shutterstock.com
Korrektorat: Lisa Reim
Satz: dp DIGITAL PUBLISHERS
Dies ist eine überarbeitete Neuausgabe des bereits 2011 bei
cbt erschienenen Titels *Krumme Gurken*
(ISBN: 978-3-57016-048-0).

Das Werk darf – auch teilweise – nur mit
Genehmigung des Verlages wiedergegeben werden.

Sämtliche Personen und Ereignisse dieses Werks sind frei
erfunden. Etwaige Ähnlichkeiten mit real existierenden
Personen, ob lebend oder tot, wären rein zufällig.

Über den Autor

Seit Jahren begeistert der in Prag geborene und promovierte Naturwissenschaftler Jaromir Konecny das Publikum bei Poetry Slams sowie auf Kabarett- und Lesebühnen aller Art. Jaromir Konecny, der 1982 in die Bundesrepublik übergesiedelt ist, hat über 150 Poetry Slams gewonnen und wurde zweimal Vizemeister der deutschsprachigen Poetry Slam Meisterschaften. Sein Werk *Doktorspiele* wurde verfilmt und lief 2014 erfolgreich in den deutschen Kinos.

Für alle, die Geschichten mögen.

*Wer heute noch Abenteuer sucht, wird sie in den.
Computern finden.*

Thornton Wilder

*Wenn Sie am menschlichen Körper etwas anekelt,
beschweren Sie sich beim Hersteller.*

Lenny Bruce

„Du machst es so gut!",

kreischte Judy. Ich pulse schon im roten Bereich. Judy stöhnte, leckte sich die Lippen. „Ja! Mach's mir! Buddy! Ooh!"

Und so machte ich. Mannomann! Wie ein Wahnsinniger machte ich. Judy schrie vor Lust, mich aber musste nichts mehr antörnen. Hatte schon in den höchsten Gang geschaltet. Auf und ab und Countdown – ... fünf, vier, drei, zwei, eins, zero!!! Eine Sturmflut jagte durch meine Düse und hob mich vom Sofa: „Aaaah!"

Uff! Ich landete wieder, plumpste auf den Rücken – boah! – und blieb liegen. Ausschnaufen.

Judy stöhnte immer noch. Ich holte ein paar Tempos heraus. Judy lachte mich breit an. Ich stand auf, ging zu ihr und klickte sie weg. Zusammen mit ihrem Stecher, dem wilden Buddy. Outlook stülpte sich über die Webcam wie ein Keuschheitsgürtel. Ich zog wieder meinen Computerstuhl heran, den ich wegen des Sofas mit Aussicht weggeschoben hatte.

Na, was gibt's Neues?

Shakira Toll hat dich als FreundIn auf Facebook hinzugefügt. Wir benötigen deine Bestätigung, dass du Shakira Toll kennst, damit ihr Freunde auf Facebook sein könnt.

Klar, kenne ich dich, Shaki, Schnucki! KLICK! Jetzt bist du meine Freundin Nummer 999 in diesem Facebookaccount. 999! Gespiegelte 666. Die Zahl des Biests! Du Shakira, ich Jerry van Helsing!

Ich scrollte durch meine 999 Freunde ... ehmm ... Freundinnen. Typen lasse ich auf meine Jerry-van-Helsing-Seiten gar nicht rein. Wenn Freundschaftsanfragen von Männern kommen, lösche ich sie diskret. Das Blümeln mit Männern macht mir nicht so viel Spaß. Welcher der Hübschen könnte ich wieder mal was Tiefsinniges auf die Pinnwand schreiben? *Hallo, Süße, die Meditation ist das Kissen der weltumfassenden Liebe ...*

Frauen über dreißig mögen anscheinend Männer, die für mehr Liebe im Kosmos meditieren. Na ja, ganz genau weiß ich nicht, ob einige von meinen hübschen Freundinnen nicht gefaket und auch Kerle wie ich sind, aber der Schein trügt sowieso immer, also lohnt es nicht, daran Gedanken zu verschwenden.

Ich bin Jerry van Helsing. Buddy find ich als Namen auch nicht schlecht. Aber das nur nebenbei. Was mache ich jetzt also? Welche schreibe ich an? Dich, Anna Manon ... übelst hübsch ... nur fällt mir momentan nichts Tiefsinniges für deine Pinnwand ein, Baby! Besser poste ich für euch alle ein paar interessante Neuigkeiten in meinem Profil. Also: *Allgemeine Informationen.* KLICK!

Mein Profilfoto hatte Rowdy gebastelt. Ein großer Hut verdeckt mein Gesicht. Schulter eines Bodybuilders. Krass! Mehr muss ich nicht dazu sagen.

Derzeitiger Wohnort: Die Welt.

Heimatstadt: Sin City.

Geschlecht: Männlich (wollte zwar schon immer „Supermännlich" reinschreiben, aber da ist Facebook zu konservativ und erlaubt nur zwei Geschlechter).

(Meinen Geburtstag lasse ich in meinem Profil weg. Mein Alter ändert sich ja von Freundin zu Freundin.)

Politische Einstellung: Cremig.

Religiöse Ansichten: Die Welt ist voller Magie.

Biografie: Kunst und Abenteuer.

Lieblingszitat: Wer seine Glorie kennt und dennoch in Schande weilt, der ist das Vorbild der Welt. (Lao Tse)

Hmm ... hier musste ich nichts ändern. Ich klickte im Profil auf *Ausbildung und Arbeit*:

Schule: Albertus-Magnus-College für angewandte Hexenkunst.

Hochschule: Promovierter Alchemiker.

Arbeitgeber: Freiberuflich. Beruf: Vampirjäger.

Mein Vampirjäger-Beruf kotzte mich langsam an. Noch vor ein paar Jahren, als ich mir das Profil zurechtgelegt hatte, sind Frauen auf Vampirjäger voll abgefahren, jetzt aber standen sie auf Vampire. Echt! Letzte Woche hat mir hier Birgit 'nen Vortrag gehalten, von wegen ich solle die armen Vampire in Ruhe lassen, sie seien eine aussterbende Art. Birgit ist bei den Grünen. Die Stellas wollten zur Zeit alle ihr Leben mit 'nem Blutsauger verbringen, und Vampirjäger sind seitdem nicht mehr in. Besser legte ich mir einen positiv besetzten Beruf zu. Bei einem Vampirjäger ist der Freundinnenschwund zu groß. Als Vampir hätte ich die Tausendste-Freundin-Marke schon vor ein paar Monaten sprengen können. Davor kannst du einfach nicht die Augen verschließen. Klar konnte ich hier nicht so mir nichts, dir nichts vom Vampirjäger zum Vampir mutieren, aber eine Zwischenstufe ginge schon, zur Abwechslung mal etwas Realistisches. Also Beruf: Stuntman in Vampirfilmen. So! Und jetzt noch eine neue Tagesmeldung:

Jerry van Helsing ist beflügelt und schaut gerade, wo er gefahrlos landen kann.

„Bennie? Abendessen!"
Ich logte mich aus. Ciao meine Damen! Die Landung findet in der Küche statt. Mama, Vati und Clara hockten schon am Küchentisch.
„Wo bleibst du denn, Bennie."

Bennie? Klar heiße ich nicht Freddy, nicht mal Jerry van Helsing. Aber Bennie? Ich heiße Benn, verdammt!

„Die ganze Zeit hockst du am Computer! Was machst du da bloß?"

Was sollte ich dazu sagen? „Mama! Ich bin der einzige überlebende Jugendliche bei Facebook. Alle meine Altersgenossen tummeln sich bei Instagram und Snapchat, ich verlasse Facebook nie. Facebook ist meine *Fortnite*-Spielwiese. Bei Instagram hätte man Jerry van Helsing schon längst gekillt. Bei Facebook tummelt sich meine Zielgruppe – die schönsten Damen der Welt." Klar konnte ich das meiner Mutter nicht erzählen. Ein Computerverbot würde meine Karriere als virtueller Frauenheld ruinieren.

„Iiiii! Wieder Nudeln?"

„Ach komm, Pasta ist gesund!"

„Jeden Tag? Ich will lieber Schnitzel!"

„Am Wochenende gibt's Schnitzel!", sagte Mama. „Du kannst nicht nur von Schnitzeln leben!"

„Doch!", sagte ich. „Ein Vampirjäger isst doch keine Nudeln!"

„Was?"

„Nur ein Scherz!"

„Nimm dir auch Salat, Bennie!"

„Ich heiße Benn, Mama!"

„Früher hast du an Bennie aber nichts auszusetzen gehabt."

„Jetzt bin ich sechzehn!"

„Weiß ich doch, Bennie. Nimm dir bitte Salat! Du musst einfach mehr Gemüse essen."

„Tue ich doch", sagte ich. „Pommes, Ketchup ..."

„Da", sagte Mama. „Tomatensoße." Als ob Tomatensoße ein würdiger Ersatz für Ketchup wäre.

„Wahrscheinlich verlier'sch meine Arbeid!", sagte Vati. Vati ist der Sachse in unserer Familie. Spricht immer mit Dialekt und kann nicht anders. Ich hab mal rausgegoogelt, dass die meisten Leute finden, Sächsisch sei der am wenigsten charmante deutsche Dialekt. Das ist Vati *wurscht*, wie die Bayern sagen würden. Das ganze Internet interessiert ihn nicht. Für Vati ist Google ein Kuchen – nämlich der Gugelhupf – und Wikipedia eine Schlampe.

„Was?", sagte Mama. „Du verlierst die Arbeit?"

„De Wessis sprengn das Haus in dem'sch arbeide!"

„Du arbeitest in einer großen Firma, Vati", sagte Clara. „Die wird doch nicht ganz von den Wessis weggebombt."

„'s Haus abor schon."

„Na und?"

„'sch bin dor Hausmeisdor." Mein Vater ist Hausmeister aus Überzeugung. Weil er Kühlschränke, Bügeleisen und Klospülungen reparieren kann. Am liebsten würde Vati nur Kühlschränke, Bügeleisen und Klospülungen reparieren. Deswegen war er nie wirklich böse, wenn ich früher mal Kühlschränke, Bügeleisen und Klospülungen kaputt gemacht habe.

„Die haben doch noch andere Häuser", sagte ich.

Und dann erklärte mein Vater uns, dass ja in jedem ordentlichen Haus schon ein Hausmeister säße. Wenn also ein Haus in die Luft gejagt würde, gäbe es einen Hausmeister zuviel und einen Hausmeisterjob zu wenig. Vati nahm einen tiefen Schluck und erklärte dann weiter: Das hieße im Kapitalismus Rationalisierung. Er sah uns an: „Hab'dor das ni in dor Schule gehabbd?"

„Immer noch besser, als wenn man dich mit dem Haus sprengen würde", sagte Clara.

„Keenor kann mich leiden", sagte mein Vater.

„Ähwo", sagte meine Mutter auf Sächsisch, tätschelte Vati an der Schulter und lachte.

„Vielleichd kann Karl en Hausmeisdordschob für mich besorgn." Karl ist Vatis Bruder, lebt aber in Berlin.

„Wir haben hier in Dresden unser Haus", sagte meine Mutter und seufzte. „Kannst du dir nicht vom Arbeitsamt eine Umschulung bezahlen lassen?"

„Zum Gombjudoreggsbärdn, odor?"

„Als Computerexperte wärest du sicher nicht zu schlagen", sagte ich und mein Vater grinste.

Es klingelte zweimal an der Tür.

„Wer kann das sein?", fragte meine Mutter.

„Der Briefträger", rief Clara. „Der klingelt zweimal!"

„Hä-hä", sagte ich.

„So spät?", fragte meine Mutter. „Es ist schon sechs!" Mama versteht Claras Witze nie. Ich versteh sie zwar, find sie aber nicht lustig. Meine Schwester ist echt old school – sie ist achtzehn, steht aber auf Jack Nicholson!

„Das ist sicher Rowdy", sagte ich. Krass erleichtert schob ich den Nudelteller mit der roten Tomatensoße von mir weg und stand auf.

„Holla, Mann!"

Rowdy und ich kennen uns schon seit Jahren, aber so richtig befreundet sind wir erst seit einem Jahr, als wir uns in einem Laden mit Computerspielen getroffen hatten. Damals war Rowdy schon weg aus unserer Klasse.

Rowdy stand vor unserer Haustür, starrte in seine Hand. Eine Kastanie lag darin. „Verdammt", murmelte er vor sich hin. „Was macht die Kastanie hier? Wir haben erst Juli."

„Hollaaa!", sagte ich noch mal.

Rowdy umschloss die Kastanie mit seiner Faust und hob den Kopf. Schreck in den Augen. Als ob gleich ein Gangster mit 'ner Knarre in der Hand sagen würde: ‚Kastanie oder Leben!'

„Ah", sagte er und lachte. „Du bist's!"

„Klar", sagte ich. „Du hast bei uns geläutet."

„Weiß ich!", sagte Rowdy. „Kommst du zu mir? Ich muss dir was zeigen."

„Deine Gurke?", fragte ich.

„Nee", sagte er, lachte aber nicht. Clara und ich sind wohl echte Geschwister. Auch meine Witze versteht keiner.

„Bin gleich fertig", sagte ich. „Muss mich nur verabschieden. Komm mit in die Küche! Meine Eltern mögen's, wenn man ihnen ‚Hallo' sagt."

„Echt?" Rowdy sah nicht begeistert aus, aber er trottete mir hinterher.

„Hallo, Rowdy", sagte meine Mutter in der Küche. „Magst du mitessen?" Schützend stellte sie sich aber vor den Topf mit der Soße. Sie hatte Rowdys begehrlichen Blick auf die Tomatensoße bemerkt. Soßen und Suppen machen ihn voll an. Unlängst hatte Mama Rowdy ihre Kartoffelsuppe angeboten und prompt steckte er seinen Finger in den Suppentopf hinein. Seitdem passt meine Mutter auf.

„Hier sind noch Nudeln", sagte sie.

„Ich mag Schnitzel", sagte Rowdy, glotzte aber in den Tomatensoßetopf.

„Siehst du?", sagte ich.

„Ich ess gerne Wursd", sagte Vati „und in'dor allorgrösdn Nod, schmäggd de Wurschd och ohne Brod", sächselte er weiter.

„Hä?", sagte Rowdy. Seine Mutter kommt aus Berlin.

„Ich mach aus euch Vegetarier", drohte meine Mutter. „Und dann seid ihr mir ewig dankbar."

„Die Weichen besiegen die Harten", sagte ich, und Vati nickte mir anerkennend zu. Rowdy starrte schon wieder die Tomatensoße an. „Komm, Kumpel!" Ich zerrte ihn Richtung Küchentür.

„Und die Nudeln?", fragte meine Mutter und trat erleichtert einen Schritt vom Tomatensoßentopf weg. Das war ein Fehler.

„Die esse ich morgen auf!"

„Warte mal!", sagte Rowdy, riss sich aus meinem Griff, hüpfte zu dem Topf und steckte den Finger in die rote Soße.

„Rowdy!", brüllte Mama.

„Tschuldigung!", sagte Rowdy, leckte den Tomatenfinger ab und marschierte aus der Küche.

Meine Mutter seufzte. „Wann kommst du heute heim, Bennie?"

„Keine Ahnung!"

„Wo geht ihr hin?"

„Zu 'ner Pornoparty!"

„Saubor!", sagte Vati.

„Idioten", murmelte Clara vor sich hin.

„Sollen wir nicht besser zu mir gehen?", fragte Rowdy draußen. „Ich mag keine Pornopartys!"

„Warum nicht?"

„Hab meine Gründe dafür!"

„War eher nur 'n Scherz!", sagte ich. „Aber es ist echt krass, was ich mir leisten kann, oder? Wenn ich mein Vater wäre, würde ich mir nicht so viel erlauben. Meine Eltern machen immer voll auf Verständnis, aber ich brauch hin und wieder 'ne harte Hand."

„Du hattest doch letztes Jahr genug Stress mit ihnen, als du acht Stunden am Tag LoL gezockt hast."

„Schon! Aber seit ich damit aufgehört habe, finden sie mich super." Meine Noten haben sich auch verbessert, sollte ich dazu sagen. Seitdem lassen mich meine Eltern in Ruhe. *League of Legends* frisst Zeit. Jetzt zocke ich nur noch höchstens ein Adventure im Monat. Keine Online-Spiele mehr. Meine Freundinnen im Web fahren sowieso voll auf Kunst und Abenteuer ab. Bei Frauen kannst du nicht mit 'nem Ego-Shooter kommen: „Ey, Bunny! Gerade hab ich tausend Mutanten abgeknallt." Frauen langweilen sich beim Ballern. Da fiel mir noch Rowdys Ekschn in der Küche ein: „Hey! Warum hast du den Finger in die Soße gesteckt?"

„Ich konnte nicht widerstehen", sagte Rowdy.

„Hab ich mir gleich gedacht."

„Wenn ich den Finger nicht reinsteck, krieg ich Depressionen."

„Was machen die?"

„Eh … ich will mich halt umbringen und so."

„Huch!", sagte ich. „Hab schon Angst gehabt, dass es was Ernstes ist."

„Wie läuft's bei uns in der Schule?", fragte Rowdy. Er sagt immer noch „bei uns in der Schule", obwohl er seit der Siebten weg ist. Ein paar Jungs aus unserer Klasse haben ihn damals rausgemobbt. Weil Rowdy anders ist.

„Wir haben doch schon Ferien", erinnerte ich ihn.

Rowdy zuckte mit den Schultern. „Hab ich vergessen."

Ich ging an einem Straßenschild vorbei, das Verkehrszeichen ganz nah an meinem Kopf. In einer plötzlichen Eingebung – die krieg ich hin und wieder – schlug ich mit der Hand auf das Schildblech, BUMM!, fasste mich an die Schläfe und krümmte mich, als ob mich das Schild böse am Kopf erwischt hätte: „Autsch!"

Erschrocken hüpfte Rowdy um mich herum. „Oida! Benn! Hast du dich verletzt?"

Ich hörte auf, mich zu krümmen. „Hä-hä-hä! April, April!"

Rowdy dachte nach. „Wenn jetzt Ferien sind, ist April doch schon längst vorbei, oder? Hast du mich verarscht? Du hast dich gar nicht angeschlagen, oder?"

„Nee! Hab nur mit der Hand dagegen gehauen!"

„Wichser!" Rowdy zeigte mir den Stinkefinger.

„Schnell!", rief ich. „Die Straßenbahn kommt." Rowdy wohnt auf der anderen Seite der Neustadt, und Dresden ist echt groß. Wir spurteten los. Hätte ich geahnt, was mich erwartet, wäre ich vorsichtiger gewesen.

„Guck mal!", rief Rowdy, der hinter mir her trabte. „Da ist Carmela!"

„Carmela? Meine Schicksalsfrau?" Ich drehte mich im Laufen um. „Wo?" Und BUMM!

***

Wohl lag ich auf dem Boden, hörte Stimmen. Was ist passiert? Ich versuchte die Stimmen zuzuordnen: Carmela? ...

„Bist du wieder wach?"

Ich traute mich kaum, die Augen zu öffnen, betete: Bitte lass es nicht die gefährliche Sexbombe Carmela sein. Vorsichtig öffnete ich ein Auge: Nein, es war keine Sexbombe, es war ein Engel. Jetzt riss ich beide Augen weit auf. Was? Ein Engel? Scheißeee!

Im Hintergrund hörte ich eine bekannte Stimme – Rowdy: „Das spielt er nur! Das hat er vor ein paar Minuten genauso gemacht!"

„Ich ..." Ich versuchte, etwas zu sagen. Was wollte ich sagen, verdammt?

„Du hast dich am Straßenschild angeschlagen", sagte der Engel. „Hat dich direkt an der Schläfe erwischt. Da ist die Beule!" Sie fuhr mit dem Finger über meine Schläfe. Die Haut schlug sofort Funken. Echt! Hab im rechten Auge Blitze gesehen. Wahrscheinlich war sie mein Schutzengel. Doch ein anderer kam dazu. Und noch einer. Hmm ... so viele Schutzengel gibt's doch gar nicht. Ein Sack voll mit Schutzengeln? Ich rappelte mich hoch.

Der Straßenbahnfahrer tauchte auf. „Soll ich einen Krankenwagen rufen?"

„Nein", sagte ich. „Mir geht's super."

„Dagegen bist du gedonnert", sagte Engel Nummer 3 und klopfte auf das verfluchte Straßenschild. Darauf war ein großes Ausrufezeichen und der Schriftzug *Gefahrenstelle*. Welches Arschloch hat das hier nur aufgestellt, verdammt? Gestern stand das Zeichen noch nicht da. Ich guckte mich um. Ein paar Meter weiter baggerte Bob, der Baumeister, am Straßenrand. Und das um sechs am Nachmittag, wenn normale Leute schon längst Feierabend haben. Hmm ... Manche Gefahrenwarnung ist krass gefährlich.

„Du Spinner, du!", Rowdy schüttelte den Kopf. „War's jetzt echt?"

„Jep."

„Ey ... krass, Alta", sagte er. „Ich rufe nur *Carmela* und du fällst tot um."

„Weil ich mich wegen der bescheuerten Carmela umgeschaut habe. Hab das Schild nicht gesehen. Wo ist sie?"

„Carmela? Dort!" Rowdy drehte sich um. „Schon weg." Er zuckte mit den Schultern.

„Oh!", sagte Engel Nummer 1. „Du hast dich wegen eines Mädchens verletzt? Wie süß!"

„Nein!" Mist! Statt der teuflischen Carmela flatterten weiter Engel um uns rum. Nichts wie weg hier. Ich zog Rowdy am Ärmel hinter mir her und schlüpfte in die Straßenbahn.

Doch die Engel schlüpften uns nach. Anscheinend fand in der Straßenbahn die Engel-Hauptversammlung statt. Vielleicht war es aber auch einfach nur eine Mädchenklasse auf ihrem Ausflug durch Dresden. Und ich Blödmann musste einem solchen Weiberrudel eine meiner fetten Reality-Shows vorführen. Und wieder mal trug Carmela die Schuld an der Ekschn. Carmela, du Biest!

„Frau Schnippköter", rief einer der Engel durch die Straßenbahn zu einer dicken Frau, die nach einer Lehrerin aussah.

„Schnippköter?", flüsterte mir Rowdy zu. „Kommen die aus Bayern, oder was?"

„Klar", flüsterte ich noch ziemlich benebelt zurück. „Wo sollen Engel sonst herkommen?"

„Engel?", fragte Rowdy und guckte sich mit großen Augen um.

„Der Junge ist ohnmächtig geworden!", kreischte das Mädchen der Lehrerin zu und drehte sich wieder zu mir. Ein freizügiges T-Shirt: Im nackten Tal ihrer Brüste lag ein kleines Kreuz. Schon krass, wo die Bayern das Kreuz überall hinhängen. Als gute Katholiken wollen sie wohl, dass der Gekreuzigte jetzt eine bessere Aussicht hat als damals: Statt nach Golgota ins Busental.

„Ich war nicht ohnmächtig!", rief ich, doch die Engel guckten mich skeptisch an. Die Tür ging zu. Gefangen wie der Graf von Monte Christo. Die Straßenbahn fuhr los. „Ich war nicht ohnmächtig!", wiederholte ich noch mal, weil's keiner bestätigen wollte.

„Doch", sagte Engel Nummer 1. „Du warst ohnmächtig."

„Nein! War ich nicht!"

„*Ich* werd gleich ohnmächtig", flüsterte mir Rowdy zu. „Ich kann so viele Perlhühner auf einmal nicht ertragen!" Und tatsächlich drängten sich immer mehr Engel um uns herum. Es war aber kein Himmel, es war die Hölle. Die Mädchen fragten und fragten und das peinlichste Wort des Tages machte in der Bahn die Runde: „OHNMÄCHTIG!"

„Begleitest du deinen Freund ins Krankenhaus?", fragte ein Mädchen Rowdy. „Er muss sich untersuchen lassen. Vielleicht hat er eine Gehirnerschütterung." Alle Mädchen drehten sich zu Rowdy.

Er zog aus der Tasche einen Bleistift und sagte: „Ich hab hier irgendwo meinen Radiergummi verloren." Der Idiot ließ sich auf alle Viere nieder und begann, auf dem Straßenbahnboden nach seinem Radiergummi zu suchen. Feigling! Was sollte ich jetzt allein mit den ganzen Mädchen tun?

„Ich war nicht ohnmächtig!", wiederholte ich. Fand keinen anderen Satz in meinem brummenden Schädel. Vielleicht hatte ich doch eine Gehirnerschütterung.

„Ich war auch schon mal ohnmächtig", sagte ein Mädchen in einem Minirock über ein Paar Beinen, die mir einen neuen Ohnmachtsanfall zu bescheren drohten. „Ein Schwächeanfall", fügte sie hinzu.

Schwächeanfall? Nö, oder?

„Er war nicht ohnmächtig", sagte ein Mädchen. Sicher die Klassenbeste. „Er war bewusstlos."

„Ist doch dasselbe", sagte eine Klugscheißerin. Sie hockte gleich an der Tür und hielt eine halbleere Colaflasche in der Hand.

„Bewusstlos" gefiel mir viel besser als „ohnmächtig". Kein Mann möchte ohnmächtig sein. Aber bewusstlos. Mann! Bewusstlos wirst du, wenn du im Kampf gegen 'nen Assassinen eins mit dem Schwert übergebraten kriegst. Eine männliche Tat!

Was ging eigentlich auf dem Boden ab? Rowdy tat so, als suche er weiter nach seinem Ratzefummel. Dann wurde es ihm wohl zu blöd. Er stand auf und holte sein Nintendo aus dem Rucksack.

„Hast du deinen DS dabei?", fragte er. „Wir könnten Pokémons tauschen."

„Pokémons?" Wir zockten doch seit Jahren keine Pokémon-Spiele mehr. Wollte er damit die Mädels beeindrucken? Mit Pokémons zocken nur Kinder und Mädchen. Nach dem Motto: „Dein Lippenstift ist super, Heidi. Wollen wie Skorglar gegen Vulpix tauschen?"

Doch plötzlich vergaß Rowdy die Pokémons. Er erblickte das Mädchen mit der halbleeren Colaflasche an der Tür. Erstaunlich, dass er das Flaschenhalsloch den vielen nackten Busentälern um uns herum vorzog. Rowdy war halt genauso durcheinander wie ich. Er starrte die Colaflasche an wie ein Ertrinkender den Rettungsring, in der Rechten den DS, in der Linken seinen Bleistift. O Gott! Ich ahnte, was nun kam. Das hatte mir noch gefehlt! Die Colaflasche bannte magnetomagisch Rowdys Blick.

„Er war bewusstlos", sagte noch mal die Klassenbeste. Rowdy ging zu der Klugscheißerin mit der Colaflasche und steckte seinen Bleistift in den Flaschenhals. Die Straßenbahn hielt an. Das Mädchen guckte verdutzt ihre Flasche an, in der jetzt Rowdys Bleistift schwamm.

„Ja!", brüllte ich. „Ich war nur bewusstlos!" Und – HOPP, HOPP! – in Riesensprüngen aus der Straßenbahn. Rowdy hinter mir her.

„Auf Wiedersehen", riefen die Mädchen. Wir joggten davon, ohne uns umzugucken.

„Mannomann! So viele Chickas in real machen einen nervös. Schlimmer als im Dschungelcamp."

„Du bist doch dran gewöhnt", sagte Rowdy. „Du hast 'ne Schwester. Und in deiner Klasse gibt's auch Mädchen."

„Nur drei", sagte ich. „Und die sind so gebaut, dass sie überhaupt keinen nervös machen. Linda ist zu lang, Sandra zu breit und Heidi zu blöd. Sandra macht Kugelstoßen, weil ihre Mutter eine berühmte DDR-Kugelstoßerin war."

„Die kenne ich auch!", sagte Rowdy. „Die isst nur Spiegeleier mit Speck. Zwanzig Stück am Tag. Wieso bist du aber plötzlich so schüchtern? Früher haben wir doch auch mit Mädchen gespielt."

„Das stimmt", sagte ich. „Ich bin gar nicht so schüchtern. Nur in der letzten Zeit bekomme ich immer 'nen Ständer, wenn ich mit 'nem sexy Mädchen rede. Komisch, oder?"

„Ich auch", sagte Rowdy. „Manchmal hilft es mir, wenn ich irgendwo was reinstecke. Ein Finger in Soße ist das Beste dagegen."

„Oder einen Bleistift in 'ne Colaflasche."

„Besser als nichts", sagte Rowdy. „In der Straßenbahn hat's keine Soße gegeben. Wenn's über mich kommt, muss ich irgendwo was reinstecken."

„Deswegen hast du also diesen Tick", sagte ich. „Bei uns zu Hause musst du aber keinen Finger in die Soße stecken. Da macht dich doch kein Mädchen nervös ..."

„Doch", sagte Rowdy. „Deine Schwester."

„Was??? Meine Schwester? Das ist nicht dein Ernst, oder?" Ich schaute ihn fassungslos an. Hatte fast vergessen, dass Clara ein Mädchen war.

Er zuckte mit den Schultern.

„Und hilft das wirklich?", fragte ich. „Vielleicht sollte ich das auch mal ausprobieren!"

„Macht echt Spaß", sagte Rowdy.

„Wir haben halt ein umgekehrtes Erektionsproblem. Die Alten müssen Viagra futtern, um ihn hochzukriegen. Wir bräuchten Pillen, um ihn runter zu bekommen." Ich seufzte. „Mit den Mädels im Netz ist's viel gemütlicher."

„Was hast du denn eigentlich mit Carmela für Probleme?", fragte Rowdy.

„Die bringt Unglück", sagte ich. „Woher kennst du Carmela überhaupt?"

Was für eine Frage! Wer kannte Carmela NICHT?! Carmela war die kosmische Sexbombe, die Superfrau, der heißeste Feger unserer Schule, der alle Jungs in die Hölle zu fegen drohte, die Frau, um deren Füße meine Mitschüler herumkrochen wie geile Würmer. Hin und wieder zertrat Carmela einen bei ihrem Rauschen durch den Kosmos. Sie war einfach ein Komet mit Brüsten! Ein supergeiler Torpedo! Zum Glück war Carmela in der Parallelklasse. Alle Jungs vergötterten sie, weil sie keine Ahnung hatten. Nur ich mied Carmela wie Mario den Bowser. Für mich hieß Carmela mit ihrem anderen Namen Gefahr. Gefährlicher als Battle Royale in *Fortnite*!

Meine Frage, woher er Carmela kannte, überhörte Rowdy einfach – er läutete schon an seiner Haustür. Ich fragte nicht noch mal. Wünschte mir sowieso nur, mich an einen Bildschirm zu hocken, und bei *Doom* ein paar Monster abzuknallen, um dabei wieder ein bisschen Selbstbewusstsein zu tanken. Obwohl ich ja eigentlich keine Ego-Shooter mehr zockte. Wegen der Hirn-Hygiene halt. Und das hatte sich auch schon gelohnt: Seit ich keine Ego-Shooter spielte, jagten mich in der Nacht keine Zombies mehr, die mir den Kopf abhacken wollten. Seitdem lockten mich höchstens ein paar nackte Sextussen in ihren Schoß. Mit sechzehn hast du eine super Zeit: Tagsüber spielst du den Robinson auf einer Insel bei Ebbe, nachts kommt die Flut! Brutal, oder?

Krumme Gurken

„Hallo, Bennie!" Rowdys Mutter hatte die Tür geöffnet.

Schon wieder Bennie? Bin ich mit meiner Zeitmaschine direkt im Kindergarten gelandet, oder was? Ich stammelte einen kurzen Gruß und lief hinter Rowdy her.

„Was wolltest du mir zeigen?"

„Warte mal!"

In Rowdys großem Zimmer sieht's aus wie in einem Rechenzentrum oder in einem Aufnahmestudio. Rowdy ist ein Technikfreak. Und ein Musikfreak. Zwischen den Computern, seinem Keyboard, Boxen und anderen Geräten, die ich nicht näher bestimmen kann, lagen verschiedene Musikinstrumente.

„Ich hab den Preis gewonnen!", sagte Rowdy.

„Echt?" Rowdy hatte vor ein paar Monaten einen Song an eine Webadresse geschickt: Die Ausschreibung einer Firma um die beste Werbemelodie. Preis 10.000 Euro!!! Wenn Rowdy gerade mal nicht dabei ist, irgendwo irgendwas reinzustecken, komponiert er am Computer Songs. Als Kind hatte er viel Klavier spielen müssen, aber irgendwie hat's ihm den Bock auf Mucke nicht gekillt wie mir der Flötenunterricht. Rowdy ist ein genialer Producer geworden. Sowas hängt ganz stark von deinem Lehrer ab. Rowdys Klavier-Lehrer hat ihm krasse Witze erzählt, so dass Rowdy vor dem Beethoven ständig am Ablachen war. Meine Flötenlehrerin hatte nur Volkslieder vor sich hin geblasen, alles andere war ihr egal.

„Für den Preis habe ich mir Tarzan gekauft!" Stolz zeigte Rowdy auf ein riesiges Notebook, das auf seinem Computertisch thronte. Dann hockte er sich auf seinen ledernen Drehstuhl, drehte sich zum Keyboard, das im rechten Winkel zum Computertisch stand, und schlug in die Tasten. Auf dem Monitor hüpften farbige Balken hoch und runter.

„Fett!" Ich staunte nicht schlecht.

„Ich hab auch ein neues Sequencerprogramm!", sagte Rowdy. „Sing mal was!"

„Wenn ich singe, dann stürzen deine Festplatten ab, Mann!"

„Egal!", sagte Rowdy. „Warum hast du ständig Hemmungen?"

„Dafür hast du keine!", sagte ich. „Du musst nur in der Straßenbahn nach einem Radiergummi suchen, wenn dich ein paar Mädchen anquatschen!"

„Ich hatte gerade Lust drauf", sagte Rowdy. „Mach, worauf du Lust hast!"

„Dann singe ich nicht! Hab ja keine Lust."

„Na, mach schon!"

„Uuouha, ouh, auhaaaua, eouhouh!"

„Und jetzt hör's dir an!", sagte Rowdy, klickte mit der Maus rum und hämmerte in die Computertastatur. Keine Tastatur hält lange die Wucht seiner Schläge aus. Rowdy braucht jedes halbe Jahr eine Neue. Plötzlich dröhnte durchs Zimmer ein geiles Gitarrensolo.

Rowdy lachte vor Glück. „Erkennst du deinen Gesang?"

„Ja, Mann!", sagte ich. Irgendwie war ich platt.

„Das Programm wandelt deinen Gesang in jedes beliebige Instrument um. Mit Mustererkennungssoftware! Endgeil, oder?"

„Genial! Und wie klingt das jetzt? Uiiihu – hu –hu – tritralala!"

„Willst du's als Bassgitarre hören?"

„DUMM, DUMM, DUMM ..."

„Oder als Flöte!"

„PFI, PFI, PFI ..."

„Kannst du noch Flöte spielen?", fragte Rowdy.

„Etwas schon. He? Woher weißt du, dass ich früher Flöte gespielt habe? Hab's dir nicht erzählt!"

„Ich merke mir alles, was mit Musik zusammenhängt. In der fünften bist du zweimal pro Woche in der Klasse mit deiner Flöte aufgetaucht, weil du am Nachmittag Musikunterricht hattest. Warum hast du damit aufgehört?"

„Hatte keinen Bock mehr!"

„Haben deine Eltern keinen Stress gemacht, als du aufhören wolltest?"

„Hab denen erzählt, dass sich in der Spucke im Mundstück der Flöte Legionellen vermehren, von denen man die Legionärskrankheit kriegen kann. Damals war die Glotze voll von Berichten über alte Duschen in Krankenhäusern, wo sich Leute die Legionellen geholt haben!"

„Ich find Flöte gar nicht so schlecht!" Rowdy warf mir eine Blockflöte zu.

In dem Moment piepste sein Computer, er checkte den Monitor.

„Hallihallo! Carmela-Schnecke schreibt mich an!"

„Carmela? Willst du mich verarschen? Was hast du ständig mit Carmela?"

„Und was hast du für 'n Problem mit der?"

„Erzähle ich dir ein andermal." Ich winkte ab. „Was will sie?"

„Ihr Tablet war kaputt", sagte Rowdy. „Sie wollte, dass ich es mir angucke, hatte mich bei WhatsApp angeschrieben und wir sind ins Gespräch gekommen."

„Aber wieso kennt sie dich noch?", fragte ich. „Du bist doch seit drei Jahren von unserer Schule weg!"

„Meine Mutter kennt ihre Mutter!", sagte Rowdy. „Sie hat ihr erzählt, dass ich voll der Edison bin und alles Elektronische reparieren kann."

„Carmela hat 'ne krass vernetzte Familie."

Ich seuftzte. „Mein Vater ist mit Carmelas Vater im Schachverein!"

„Hey! Von der würde ich mir schon 'ne Rochade machen lassen ... he-he-he!"

„Ja, wie redest du mit der?", fragte ich. „Doch nicht so ... direkt, meine ich, von Auge zu Auge!"

„Nö!", sagte Rowdy. „Wir chatten. Ihr Tablet hat sowieso meine Mutter gebracht."

„Ihr könntet skypen. Dann siehst du hier auch mal was Hübsches. Nicht nur diesen ganzen Elektroschrott."

„Äääh ... sie skypt mich nie an. Will nur chatten!"

„Vielleicht ist sie schüchtern?"

„Carmela? Spinnst du? So was Episches wie Carmela und schüchtern?"

„War nur ein Witz", sagte ich. „Carmela ist so schüchtern wie das Auge des Sturms!"

Rowdy starrte mich an: „Zockst du *Fortnite*? Du wolltest doch jetzt etwas Ruhe schieben und keine Shooter mehr spielen. Damit dich deine Alten nicht enterben."

„Die besitzen sowieso nichts", sagte ich. „Keine Sorge! Ich hab alles im Griff." Ich trat neben Rowdy und sah auf den Bildschirm. Carmela hatte Rowdy mit *„Bist du da, Dschulio?"* angetippt.

„Dschulio?", fragte ich und guckte Rowdy an.

Er wurde rot. „Das ... das ... das schreibt sie nur so."

„Aha!"

Um sich zu rehabilitieren, schmiss Rowdy eine mutige Antwort rein: *Bin da, Bunny!*, tippte er, drehte sich zu mir und grinste etwas verlegen. „Mann! Wie bringt man so 'ne Frau dazu, dass sie auf einen abfährt?", fragte er.

PIEP! *Kannst du auch die Digitalkamera von Jasmin reparieren, Süßer?*

Wow – Dschulio! Süßer! War echt neugierig, was da noch kommen würde. Schnurzelschnarf?

„Klar!", tippte Rowdy. *„Mach ich!"* Er drehte sich zu mir. „Die braucht mich nur, damit ich ihre Sachen repariere. Scheiße!"

Ich sagte nichts dazu. Wollte Rowdy keine falschen Hoffnungen machen. Außerdem wusste ich nicht, ob Rowdy und ich Freunde bleiben könnten, wenn er mit Carmela was anfing. Die war ja gemeingefährlich!

„Busi", schrieb Carmela.

„He?", sagte ich. „Will sie dir ihren Busen zeigen?"

„Blödmann!", sagte Rowdy. „Sie hat sich vertippt. Wollte, *Bussi*' schreiben!"

„Bussi?"

„*Auf die Gurke?*", tippte Rowdy in das Kommentarfenster.

Hey! Wenn er diese Frage abschickte, dann wäre er echt der Größte. Rowdy ließ seinen Zeigefinger über der Enter-Taste kreisen. Mit Rowdys Flöte in der Hand stand ich hinter seinem Rücken und wartete auf DIE TAT seines Lebens. Rowdy seufzte, löschte seine Gurkenfrage und tippte: „*Bis dann, Carmela!*" ENTER. Er drehte sich zu mir. „Raus mit der Sprache! Was hast du für Probleme mit der?"

„Keine Ahnung!", sagte ich. „Immer wenn ich sie treffe, passiert mir was Megaheftiges. Mit sieben bin ich mit 'ner Glasschüssel voll Mittagessenreste zur Hundehütte in unseren Hof gelaufen, Carmela kam um die Hausecke rum, wollte meinem Vater irgendwelche Schachaufgaben bringen, ich versuchte ihr auszuweichen, stolperte über den Bordstein von Mutters Rosenbeet und BUMM! krache mit der Schüssel voll auf den Boden. Hab mir an einem der Splitter die Handfläche aufgeschlitzt." Ich zeigte ihm meine rechte Hand. „Siehst du? Da ist noch die Narbe. Immer wenn ich Carmela treffe, geht die Ekschn ab. Die Frau ist lebensgefährlich! Heute hast du doch nur ihren Namen gerufen und ein Straßenschild hätte mich fast gekillt."

„Das hast du selbst verschuldet, Alta."

„Schon!", sagte ich. „Aber nur weil Carmela auf Tuchfühlung war. Die muss ich auf Distanz halten. Es gibt eben Frauen auf der Welt, die dir Unglück bringen!"

„Das ist voll der Aberglaube, Mann!"

„Ist mir egal!", sagte ich. „Die hat mich schon mit fünf traumatisiert!"

„Wie denn?"

„Als wir klein waren, sind unsere Eltern im Sommer mit uns zum Baden an die Elbe gefahren. Carmelas Vater und mein Vater haben dort den ganzen Nachmittag Schach gespielt. Noch mit vier haben Carmela und ich ganz entspannt nackt gebadet."

„Echt? Du hast mit Carmelina-Mausi nackt gebadet?"

„Ja!"

„Und wie ist sie so?"

„Rasiert!"

„Echt?"

„Wie sollte sie schon sein, du Idiot? Wir waren vier! Ich erinnere mich sowieso nicht mehr dran. Das gemeinsame Baden mit fünf vergesse ich aber nie!"

„Habt ihr im Busch Doktorspiele gespielt, oder was?", Rowdy lachte etwas gezwungen.

„Nein! Ich hab mich nur ausgezogen, Carmela starrte mich an und sagte: ‚Oh! Hast du immer noch diesen Schniedel?'"

„Die ist voll lustig!", prustete Rowdy.

„Hä? Voll lustig? Hab deswegen Alpträume gekriegt. Hab gedacht, ich bin der einzige Mensch auf der Welt, bei dem der Schniedel noch nicht abgefallen ist."

„Der Schniedel ist halt unser Schicksal", sagte Rowdy. „Sogar Gott muss einen Schniedel tragen."

„Gott ist allmächtig und kann sich einen ganz Großen wachsen lassen." sagte ich. „In der Glotze haben ein paar Frauen über ihre Wunschschwanzlänge diskutiert. Echt übel!"

„Besser kurz als krumm!", sagte Rowdy. „Meiner ..." Er stockte.

„Na, was?", fragte ich.

„Äääh ..."

„Na, sag schon!"

„Meiner ist krass krumm!"

„Linksdrehend oder rechtsdrehend?"

„Rechtsdrehend!"

„Meiner ist linksdrehend!", sagte ich.

„Echt?" Rowdy rollte die Augen. „Ich hab gedacht, nur ich hab so 'ne krumme Gurke. Du verarschst mich, oder?"

„Nö! Ist echt so! Hast du dir keine Gurken im Netz angeschaut?"

„Ich guck mir doch keine fremden Gurken an! Nein!"

„Mir hat's geholfen", sagte ich. „Ich war wegen der Krümmung ziemlich fertig. Wollte den Säbel gerade biegen, echt! Hab das Ding nur im rechten Hosenbein getragen, damit die Krümmung wieder ins Lot kam."

„Ich hab den immer links getragen!", brüllte Rowdy.

„Eine Schiene hab ich drangebunden!", sagte ich.

„Ich auch!", rief Rowdy.

„Ich wollte schon zu unserer Ärztin damit gehen", sagte ich, „aber dann war's mir doch zu blöd."

„Ob die Krankenkasse 'ne Krumme-Gurke-OP zahlt?", fragte sich Rowdy.

„Meinst du brechen und noch mal zusammenwachsen lassen?" Ich schauderte. „Als ich mein Notebook bekam, guckte ich mir jeden Ständer im Internet an!", erzählte ich weiter. „Gleich ging's mir besser. Eigentlich sah mein Ding gegen die ganzen Web-Abarten noch recht normal aus. Nicht so groß wie die Anakondas im Netz, dafür aber ziemlich schnuckelig. Gurken sind halt krumm."

Rowdy starrte mich mit offenem Mund an. „Zeig mal!"

„Hä? Wenn deine Mutter reinkommt und wir hier voll die Gartenschau abziehen und uns die Gurken zeigen, hat sie was zu erzählen in der Nachbarschaft ..."

„Stimmt!", sagte Rowdy. „Mutter würde's womöglich auch Carmela sagen. Findet so was lustig. Ich sperr ab." Er ging zur Tür und drehte den Schlüssel rum. Ich ließ meine Hose runter und zeigte Rowdy meine Gurke. „Guck!"

„Der ist doch ganz gerade", sagte Rowdy.

„Die Krümmung siehst du nur am Ständer."

„Bei mir siehst du die auch so."

„Zeig mal!"

„Meiner schaut echt wie 'n krummer Knollenblätterpilz aus", sagte Rowdy und holte seine Gurke heraus.

„Ich sehe gar keine Krümmung."

„Guck! Wenn ich den hängen lasse, so ... zeigt die Spitze doch nach Süd-West, oder?"

„Blödsinn!", sagte ich.

„Wenn er steht, schlägt er krass nach Nord-West aus!"

„Das ist bei mir genauso! Nur nach Nord-Ost!"

„Zeig mal!"

„Ich krieg den nicht hoch, so vor dir."

„Ich hol uns ein paar Bilder auf den Bildschirm!"

„Okay", sagte ich. „Mann! Das ist doch Carmela! Wow! Hat sie dir ein Nacktfoto geschickt? Krass!" Ich wollte einen Schritt näher zum Bildschirm machen, vergaß aber, dass meine Hose wie Fußschellen an meinen Knöcheln hing. „Uaah!" Ich stürzte zum Boden, holte mit den Händen aus, um mich am Tisch festzuhalten und haute dabei mit der Flöte, die ich immer noch in der Hand hielt, Rowdy über seinen nackten Arsch.

„Autsch!", kreischte er. „Bist du gaga, du Sado?"

„Sorry", sagte ich und rappelte mich wieder hoch. „War keine Absicht. Siehst du? Carmela taucht nur auf dem Bildschirm auf und schon passieren mir Sachen."

„Die sind mir passiert!" Rowdy rieb sich seine nackte Arschbacke, die jetzt von einem roten Striemen verschönert war. „Hi-hi-hi!", lachte er aber auf einmal. „Das Foto ist doch gar nicht echt! Ist nur 'ne Fotocollage!"

„Das Gesicht ist von Carmela!"

„Der Kopf von Carmela", sagte Rowdy, „... der Körper von Jenna Jameson!"

„Sieht aber wie echt aus", sagte ich. Wir guckten runter. Die Fotomontage funktionierte bestens. Nur 'ne gefakte Carmela, aber unsere Gurken zeigten stramm nach oben. Na, ja, ganz stramm nicht. Rowdys Gurke krümmte sich etwas nach rechts, meine etwas nach links. Jetzt zur Abwechslung also nach Nord-West und nach Nord-Ost.

Ich legte die Holzflöte als Vergleich an. „Siehst du?", sagte ich. „Ich hab die Krümmung auch. Fast jeder hat sie."

„Mannoh!" Rowdy strahlte. „Ich bin glücklich!"

„Kannst du da nicht ein anderes Foto reintun?", fragte ich. „Sonst krieg ich das Ding nicht wieder runter."

„Soll ich bei Google-Bild nach der Bundeskanzlerin gucken?"

„Besser nach einem Zahnarzt. Da krieg ich immer Panik."

„Okay." Wir zogen uns an.

„Spiel mir jetzt mal was vor", sagte Rowdy und zeigte auf die Flöte. Ich spielte *Stairway to Heaven* von Led Zeppelin, an den Song konnte ich mich noch etwas erinnern. Den hatte ich mal eingeübt, um ihn meinem Vater zum Geburtstag vorzuspielen. Leider hab ich seit vier Jahren nicht mehr Flöte gespielt. Es ging trotzdem einigermaßen. Rowdy schnitt mein Spiel mit und ließ die Melodie gleich auf einigen Instrumenten abspielen.

„Super!", sagte ich. „Mit deinem Tarzan könnten wir glatt 'ne Band gründen."

„Locker!", sagte Rowdy. „Hab sowieso ein paar neue Songs. Nur texten kann ich nicht."

„Das ist kein Problem! Das mach ich. In der Fünften hab ich für Frida Liebesgedichte geschrieben."

„Die neuen Songs haben aber schon heftige Beats!" Rowdy spielte mir ein Stück vor.

„Megafett!" sagte ich. „Wir gründen eine Heavy-Metal-Hip-Hop-Band."

„Ich kann uns im Netz eine Webseite basteln!", sagte Rowdy. „Gleich erstelle ich 'nen Kanal bei YouTube."

„Mach uns auch 'ne Fanseite bei Facebook und Instagram", sagte ich.

Rowdy guckte mich angewidert an: „Ich sag dir mal was zu deinem Facebook: Die verkaufen nur deine Daten. Datenschutz ..."

„Der einzige Datenschutz, den du heute praktizieren kannst, ist, vor dem Wichsen die Vorhänge zuzuziehen, damit dir die Satelliten dabei nicht zugucken!"

„Sehe ich auch so!", sagte Rowdy. „Trotzdem! Facebook liefert unsere Daten der Industrie, und die Typen nutzen das dann für die Werbung und für die Marktforschung und so."

„Siehst du – gut dass es mich und mein altes Ego Jerry van Helsing gibt. Wenn noch mehr Leute wie ich bei Facebook falsche Infos verbreiten würden, bricht in der Industrie das Chaos aus. Die Manager würden statt Hundefutter Blutkonserven für Vampire herstellen lassen. Je mehr Lügen du über dich verbreitest, umso schwieriger kann man daraus die richtigen Daten fischen. Das ist der wahre Datenschutz."

„Spielst du Robin Hood, oder was?"

„Nein!"

„Dann bleib cremig, Alta. Wer singt also in unserer Band? Ich wohl kaum. Meine Stimme steckt voll in der Pubertät – und auch du röhrst wie ein Hirsch."

„Clara kann gut singen!", sagte ich.

„Deine Schwester?"

„Ja."

„Die ist doch krass old school!", sagte Rowdy. „Hört sie nicht nur Cat Stevens und so Zeug?"

„Schon!", sagte ich. „Aber singen kann sie!"

„'ne Mädchenstimme?"

„Das wird der Hit sein!", sagte ich. „Eine liebliche Frauenstimme surft auf deinen Hammer-Beats."

„Wie nennen wir die Band aber?", fragte Rowdy.

„Na, wie denn?", sagte ich.

„Wie also?"

„*Krumme Gurken!*"

„Krass! Echt ... nö!", sagte Rowdy. „Das geht nicht! Dann weiß doch jeder sofort, dass wir beide krumme Gurken haben."

„Quatsch! Keiner würde doch denken, dass wir so blöd sind, uns nach unseren krummen Gurken zu benennen, oder?"

Rowdy nickte: „Wenn du recht hast, dann hast du recht!"

Der Herz-Kerzen-Song

Mitternacht. Die Family pennte schon. Leider konnte ich deswegen nicht das Licht einschalten. Komisch, wie die Dunkelheit auf einen wirkt. Sogar zu Hause, wo du alles kennst. Um Mitternacht ist es am Schlimmsten. Zum Glück kenne ich geile Geisterjägerstrategien: Ein paar Geister auf unserer dunklen Treppe vertrieb ich mit gezielten Zaubersprüchen, die ich schon im Kindergarten gelernt hatte:

„Ich fick deine Mutter" schlägt jeden Geist in die Flucht. Das hat mir Heiko im Kindergarten erzählt. Seitdem praktiziere ich das immer im Dunkeln und es funzt voll. Als ich klein war, hab ich hier auf der dunklen Treppe so laut „ich fick deine Mutter!" gebrüllt, bis Mama aus dem Schlafzimmer kam. „Aber Bennie!", hat sie meistens nur gesagt. Erschrocken war sie nicht. Geister aber und Leute, die denken, dass sie einen Geist haben, lassen sich von so was immer abschrecken.

In meinem Zimmer angekommen, schmiss ich deshalb schnell mein Notebook an. Schon fühlte ich mich nicht mehr allein. Unsere Band rockte in meinem Kopf ab. Aber auch bei Facebook gab's Musik:

Paulina hat ein Foto einer großen Tafel aus einer Schule gepostet. Darauf hatte die dortige Musiklehrerin in großer Schrift für ihre Orchesterschüler eine Nachricht hinterlassen:

Alle Bläser, die noch keinen Ständer haben, kommen bitte nach oben und holen sich einen runter! Grüße Frau F.

Ich gab meinen Senf dazu, für den sich der coole Superstecher Buddy sicher nicht schämen würde: „*Erledigt, Mädels! Gute Nacht!*" Vor dem Zubettgehen guckte ich mir noch ein paar Game-Foren an: *GTA*, *Minecraft*, *Fortnite* und so Zeugs. Mit älteren Frauen bei Facebook kannst du leider nur über Rollenspiele reden. Dagegen knallte die Kugelstoßerin Sandra aus unserer Klasse Dämonen am Fließband ab und schiss auf den Artenschutz.

Schluss für heute! „Gute Nacht, Püppi!" Für mein billiges Smartphone schäme ich mich vor der ganzen Welt. Deswegen hab ich's Püppi genannt, damit es sich auch schämt. Das darf aber keiner erfahren. Klar?

PIEP! Doch nicht Bettruhe. Rowdys Beats trudelten ein. Sogar drei Songs: Ein Hip-Hop-Ding und zwei Nummern, die man als Melodic-Metal bezeichnen könnte. Ich ließ den Hip-Hop-Song mit *repeat* laufen, legte mich ins Bett und versuchte im Halbschlummer einen Textfaden zu spinnen:

Yo, yo, yo,
Du willst disch mit mir messen,
Das kannste vergessen,
Harte Männer müssen schweigen,
Und sisch ihre Gurken zeigen!
Jeder Gangsta, jeder Schurke,
Hat auch 'ne krumme Gurke.
Pack die Mütze und das Sakko,
Hast du'n Problem, du Spako?
Isch sehe schon deinen Kummer,
Meine Gurke ist viel krummer.
Yo, yo, yo

Hey, hey! Das war schon ein richtiger Gangstarap. Ich sprach das Ding auf mein Handy.

Als ich am nächsten Morgen aufwachte, kam ich mir nicht mehr so gangstamäßig vor. Weil ich von Carmela geträumt hatte. Carmela war Gretel und ich Hänsel, leider hat sich meine Gretel mit der Hexe zusammengetan. Gerade als die beiden bösen Weiber mich in den Ofen schieben wollten, wachte ich auf.

Die Sonne klopfte schamlos nackt aufs Fenster. Ich war in Schweiß gebadet und dann fiel mir zu allem Übel noch ein, dass Clara sicher nicht den Gangstarapper geben würde. Sie konnte zwar singen, aber nicht rappen. Und erst recht hatte sie nicht den richtigen Flow, um über krumme Gurken zu rappen. Ich ließ am Notebook über die Boxen einen von den zwei melodischeren Songs von Rowdy laufen. Der Ohrwurm fraß sich bei mir ein. Meine Morgenlatte tanzte dazu einen krassen Salsa-Blues.

Jede Frau hat ihren Trumpf,
Langes Haar, 'nen schönen Rumpf.
Im Dunkel strahlend wie der Mond,
Ziemlich schlau und somit blond.
Doch nur eine gibt's, die mich ließ,
Ins Paradies.

Oh, Frida!

Ich kann sagen jeden Tag,
Dass ich Frauen ganz gern mag.
Sie haben, was ich nicht hab,
Schubi, dubi, schaba, dab.
Doch nur eine gibt's, die mich ließ,
Ins Paradies.

Oh, Frida!

Hmm ... Das konnte Clara aber auch nicht singen, oder? Musste wohl noch etwas anderes dichten. Etwas über Männer, damit das auch zu einer weiblichen Sängerin passt. Etwas Schöneres musste her. Etwas Intellektuelles, etwas wie von *Silbermond*.

Ich liebe dich echt,
Sei zu mir nett.

Aber halloo! *Silbermond* pur! Blöd genug, um in die Charts zu kommen. Krasser Reim, oder? Na ja, schon nach dem Motto, reim dich oder stirb, aber als Dichter musst du ja auch Mut zum Neuen zeigen. Am Ende kam aber ein ganz anderer poetischer Text raus, der so losging:

Die Kerzen

Im Schein der schön geraden Kerzen,
Schmelzen wir wie unsre Herzen ...

Den Rest kann ich nicht mehr hinschreiben, jetzt schäme ich mich plötzlich für den Text, obwohl ich den Song zuerst super fand. Erst viel später, als sich Mia über den Song lustig machte, fiel mir auch die unfreiwillig komische Wortwahl auf: *Krumme Gurken* singen über *gerade Kerzen*.

Zum Glück musste ich den Schwachsinn nicht selbst performen. Herzen, Kerzen, schmelzen! War echt stolz auf mich, dass ich die Schmerzen ausgelassen habe. Trotzdem voll der Kitsch! Da würde Clara nicht nein sagen können.

Ich hüpfte nach unten. Meine Eltern waren schon auf Arbeit. Meine Mutter hat einen Halbtagsjob in einer Kantine, mein Vater half wohl, sein Haus zu sprengen. Die Erwachsenen haben halt so Routinen. Clara guckte sich im Wohnzimmer die DVD *Einer flog übers Kuckucksnest* an. Meine große Schwester ist im 20. Jahrhundert stecken geblieben. Voll auf Retro!

„Hör dir besser etwas Avantgarde an!", sagte ich und ließ Rowdys Song am Handy abrollen.

„Nett", sagte Clara.

„Nett? Mann! Das ist der krass geilste Song überhaupt!"

„Leider ohne Worte", sagte Clara. „Ich hab's nicht so mit Instrumentalmusik."

„Die singst du auf!"

„Was?"

„Die Worte!"

„Spinnst du?"

„Willst du nicht berühmt werden?" Ich schmierte Clara ein Brot mit Philadelphia und Honig und hatte sie schon bald so weit. Wenn du Clara Honig ums Maul schmierst, kann sie nicht nein sagen. Clara ist nach unserer Mutter geraten.

„Was wird Kevin dazu sagen?", fragte Clara.

Das war ein Problem – zugegeben. Claras Freund Kevin ist das Letzte – er arbeitet als Berater in einer Bank – echt!, voll der Kotzbrocken. Keine Ahnung, was Clara in Kevin sieht. Mein Vater mag ihn auch nicht besonders. Kevin gibt ihm Aktien-Tipps. Blöd nur, dass Vati kein Geld hat, um Aktien zu kaufen. So wie das Internet sind Aktien für unseren Vati Scheißdreck. Trotzdem führt sich Kevin bei uns zu Hause auf, als ob er und seine Bank die Aktienmehrheit unserer Familie übernommen hätten.

„Gewien!", sagt dann Vater zu Kevin.

„Ja!"

„'sch habb in dor Zeidung geläsn, dass deine Bang blaide is. Soll'sch dor bor Bieb'm lein?" Bieb'm sind bei Vati Piepen, also Geld, klar?

„Meine Bank ist nicht pleite!", regt sich Kevin auf. Er versteht keine Witze. Nicht mal seine eigenen. Ich glaub aber nicht, dass mein Vater ihm wirklich Geld leihen würde.

„Du musst es ihm doch gar nicht sagen!", schlug ich Clara vor. „Wir nehmen den Song auf, posten den bei Facebook und YouTube, und wenn wir damit berühmt sind, kannst du dir immer noch überlegen, wie du's ihm sagst. Oder ob du dir 'nen besseren Lover suchst!"

„Hör auf mit dem Blödsinn!"

Ich zeigte ihr meinen Kerzentext.

„Ach!", sagte Clara. „Wunderschön! Wusste nicht, Bennie, das du auch so gefühlvoll sein kannst." Sie tätschelte mich am Kopf wie 'nen Dackel. Meine Backen liefen wahrscheinlich himbeermarmelademäßig an. Aber da musste ich durch. Ich konnte Clara jetzt nicht blöd kommen. Ließ mich also tätscheln und schnurrte wie ein Kater. Hmm ...

Trotzdem schämte ich mich bis in den Boden dabei. Vielleicht sollte ich den Text verbrennen und etwas weniger Heftiges dichten, etwas Anständiges, etwas mit Schwanztänzen. Hier wusste ich noch nichts davon, dass mich das Schwanztanzen mal krass erwischen würde. Ich sollte nicht vorgreifen Leute. In dieser Liebesgeschichte passieren aber noch ganz krasse Sachen. Und es ist eine Liebesgeschichte. Glaubt's mir!

„Der Text ist echt schön", sagte Clara. „Aber ich weiß nicht ..." Sie runzelte die Stirn. „Wie ... wie heißt eure Band?"

„*Krumme Gurken*", sagte ich. Tja. Jetzt war die Katze aus dem Sack. Für eine Band mit einem solchen Namen würde Clara nie singen.

„Super Name", sagte Clara und seufzte. „Okay. Ich mach mit."

Ich gab ihr den Text.

***

Gleich nach dem Mittagessen fuhr ich mein Notebook wieder hoch. Die ziemlich aufdringliche Sonne lachte die ganze Welt herbei. Ich machte die Jalousien zu. Gleich war's bei Facebook gemütlicher.

NEUIGKEITEN
Saskia Schön: Kopier diesen Text an deine Pinnwand, wenn du jemanden kennst oder wenn du von jemandem gehört hast, der jemanden kennt. Wenn du niemanden kennst, oder von jemandem gehört hast, der niemanden kennt, kopier es trotzdem. Es ist extrem wichtig, diese Botschaft zu verbreiten! ♥♥♥♥♥♥ *Und die Herzen, verdammt noch mal!!! Vergiss um Gottes Willen nicht die verdammten Herzen!!!* ♥♥♥♥♥♥

Ich kopierte die Herzen. Klar, nur aus Spaß und nur für mich. Als Exvampirjäger und Stuntman in Vampirfilmen kannst du nicht mit Herzen rumschwuchteln. Herzen würde ich nie und nimmer und nirgendwo einfügen. Das machen nur Mädchen. Hmm ... wie fühlt sich das aber an? Herzen reinzukopieren, wenn dich keiner dabei beobachtet?

Ich fügte die Herzen in das Kommentarfeld unter Saskias Meldung: „♥♥♥♥♥♥" So! Hmm ... fühlte sich ganz gut an, sechs Herzen von MIR! Klar würde ich jetzt nicht auf *Kommentieren* klicken und meine Herzen auf die Webwelt loslassen. Nie! Das war nur ein Spielchen zwischen mir und mir, wollte die Herzen gleich löschen. So wie Rowdy seine Gurken-Chat-Antwort an Carmela gelöscht hatte. Wollte mich halt nur ein paar

Augenblicke krass herzensmäßig fühlen. Ich tippte noch etwas Text dazu: *„Liebe, Liebe, Liebe!!!"* Etwas, was ein richtiger Mann nie schreiben würde! Und jetzt das Russische Roulette: Ich kreiste mit dem Zeigefinger über dem Balken: KOMMENTIEREN. Noch ein paar Sekunden. Gleich würde ich's löschen ...

„Benniiieee!!!" Der Schrei ließ das Haus in seinen Grundmauern erschüttern. Mich auch: RUCK und ZUCK und KLICK! Mein Zeigefinger hatte tatsächlich aufs *Kommentieren* geklickt.

Scheißeeee! Und schon jagten meine sechs Herzen auf die Bildschirme meiner 999 Freundinnen. Verdammt! Jedes Mädchen bei Facebook würde mich auslachen.

Wie peinlich!!!

Was jetzt? Sofort muss ich den Kommentar löschen. Doch gleich brüllte meine Mutter: „Carmela!" Was Carmela war hier? Ich lief in den Gang. Herzen vergessen.

Und noch mal von unten: „Benniiieee!!!"

„Was ist'n los, Mama?"

„Carmela ruft an. Sie fragt, ob Rowdy bei dir ist. Er soll ihr was reparieren."

Ich lehnte mich über das Treppengeländer und guckte zu, wie meine Mutter unten am Telefon mit Carmela sprach: „Was ... wie heißt das Ding, Carmela? Belmondo? Ah ... Nintendo!" Sie hielt die Sprechmuschel zu: „Bennie! Ist Rowdy bei dir? Er soll Carmelas Belmo ... äh ... ein Dingsbumstendo reparieren!"

„Ist nicht da." Ich ging wieder in mein Zimmer und schlug die Tür zu. Diese bescheuerte Carmela! Ich schnitt sie, so gut ich konnte, aber die blöde Tusse fand immer irgendein Schlupfloch. Und HUSCH! Schon schlüpfte sie durch, um mich fertigzumachen. Jetzt vernichtete ich mich wegen ihr sogar bei meinen Freundinnen im Web. Wenn ich den nicht sofort löschte. Doch schon war auch mein Kommentar kommentiert. Von Lucie: *„Oh, @Jerry van Helsing – wie schön!"* Na, ja, wenn auch erwachsene Damen Herzchen so verehren, bleibe ich bei ihnen.

Um von den Herzen wegzukommen, knallte ich bei *Fortnite* ein paar Anfänger ab. Lange im Spiel war ich nicht. Plötzlich tauchte bei mir ein wahnsinniger Gladiator auf und bevor ich nur zielen konnte, pumpte er mich mit seiner Schrotflinte voll.

Zumindest konnte ich bei Facebook vorbeigucken, ob schon der erste Spott da wäre.

„Ich kenne keinen anderen Mann, van Helsing, der Frauen so gut verstehen würde", schrieb Claudia aus Berlin als Kommentar zu meinen Herzen. Gleichzeitig postete sie eine Nachricht auf meiner Pinnwand. *„Weise, weise! Wie alt bist du eigentlich?"*

28 schrieb ich, haute aber ein Smiley dazu – vielleicht würde die hübsche Claudia dann denken, dass ich nur scherze und in Wirklichkeit achtunddreißig bin. So wie sie.

Schon trudelten ein paar andere Heiratsanträge rein. Mannomann. Als Sechzehnjähriger hast du in der Schule und in der Stadt so viel Stress mit Mädchen, aber im Web läuft alles wie geschmiert. Hier kannst du Frauen voll mit Blödsinn beeindrucken – mit Herzen und so.

In der Welt draußen landet jedes Wort auf der Goldwaage, im Netz verzapfst du aber Scheiß ohne

Ende, und keiner wundert sich drüber. Vor lauter Freude baute ich bei *Minecraft* eine Burg für meine Prinzessin, die auf mich schon irgendwo in der großen Welt da draußen wartete. Sicher, oder? Ab jetzt gibt's hier nur Herzen.

♥

Am Abend fuhren Clara und ich zu Rowdy. Clara hatte sich bei YouTube ein paar Videoclips mit heißen Sängerinnen anguckt und sich entsprechend aufgemotzt: Mit einem Top, das mehr ent- als verhüllte und einem Minirock, der wie 'ne Arschklappe aussah. Wusste nicht, dass Clara solche ultimativen Dinger hatte. „Wir drehen doch keinen *50-Cent*-Clip", sagte ich, doch Clara lachte nur.

Im Rowdys Studio war schon alles vorbereitet. Heiße Strahler ließen uns schwitzen. Seine High-Tech-Programme blinkten vor Aufregung, nur mit Claras Outfit hatte Rowdy nicht gerechnet. Sofort griff er nach einem roten Flummi und spielte damit herum. Dabei glotzte er in Claras Ausschnitt, auf die Kugelbahn zwischen ihren Brüsten.

Huch! Das wird was werden! Rowdy schleuderte den Flummi auf den Boden, fing ihn wieder auf, beglotzte dabei aber weiter Claras Brüste und trat einen Schritt auf sie zu. Krass! Die ganze Songaufnahme hing auf der Kippe. Wenn Rowdy jetzt zwischen Claras Brüsten Kugelbahn spielte ... Ich sprang zu ihm und riss ihm den Flummi aus der Hand. „So was nennt man eine Zwangshandlung!", sagte ich.

„Waaas?"

„Lasst uns anfangen!", sagte Clara. „Oder wollt ihr lieber Flummi spielen?"

„Nö", murmelte Rowdy. Ich stellte ihm ein paar leere Colaflaschen auf den Tisch und einige Bleistifte daneben. Rowdy warf die Bleistifte abwechselnd in die Flaschenhälse, glotzte dabei in Claras Ausschnitt und ließ die Boxen surren wie 'ne Hummel. Als Clara ins Mikro hustete, hat's mir fast das Trommelfell zerrissen. Egal! Anders kannst du einen Heavy-Metall-Hip-Hop-Song sowieso nicht aufnehmen.

♥

Alle Instrumente waren schon zusammengemixt, ich musste gar nichts machen. Nicht singen, nicht Flöte spielen. Auch das Sprechgesang-Grunzen, das er Claras Melodie unterlegen wollte, hatte Rowdy schon selbst aufgenommen. Seine Instrumente und Geräte beherrscht Rowdy virtuos, da würde ein zusätzlicher Musiker ihn nur verwirren.

Clara gab ihr bestes. Die Aufnahme klappte gleich beim zweiten Mal. Rowdy musste das Ganze nur ein bisschen glätten, unnötige Geräusche löschen, seinen Rap-Refrain reinschneiden, das Gekreische der Fans reinbringen und so. *Krumme Gurken* on Tour! Made in Japan!

Für mich war die Aufnahme reine Entspannung. Ich guckte meiner Schwester bei der Arbeit zu. Clara ist echt toll, ganz nach mir geraten, auch wenn sie älter ist. Zufrieden hockte ich auf Rowdys Bett und zog mir die geile Melodie rein. Auf mich kam die Arbeit erst noch zu. Ich war der Texter der Band und die Propagandaabteilung. Unsere Fans bei Facebook mussten mit falschen Meldungen gefüttert werden.

„Ich mach mich so bald wie möglich an die Facebook-Seiten!", sagte ich.

„Die hab ich schon fertig!", sagte Rowdy und gab mir das Password. Der Typ war echt das Arbeitstier. Ich guckte mir die Seiten gleich auf Rowdys Rechner an: Unser Logo gleich oben unter unserem Namen schaute geil aus. Zwei gekreuzte grüne krumme Gurken auf gelbem Hintergrund. Und morgen würde er auf die Seiten das erste Video, unseren Mega-Clip, hochladen.

♥

In der Straßenbahn auf dem Heimweg kicherte Clara vor sich hin. „Was ist'n los?", fragte ich.

„Warum heißt unsere Band eigentliche *Krumme Gurken?*" Da war sie, die Frage.

„Äääh ..." Ich kam ins Schwitzen. Was sollte ich meiner Schwester erzählen? Wohl nicht die Wahrheit. „Weißt du ...", stammelte ich. „Rowdy musste mal als kleiner Junge im Garten Unkraut jäten. Statt Unkraut hat er alle Gurken rausgerissen. Als ihn seine Mutter fragte, warum er so einen Blödsinn macht, hat er gemeint, die Gurken sind zu krumm gewesen."

Das war doch ziemlich glaubwürdig, oder? Wie ich schon Rowdy beschwichtigt hatte – kein normaler Mensch würde denken, wir hätten unsere Band nach unseren krummen Gurken benannt.

„Ach so!", sagte Clara. „Und ich hab schon gedacht, ihr hättet unsere Band nach euren krummen Gurken benannt."

„Waaas?"

„Na, du weißt schon!", sagte Clara. „Nach euren Pimmeln."

„Bist du gaga?" Ich starrte sie an. „Was dir so durch den Kopf geht. Da liegst du voll daneben. Unsere Gurken könntest du statt eines Lineals nehmen."

„Habt ihr euch die Gurken gezeigt? Du und Rowdy?"

„Wie bitte?"

„Weil du ja anscheinend weißt, wie seine aussieht."

„Du spinnst! Ich würde doch nie einem Typen meine Gurke zeigen." Komisch wie Frauen dich mit zwei einfachen Fragen entlarven. Wo lernen die das?

♥

Am nächsten Tag hing das Video mit unserem Song bei Facebook. Der geilste Videoclip der Musikgeschichte: *Krumme Gurken* auf Tour in Japan. Der Kerzen-Song! Nur Clara war auf dem Video zu sehen. Wir, die Musiker, waren vom Nebel verdeckt. Nur hin und wieder hat's einen Kameraschwenk auf die kreischenden japanischen Fans gegeben, in erster Linie Mädels. Die hat sich Rowdy von ein paar Konzerten japanischer Heavy-Metal-Bands zusammengeschnitten. Rowdy hat's technisch so hingekriegt, dass es aussah, als ob unsere Band in einem Stadion spielte.

„Mann, Alta!", sagte mir Rowdy am Telefon. „Seit heute früh verlinke ich die *Krumme-Gurken*-Seiten mit dem ganzen Web."

„Ich auch", sagte ich. „Auf allen meinen Facebookseiten oute ich mich als der totale Fan von *Krumme Gurken*."

„Ein Kommentar pro Tag bei Facebook ist aber zu wenig."

„Das wird schon", sagte ich. „Hast du den von HeavyJohnn gelesen? Der hat geschrieben: ‚*Geiles Video, Leute!*'"

„Cool!"

Mehr war vorläufig nicht drin. Musste nicht viel Zeit verschwenden, um Fan-Kommentare bei Facebook zu beantworten. Einmal am Tag postete ich selbst eine Neuigkeit oder beantwortete einen Kommentar und die Arbeit war getan:

@HeavyJohnn: Im Herbst kommt ein neues Video raus. Jetzt müssen wir nur noch unsere Japan-Tour zu Ende bringen. Echt krass der Tripp! Die Leute flippen hier aus. DieGurke.

Klar hab ich auch gleich gemerkt, dass ich direkt in die Scheiße gelatscht war. Nicht weil wir zu wenige Fans hatten, das nicht. Sondern weil die meisten Fans TYPEN waren. Und selbst *die meisten* stimmt nicht ganz: ALLE unsere Fans waren Jungs. Echt! Keine Mädels! Alle fuhren auf Clara ab. Aber hallo? Hatten wir eine Band gegründet, um Männer auf meine Schwester heiß zu machen?

Anstatt im Web um Mädels rumzugruscheln, schäkerte ich mit Jungs. Echt blöd. Das musste in der Zukunft anders laufen: Unsere nächste Band würde eine Boy Group sein. Das schwor ich mir. Zum Glück hielt sich die Begeisterung für unseren Clip bei YouTube in Grenzen. Nur etwa fünf Zugriffe pro Tag. Ein paar freundliche Kommentare wie: *„Lahmarschiges Affen-*

theater! Der Gurkenschäler" – das ist im Netz normal. So was bringt mich nicht aus der Ruhe. Arschloch!!! Erst ein Kommentar in unserem Facebook-Blog ein paar Tage später brachte mich ins Grübeln.

Neue Nachricht von Violonzzelo: Hi Krumme Gurken! Stark! Wann seid ihr eigentlich zurück in Deutschland?

Die Kacke dampfte wie Dampfnudeln. Ich rief Rowdy an: „Ein Fan fragt, wann wir aus Japan zurückkommen."

„Hä?"

„Was machen wir jetzt?", sagte ich. „Irgendwann müssen wir zurück."

„Können wir nicht für immer in Japan bleiben?"

„Das kauft uns keiner ab. Wenn wir aber vorgeben, in Deutschland rumzutouren, wird schon irgendwann jemand herausfinden, dass es uns gar nicht gibt."

Rowdy überlegte. „Wir touren noch ein paar Wochen in Japan", sagte er.

„Und dann?"

„Dann lassen wir die Band bei einem Flugzeugabsturz umkommen."

„Sind bei so was nicht normalerweise die Zeitungen voll davon?"

„Nerv nicht rum!", sagte Rowdy.

„Und was ist, wenn wir bis dahin berühmt sind?"

„Dann stellen wir uns mit deiner kerzengeraden Flöte und unseren krummen Gurken auf die Bühne und geben Konzerte. Wenn wir berühmt sind, dann ist's auch scheißegal, dass wir nicht spielen können. Hör dir doch die Bands im Radio an! Du lernst ein paar Songs auf der Flöte, ich klimpere was dazu. Ist doch ganz iiisi. Nach den Konzerten krallen wir uns die Groupies und sind fein raus."

„Ganz meine Rede", sagte ich.

„Hast du heute Lust auf Ekschn?"

„Bin gleich bei dir!"

Carmela

„Boah! Willst du so 'n Monstertruck fahren?"
„Viel besser als dein schwules Motorrad."
„Dafür ist das das Schnellste."
„Wenn du damit fahren kannst", sagte ich. Logisch konnte Rowdy damit fahren. Gleich am Start flitzte er mir davon. Ich holperte in meinem Truck schwerfällig hinter ihm her. Doch es kommt die Zeit, Baby! Er musste mich ja in der zweiten Runde überholen. Und darauf lauerte ich, kontrollierte mein und sein Bildschirmfenster. Geiles Gelände: Grabenbruch, Strand, Schlucht, Wald, eine runtergekommene Stadt, scharfe Kurven, Klippen, Gefahr. Und da kommt Rowdy angedüst. Ich schwenke nach rechts, mache Platz für sein Motorrad, und schon tappt er in die Falle, schon überholt er mich und ... jetzt! Wilder Schlenker nach links mit meinem Monstertruck und BUMM! Rowdys Motorrad fliegt von der hohen Felsklippe runter und schlägt Saltos – in Flammen! So rockt's richtig, Mann! Weiter geht's! Mein Monstertruck donnert nach vorne.

Klar überholte mich Rowdy gleich wieder und fuhr eine halbe Runde vor mir ins Ziel. Mit dem Monstertruck hast du gegen das leichte Motorrad echt keine Chance – wenn der Motorradfahrer etwas Übung hat. Als Anfänger fliegst du mit dem Motorrad aus jeder Kurve. Aber wenn du's draufhast, bist du King of the Riff. Da ich kein Anfänger war, wählte ich im nächsten Spiel auch das Motorrad. Den ganzen Vormittag lieferten wir uns gnadenlose Rennen im *Pacific Rift* von *MotorStorm*. Leider hatten wir dafür Rowdys uralte PS3 rauskramen müssen. Für PS4 wurde das Spiel nicht mehr entwickelt.

„Juuungs!" Bei diesem heißen Spiel hatten wir gar nicht gemerkt, dass Rowdys Mutter ins Zimmer gekommen war. „Schluss damit!" Sie hantierte an der PS3-Konsole.

„Was machst du, Mama?"

„Ich steck eure Fernbedienungen aus! Ihr spielt schon seit Stunden, Domi!" Rowdys Mutter war wohl der einzige Mensch auf der Welt, der Rowdy „Domi" nannte, weil Rowdy früher mal Dominik geheißen hatte. Rowdys Vater hatte sich noch vor seiner Geburt verzogen. Seine Mutter reichte Rowdy aber vollkommen. Sie war manchmal ziemlich lustig. Jetzt suchte sie an der PS3-Konsole weiter nach den Kabeln zu unseren Controllern.

Rowdy drehte sich zu mir: „Als ich kleiner war, hat meine Mutter immer meinen Controller an der PS2 ausgesteckt. Damit ich zu spielen aufhöre."

„Und das mache ich jetzt genauso!"

„Nö, Mama, machst du nicht!"

„Sei nicht frech, Domi!"

„Die Controller am PS3 sind wireless, Mama. Da gibt's keine Stecker."

„Ach so!", sagte sie und riss das Stromkabel der Konsole aus der Steckdose. Unsere Motorräder verschwanden in einem schwarzen Loch. „Wireless hin oder her."

Rowdy flüsterte mir ins Ohr: „Dann müssen wir halt FIFA an PS4 zocken."

Seine Mutter richtete sich wieder auf. „Irgendwo muss der Strom ja reinfließen."

„Warum der Stress, Mama?", fragte Rowdy.

„Du kannst nicht den ganzen Tag am Bildschirm hocken!"

„Doch!", sagte Rowdy. „Ich lerne dabei!"

„Lernen?", regte sich seine Mutter auf. „Das nennst du lernen?"

Rowdy hielt ihr den Controller hin. „Probier's mal! Ist gut gegen Alzheimer. Trainiert die Hirnwindungen. Das stand in Wikipedia."

„Der Arzt hat gesagt ..."

„Du warst beim Arzt?", fragte ich Rowdy.

„Jup", sagte er.

„Depressionen", sagte seine Mutter.

„Du bist ein Genie im Datenschutz, Mama", sagte Rowdy. Zwar hat er's mir mit den Depressionen selbst erzählt, hin und wieder zieht er aber seine Mutter auf.

„Der Arzt hat gesagt, du brauchst Bewegung."

„Ich nehme Pillen, Mama. Sport ist Mord!"

„Du kommst mit ins Schwimmbad", sagte sie.

„Schwimmbad?", stöhnte Rowdy. „Ach, nööö!"

„Doch." Seine Mutter blieb hart. „Sonst ist Spielen verboten."

„Ich bin nicht mehr zwölf, Mama!"

„Ist mir egal. Entweder kommst du mit ins Schwimmbad, oder du kriegst Stress mit mir."

„Sport ist auch Stress", sagte Rowdy. „Und was, wenn ich ersaufe, he?

„Komm schon!", sagte ich. „Ich komme auch mit."

„Echt?"

„Klar." Blöd! Wo hab ich mich da wieder reingeritten?

„Na, siehst du?"; sagte Rowdys Mutter. „Bennie ist viel sportlicher als du." Sie drehte sich zu mir. „Du treibst doch Sport, Bennie, oder?"

„Benniiieee", sagte Rowdy und spitzte die Lippen als ob er mich abküssen wollte.

„Klar mache ich Sport", sagte ich. „eSport ... äääh ... Golf spiele ich."

„Das könnten wir auch machen", sagte Rowdys Mutter. „Da ist man an der frischen Luft und hat auch Bewegung. Wo spielst du denn Golf, Bennie?"

„An der Wii", sagte ich.

„Ach so" Rowdys Mutter stemmte empört die Hände in die Hüften: „Das ist doch kein Sport."

„Doch", sagte Rowdy. „Beim Golf an der Wii bewegst du dich mehr als auf dem Golfplatz. Und wenn du das Fenster aufmachst, bekommst du auch frische Luft dazu."

„Wie auch immer", sagte Rowdys Mutter, „wir fahren jetzt jedenfalls bei Bennie vorbei und holen seine Badesachen und dann machen wir *echten* Sport."

Musste sie ständig Bennie sagen, hä?

♥

Meine Mutter war schon zu Hause und freute sich ziemlich, dass ich schwimmen wollte. Die Mütter sind eben alle gleich. „Wo hab ich mein Badezeug, Mama?"

„Ich hab dir eine neue Schwimmhose gekauft." Mutter reichte mir eine lange graue Badehose. Zum Glück ganz unauffällig. Keine Delfinbilder drauf. Wir holten noch Frau Kotzian ab, eine Freundin von Rowdys Mutter, und fuhren dann ins Freibad.

Klar gingen Rowdy und ich nicht ins Wasser, obwohl wir's Rowdys Mutter hoch und heilig versprechen mussten.

„Zuerst etwas chillen", sagte Rowdy. „Du willst doch nicht, dass wir von dem Wasser einen Temperaturschock kriegen." Das verstand ich nicht ganz: Draußen waren's fünfunddreißig Grad im Schatten, und das Wasser im Schwimmbad kochte wie Hühnersuppe. Eine Menge Hühner schwammen auch schon drin, hehe-he. Aber Rowdys Absicht, die Nummer hier ganz langsam angehen zu lassen, passte mir ganz gut. „Kann sein, dass hier im Wasser Haie sind", fügte Rowdy hinzu. „Wir dürfen nichts überstürzen!"

Seine Mutter seufzte und legte sich mit ihrer Freundin gleich auf den Rasen am Eingangsgebäude, um's zu Kaffee und Kuchen näher zu haben. Wir verzogen uns nach hinten. Na ja, so übel war's gar nicht. Sonniges Chillen halt. Bis das Unerwartete geschah.

„Carmela!", sagte wieder mal Rowdy.

„Du kannst mich mal!", antwortete ich. „Ein wiederholter Witz ist kein Witz."

„Das ist kein Witz, Mann", stieß Rowdy hervor. Er starrte so erschrocken hinter mich, dass ich mich doch umdrehen musste. Und gleich sah ich SIE. Carmela im Anmarsch. Wie ein General an der Spitze seiner Armee: mit fünf Mädels aus ihrer Klasse im Anhang. Was an Sexappeal in unserer Klasse fehlte, gab's in der Parallelklasse gigamäßig. Und diese in ein paar Körper gepresste Sexladung der 10b marschierte gerade im Freibad auf. Bevor wir uns vergraben konnten, stürmte die Busendivision das Rasenstück neben uns. Angeführt von dem Satansbraten Carmela – dem Suppenhuhn!

„Hi, Schnuckel", rief Carmela in Rowdys Richtung. Schnuckel? Und zu allem Überfluss ergänzte sie: „Hallo, Bennie."

Die Frauen schienen sich über die Generationen gegen mich verbündet zu haben. Auch sie hatte meinen Kosenamen aus den Kindergartenzeiten gut drauf. Das war aber noch nicht alles. Die Mädchen fingen sofort an, sich auszuziehen. Ohne jede Warnung und Hemmung. Die Sorbin Mascha schlüpfte zuerst sogar aus ihrem T-Shirt, unter dem sie keinen BH trug, und erst dann zog sie sich ihren Bikini-BH über die strammen Brüste. Heftigst am Angeben. Ja, sag mal!

„Geil", flüsterte Rowdy. Ich lag auf dem Rücken, auf den Ellbogen gestützt und glotzte. Mit Disziplin war diese Show noch zu ertragen. Meist kriegte ich ja bei den Mädels meinen Ständer erst, wenn sie anfingen zu reden. Bin nun mal der geistige Typ. Trotzdem musste ich aufpassen. Um mich abzutörnen, dachte ich an das Weihnachtsgeschenk für unseren Vater – er kriegt immer Socken. Ein guter Abtörner ist auch das Denken an das Geschirrspülen zu Hause. Oder an die letzte Mathearbeit. Auch unser Englischlehrer ist nicht besonders erotisch. So weit, so gut.

Als dann aber Carmela anfing, sich umzuziehen, bestrahlte ihre nackte Sonne meine Gurke so stark, dass sie nur noch wachsen wollte. Krasse Photosynthese. Mir blieb nichts anderes übrig, als einen halben Salchow aus der Rückenlage: Ich drehte mich im Sprung um 180 Grad um die Körperachse, fiel auf den Bauch und bohrte nach Erdöl: „Autsch!"

Mannomann! Hatte mit meiner Bohrstange garantiert das Handtuch aufgerissen und ein Loch in den Rasen geschlagen. Dabei fast den Maulwurf gekillt. Verdammt! Ich war zum Baden hergekommen, und es wurde wieder mal eine Zirkusvorstellung draus, samt dem hoch hinausragenden Zirkuszelt.

Die Mädels haben nicht mal vor Haien Angst. Schon hüpften sie um uns herum, lauter nackte Haut, mit Spaghetti-BHs auf den Nippeln und kleinen Stoff-Bermudadreiecken auf den Mösen, und wollten uns ins Wasser treiben.

Inzwischen lag auch Rowdy auf dem Bauch. Ich glaubte zu hören, wie seine krumme Gurke wegen des Gewichts knarrte, das sie halten musste. Emma packte mich an der Hand und zerrte mich zum Wasser. Carmela und Edith nahmen sich Rowdy vor. Ich verkrallte mich mit der anderen Hand am Fuß der Gartenbank und zog mich zurück. „Komm schon!", kreischte Emma und zog mich Richtung Becken und ich zog mich wieder zurück.

Vor und zurück, vor und zurück auf dem Bauch liegend ... rieb mich am Boden wie sich 'ne Wildsau am Baum reibt. Nur die Wildsau reibt ihre Seite, ich rollte dagegen auf meinem Skateboard, auf meinem Kanonenrohr mit zwei Bällen statt Rädern, hin und zurück, auf und ab, so wie mich Emma vorwärts zog und ich mich rutschend wieder nach hinten kämpfte, mein Gesicht zwischen Emmas Schenkeln ... „Grrrrr!"

Schon spürte ich das Unheil: Ich musste mich aus der Gefahrenzone retten. Ich riss mich los, rutschte wieder auf meiner Spritzwalze zurück, die schon pulste und pochte als wäre sie an einem Hydrant angeschlossen.

Über mir hüpfte Emma in Bikinidreiecken, die so klein waren, dass ihre linke Brust rausrutschte, als sie wieder nach mir grabschte und mich erneut nach vorne zerren wollte. „Tschuldigung!", rief sie und schob den Apfel ins Körbchen –, und da hat der Feuerwehrmann in meinem Hirn den Hahn voll aufgedreht, und ich spielte die Elbe: „Aaaah!"

Emma ließ meine Hand los. „Habe ich dir weh getan?", rief sie.

Verflucht! Jetzt war ich vollgebadet, in meinen eigenen Saftsee getaucht. „Hast du dich verletzt?", kreischte Emma noch mal.

„Nö!", kreischte ich zurück und – HOPP, HOPP! – zum Wasserbecken, gebückt als würde ich von einer Horde Mutanten beschossen, die Hände vor den Spermafleck haltend. In vollem Anlauf sprang ich kopfüber ins Wasser. Das tat gut! Ich tauchte auf.

„Und jetzt du!", riefen die Mädels, aber auch Rowdy riss aus, donnerte Richtung Schwimmbecken, genau wie ich in gekrümmter Haltung, um den Zeltmast gen Boden zu zwingen. Er platschte in voller Bauchlandung auf die Wasseroberfläche: „Aaaaah!"

Wir mussten mit den Mädels im Wasser einen Ball hin und her werfen. Keine Ahnung, was daran spaßig ist, aber was soll's. Das Leben eines Mannes soll ja kein Vanilleeisschlecken werden, sondern nur Spaß, wie mein Vater sagt. Und eigentlich ist Schwimmengehen gar nicht schlecht, wenn du deine Hose sauber kriegen willst.

Als wir aus dem Wasser kamen, war ich nur noch wassernass. Und Rowdy schien die Abkühlung auch geholfen zu haben. Er lag wieder auf dem Rücken und ließ sich von der Sonne die Haut massieren. Doch unser Glück wähnte nicht ewig.

„Wisst ihr", fragte Lara die anderen Mädchen, „wo sich die Eiserne Betty hat piercen lassen?"

Und „hi-hi-hi", von allen.

„Wenn sich Betty ein neues Organ stechen lassen will, macht ihre Mutter mit", sagte Carmela.

„Jesses!", flüsterte ich Rowdy zu. „Das muss ja ein schönes Mutter-Tochter-Gespräch sein:

‚Mama! Ich möchte mir die Schamlippen piercen lassen.'

‚Eine super Idee, Kindchen! Das wollte ich schon immer. Ich zahl's für uns beide.'"

Rowdy und mir war's für heute zu viel Ekschn. Wie ein Mann sprangen wir auf. „Wo geht ihr hin?"

„Flötenunterricht", rief Rowdy. Wir packten unsere Sachen und nichts wie weg hier!

Unterwegs zu den Umkleidekabinen gab's nur eine kleine Störung: Auf einer Liege lag eine Frau mit Arschgeweih. Oben ohne war sie auch noch. Zum Glück lag sie auf dem Bauch und ihren nackten Brüsten. Doch gerade ihre Bauchlage lieferte Rowdy eine unwiderstehliche Ansicht: Ihr kümmerlicher Bikini enthüllte unter dem Arschgeweih die halbe Arschritze.

Rowdy blieb stehen und starrte die Kugelbahn zwischen ihren Arschbacken an, über der das mächtige Geweih thronte. Zum Glück hatte er keinen Flummi dabei. Doch ich sah ihn schon den Zeigefinger spreizen.

„Rowdy!", rief ich.

Er versteinerte, drehte sich zu mir und guckte seinen ausgestreckten Zeigefinger an. Wow! Das war aber knapp. Rowdy sah zu dem Arschgeweih und dann wieder zu mir. „Ich würde doch nie meinen Finger bei der reinstecken", sagte er. „Oder?"

Ich zerrte ihn in die Umkleidekabinen. Den Rest des Nachmittags zockten wir dort an unseren DS. Bis uns Rowdys Mutter entdeckte. Sie seufzte und wir fuhren nach Hause. Für dieses Jahr bin ich genug geschwommen. Dachte ich mir.

Ossis on the road

„Gehst du nicht mehr auf die Arbeit?", fragte ich meinen Vater eines Vormittags. Rowdy und mir ging's in den Ferien übelst fett, aber die Erwachsenen schienen sich arbeitslos unwohl zu fühlen. Hoffte, dass mir das nie passierte. Dass ich mich ohne Arbeit schlecht fühlen würde, meine ich. Ohne Arbeit müsste man sich eigentlich super fühlen.

„Nimehr", sagte er und schaute von seiner Zeitung auf. „Muss mor was Neues suchn." Aber statt nach was Neuem, suchte Vati in der Zeitung nach blöden Ideen. Er las mir einen Artikel vor über einen Pfarrer, der zwanzig Jahre lang Jugendliche sexuell missbraucht hatte. In Bayern.

„Krass", sagte ich.

Aber Vati ließ das Thema keine Ruhe. Er konnte nicht glauben, dass keiner der Jugendlichen in den zwanzig Jahren sich getraut hatte, seinen Eltern davon etwas zu erzählen. „Da müssde doch ma eenor von dä'n nach Heeme kommn und sachn: Heute hat mor unsor Pfarror hindor dor Saggrisdei in de Hose gegriffn, odor?"

„Das würde keiner sagen, dass ihm der Pfarrer in die Hose gegrabscht hat." Ich schüttelte den Kopf. „Darüber redet man nicht."

„Ähbn", sagte mein Vater. „Zum Glügg hab'sch mid euch immor übor alles gereded."

„Schon", sagte ich.

„Biss de nu genuch säggsuell offgeglärd?"

„Ob ich sexuell aufgeklärt bin? Ich bin sechzehn, Vati."

„'sch kann dor alles erglärn", sagte mein Vater. „'sch habb ne Menge Erfahrung. Gugge ma, wennde so zehne ... zwölwe bisd, grischs'de manschma n Schdeifn. Das is ..."

Doch bevor mir mein Vater den Steifen ganz erklären konnte, rief ich, „ist schon gut, Vati!" und flüchtete in mein Zimmer. Obwohl sexuelle Aufklärung auf Sächsisch sicher ihren Reiz hatte. Dank meiner Gurkenjagd im Netz war ich aber besser aufgeklärt als unsere ganze Familie zusammen.

♥

„Abendessen", rief Mutter aus der Küche. Ich ließ das Notebook eingeschaltet und lief wieder nach unten. Mein Rechner pennt sowieso nach einer Viertelstunde von allein ein.

Linseneintopf.

„Ärbsn, Bohn, Linsn ...", sagte Vati und ließ prophylaktisch einen fahren. „Was hassde gesachd Ellge?" Er kicherte vor sich hin. Mama seufzte nur und pappte ihm den Teller voll.

„Bänn." Mein Vater wandte sich an mich. „Nu könnmar vormittachs wieder Düschdennis spielen. Bis 'sch ne Arbeid finde."

„Ich spiele kein Tischtennis mehr", sagte ich.

„Warumdn ni?", fragte Vater. „Früor hadds dor doch o Schbas gemachd."

„Nein."

Mama seufzte wieder. Auch mir schaufelte sie den Brei auf den Teller, als ob Hungersnot ausbrechen sollte.

„Genug", schrie ich.

„Genug?", fragte sie.

„Ja." Ich greife schon nach dem Teller, da holt sie noch einen vollen Schöpflöffel aus dem Topf und haut ihn obendrauf. Das macht sie immer so.

Nach dem Abendessen ging ich nach oben in mein Zimmer und ließ mein Windowsbook aus seinem Schlummer aufwachen. Den Rechner habe ich mir hart bei einer Sommerbrigade erarbeitet. Meine Eltern gaben mir etwas Geld dazu: Ein krasser Gaming-Rechner. Das teuerste Ding in unserem Haushalt. Bis mein Vater eine neue Arbeit gefunden hatte, würde es kein neues Fernsehen geben. Unser altes schaute aus wie aus den DDR-Zeiten – ein Überbleibsel aus der Steinzeit der Elektronik.

An der Haustür läutete es. 22.30 Uhr. Clara hatte wohl wieder mal ihren Schlüssel vergessen. Ich lief die Treppe runter. Meine Eltern hockten im Wohnzimmer und glotzten. Ich bin hier der Türaufmacher. Boah! Schon im Flur spürte ich, wie die Linsen vom Abendessen meinen Darm zu einer Erdgaspipeline machten. Vielleicht könnte ich in Vatis Stapfen treten und meine Schwester Clara nach seiner Art begrüßen. Schlechtem Humor sollte man keine Grenzen setzen. Ich drehte mich mit meinem Rücken zur Haustür, streckte meinen Arsch heraus, packte hinter meinem Rücken die Türklinke, öffnete die Tür und ließ einen fahren, so dass der Türrahmen erzitterte.

„Rate, was es zum Abendessen gab?", sagte ich und drehte mich zu Clara. Doch es guckte mich nicht Clara an, sondern ... CARMELA! Wer sonst? Mann! Peinlich!!! Womit sich wieder mal Carmelas unheiliger Einfluss auf mich bestätigte. Ich hatte sie noch nie getroffen, ohne mich peinlich gefühlt zu haben. Aberglaube hin oder her. Die Statistik sprach eine eindeutige Sprache. Vor lauter Schamschreck ließ ich noch einen fahren.

„Hast du nichts Vernünftigeres zu sagen?", fragte Carmela.

„Was ... w-was ...", stammelte ich hervor, „was ... was machst du hier so spät?"

„Ich soll deinem Vater etwas ausrichten", sagte Carmela. „Euer Telefon geht nicht."

„Mein Vater schaltet das Telefon um zehn Uhr aus." Ich seufzte.

„Eure Handys sind auch ausgeschaltet." Carmela kam rein. „Dein Vater wird sich über die Nachricht freuen." Sie ging ins Wohnzimmer.

Huch! Hab ich echt Carmela mit einem Furz begrüßt? Wenn sie das nach den Ferien in der Schule erzählen würde, war ich erledigt. Fassungslos stand ich im Flur und überlegte, ob ich mich gleich umbringen sollte. Besser ich verkroch mich erstmal in meiner Bude. Vielleicht konnte mich ja eines der Mädchen bei Facebook etwas aufbauen. Doch heute hat mir nur

Mila eine Treasure-Isle-Anfrage geschickt, ein paar Freundinnen kommentierten sich gegenseitig ihre Fotoalben, viele posteten neue Fotos und neue Bilder und neue Videoclips, Veranstaltungseinladungen, Geburtstagshinweise und die üblichen Statements. Nichts Aufbauendes, kein verdammtes Herz.

„Bennie!", rief meine Mutter aus dem Wohnzimmer. Ich trottete nach unten. Carmela hockte am Tisch und tat ganz unschuldig. Ganz schön verschlagen, die Tante. Auch Clara war inzwischen gekommen.

„Zum Ferienende ziehen wir um", sagte Mutter. „Carmelas Onkel Alfred hat für euren Vater eine Arbeit in Bayern gefunden. Als Hausmeister."

„In äm Mädlindernad!", sagte Vati und grinste.

„In einem Mädcheninternat? Echt?" Im ersten Augenblick hüpfte ich vor Glück: Endlich würde ich Carmela loswerden. Aber gleich packte mich das Grauen. „Bayern?", fragte ich. „Das liegt doch gar nicht in Sachsen." Alle guckten mich an, als ob ich was echt Blödes gesagt hätte. „Und Rowdy?", fügte ich hinzu.

„Rowdy?", fragte Carmela.

„Bennie und Rowdy sind sehr gut befreundet", sagte Mama zu Carmela.

„Jetzt hör endlich auf mit dem Bennie!", sagte ich.

„Wieso, Bennie?", sagte Carmela. Jetzt spielte die sich noch auf.

„Du und Rowdy hockt ja sowieso ständig am Computer", sagte Mama. „Das könnt ihr doch auch auf die Entfernung machen."

„Ja", sagte Carmela. „Ihr könnt online spielen."

„Du solltest dir allmählich ohnehin ein schönes Mädchen suchen, Bennie", sagte Mama. Bei Carmela zuckten die Lippen. „So eins wie Carmela." Carmela hörte auf zu lachen.

„Und Rowdy auch", fügte Mama hinzu. „Vielleicht würde euch ein Mädchen den Computer ersetzen. Wieso Rowdy kein Mädchen hat, verstehe ich überhaupt nicht. So ein flotter Junge." Carmela schoss Ketchup auf die Backen.

Holla! Ging da was ab zwischen Carmela und Rowdy? Ich wischte den Gedanken weg. Jetzt musste ich erstmal etwas anderes verdauen: Bayern!? In Bayern liefen doch noch Bären frei rum. Hmm … DSL würde man dort wohl haben. Ob wir aber unsere Band so auf Entfernung am Leben halten konnten? Autorennen zocken würden Rowdy und ich wohl zusammen nicht mehr. Mussten auf Online-Spiele umsatteln.

„Kann ich hier im Haus bleiben?", fragte Clara. „Mit Kevin?"

„Kevin Kline?", sagte ich. Vielleicht würde ich mit meinem Humor bei Carmela den Furz ausbügeln. Obwohl es jetzt ja sowieso egal war, was sie nach den Ferien in der Schule erzählte. Doch mein Witz gefiel Carmela nicht. Statt zu lachen, verdrehte sie nur die Augen.

„Idiot", sagte Clara.

Das sind halt unsere üblichen Gespräche. Seit Clara sich zur Krankenschwester ausbilden ließ, machte sie einen auf vernünftig und so. Früher war das Schwesterchen ziemlich ausgeflippt, hat am Valentinstag alle Schuhe von Vati rosa angestrichen und so Zeugs. Aber wenn du täglich an lebenswichtigen Schläuchen herumwerkeln musst, hast du vernünftig und ernst zu werden, sonst kann's lebensgefährlich enden – vor allem für die Leute, die an den Schläuchen hängen.

„Du bleibst vorläufig hier", sagte Mama zu Clara. „Du musst deine Lehre fertig machen. Wir können das Haus sowieso nicht verkaufen, bevor sich nicht zeigt, wie wir in Bayern zurechtkommen. Bennie geht aber dann in Bayern in die Schule."

„Bänn", sagte Vater. „Bring de Carmeela heem! Die soll ni in dor Nachd alleene durch de Gegnd latschn."

Ich begleitete Carmela die paar Straßen weiter, sagte aber kein einziges Wort zu ihr. Heute hat sie's echt übertrieben: Zuerst die Ekschn am See – und dann knallt sie noch meine ganze Zukunft mit ihrer bescheuerten Botschaft ab. Wir mussten nach Bayern. Und das gerade jetzt, wo wir unsere fette Band gegründet hatten. War das nicht zum Heulen?

♥

Erst in der Nacht im Bett hat's mich richtig erreicht. Ich meine nicht die Reise nach Bayern. Das andere: Mädcheninternat! Kurz bevor ich in die überfluteten Schluchten des Schlafs fiel, hielt ich mich an meiner Gurke fest wie an einem Rettungsstab. Wenn ich Angst habe, pack ich mein Ding in die Hand. Sicher ist das bei den anderen Jungs genauso wie bei mir. Wir Jungs sind halt gurkenfixiert.

Echt aber Mädcheninternat? Dort wird's eine Menge Mädchen geben, oder? Mann! Alle sicher krass katholisch drauf. Ich sprang aus dem Bett, schmiss Püppi noch mal an und googelte nach „Mädcheninternat". Gleich fand ich was, samt einigen Bildern, und es knotete meinen Dünndarm zusammen. Die Mädels in diesem Mädcheninternat trugen Röcke wie im 19. Jahrhundert und durften nicht glotzen. Mussten halbstündlich beten und knöchellange Kleider tragen. Na, wenn wir in einem solchen Ajatollah-Mädcheninternat landen würden, dann verliere ich meine Jungfernschaft nie, oder?

Wie du zum Spanner wirst

Mein Dachbodenzimmer wurde von Gott persönlich geheizt. Bayern nun mal. Heiß wie in der Sauna. Obwohl draußen bereits das Dunkel herrschte. Die Sonnenstrahlen des Tages hatten sich aber in den Dachritzen über mir versteckt und wollten nicht abhauen.

♥

Am Nachmittag waren wir hier, in den bayerischen Wäldern, angekommen. Das Ausladen des Lastwagens hat sich bis in die Nacht gezogen. Zuerst war ich glücklich über das Dachbodenzimmer. Voll privat. Meine Eltern schliefen einen Stock unter mir. Und jetzt diese Hitze!

Ich riss das Fenster auf: Der Ast eines Apfelbaumes ein paar Meter unter mir zeigte mir ein paar reife Früchte. Das Wasser lief mir im Mund zusammen. Oh, trete ein und schade nicht, du saftiger Apfel. Saftig und frisch! Leider hingen die Äpfel zu weit unten. Gott wünschte mir die schönen Früchte nicht. Unglaublich, oder?

Seit ich in Bayern war, dachte ich nicht mehr an Mädchen, nicht mal an meine Facebookfreundinnen, sondern nur noch an Gott. Obwohl ich in einem Mädcheninternat hockte. Gott sei Dank glaube ich nicht an Gott. Ich bin ja Sachse. In einem bayerischen Mädcheninternat musste ich mich aber mit Gott auseinandersetzen. Ein Paradies mit einem Apfel gab es hier schon, auch wenn es kein echtes war – die nackte Eva fehlte dort draußen.

Trotzdem – der Apfel machte mich an. Ich lief die Holztreppe runter, aus dem ehemaligen Kloster in seinen Garten. Wo waren jetzt die prächtigen Melonenäpfel? Der Baum musste gleich unter meinem Dachbodenfenster stehen ... wo lag aber mein Zimmer, verdammt?

Das Klostergebäude strotzte vor Dachbodenfenstern, der Garten voll mit schwangeren Apfelbäumen bewachsen. Ich lief unter die Bäume, guckte mich um und erstarrte: Hinter einem der beleuchteten Fenster im zweiten Stock, also in meinem, zog Eva sich gerade ihre Bluse aus, darunter trug sie keinen BH! Hatte sich der Klostergarten doch zum Garten Eden gewandelt? Boah! Peepshow im Paradies. Klar bekam ich einen anständigen Ständer – und das sofort!

„Hau hier ab!", sagte eine Stimme in meinem Hirn. „Lass dich nicht von deiner blöden Schlange verführen! Sicher ist da irgendwo der Alte versteckt und passt auf."

Doch ich starrte weiter. Ein Kerkermeister hatte meine Füße mit bleiernen Kugeln behängt, als wäre ich wieder mal der Graf von Monte Christo und mein Blick eine Gefängnisinsel – mein eigenes Château d'If – ich wollte weg, verdammt, doch mein Blick ließ mich nicht los. Weggucken konnte ich auch nicht – mein Kopf steckte in einer Halskrause aus Gips. Was tat ich hier eigentlich? Bin ich ...

„Ein Spanner?", sagte eine weibliche Stimme hinter mir. Das Blei an meinen Füßen schmolz, die Gipskrause um meinen Hals zerbrach, ich fuhr herum.

„Was machst du hier?"

Sprachlos starrte ich das Mädchen an, das auf einer Welle aus Mondstrahlen herangesurft kam: Langes lockiges Haar – schmutzigblond. Sommersprossen. Schwarzes ärmelloses T-Shirt und abgerissene Jeans, nicht Designerjeans, diese Löcher schauten echt aus. Aber wie soll schon ein Loch anders ausschauen als echt? Ein Hippiemädchen! Doch freie Liebe interessierte sie jetzt nicht.

„Bist du ein Strolch?"

„Ich ... ich wollte mir einen Apfel holen!" Scheiße! Hin und wieder hört sich die Wahrheit nach einer verdammten Lüge an.

„Wolltest du vom Baum der Erkenntnis von Gut und Böse essen?", sagte sie mit einem Blick auf die nackte Eva hinter dem erleuchteten Fenster und mit einer Grunzstimme. Wohl doch kein Hippiemädchen. Eher ein Bibelfreak der Heavy-Metal-Prägung. Aber verdammt! Konnte sie meine Gedanken lesen? Gott und Schlange und der verbotene Apfel spannen doch nur in meinem Hirn herum! Wohl waren hier alle auf dem Katholen-Tripp. Mannomann! Ein schöner Anfang im Mädcheninternat: Als Spanner entlarvt!

„Ich wollte echt nicht gucken", sagte ich.

„Das wäre sowieso das falsche Subjekt", sagte das Mädchen. „Auril ist zu gefährlich für dich."

„Auril?"

„Ja, Auril! Die Frostmaid, die kalte Göttin. Wenn du ihr zu nah kommst, schlägt sie dir Löcher in den Schädel, damit sie deinen Kopf mit ihrem eisigen Atem füllen kann."

„Krass", dachte ich. Eine Poetry Slammerin. Wo bin ich nur hineingeraten?"

„Lebst du im Dorf?", fragte sie mich.

„Nein." Ich zeigte zum Klostergebäude, das immer noch mit dem lebenden Bild der nackten Auril geschmückt war. „Mein Vater ist der neue Hausmeister hier."

„Dann sei dir zur Begrüßung das Rumspannern verziehen", sagte das Mädchen.

„Ich hab nicht geguckt", beteuerte ich noch einmal.

„Das Fenster dort muss für dich auf jeden Fall tabu bleiben", sagte sie. „Ich wohne auch da." Sie trat ganz nahe an mich, streckte ihre Hand aus und berührte mit ihrem Zeigefinger meine Stirn. Als wollte sie sich überzeugen, dass ich wirklich war. „Du bist blass", sagte sie. „Hockst die ganze Zeit am Computer, oder?"

„Nö", log ich.

„Hier draußen ist es schön", sagte sie. „Eine Sommernacht hat was Magisches."

„Heißt sie wirklich Auril?", fragte ich.

„Wer?" Die Hippiebraut schaute irritiert.

„Na, das Mädchen in deinem Zimmer!"

„Anna?" Sie prustete. „Wie kommst du denn auf Auril? Auril ist doch die kalte Göttin der Vergessenen Reiche." Lachend hüpfte sie davon.

„Wie heißt du?", rief ich ihr nach.

„Finde's selbst raus!", rief sie zurück. „Das Spiel kann beginnen."

„Hä?", sagte ich, während sie im Dunkeln verschwand. Tja, eine Verrückte, die wohl viel zu viel Rollenspiele spielte: *Dungeon & Dragons*. Wie sollte's hier bloß weitergehen? Wie sie hieß, wusste ich nicht. Aber das war egal. Ich hatte den wichtigeren Namen: Anna hieß also die nackte Königin des leuchtenden Fensters. Die Göttin dieses alten Klosters, das gegründet wurde, um sie zu verehren. Anna, du Heilige! Was? Heilige? Ein Junge aus Dresden, der an Heilige glaubte? Mann! Ein Tag in Bayern, und ich war hier voll integriert. FLATTER, FLATTER! – ich hörte ein paar Flügel davonflattern. Von der Putte, die einen Liebespfeil direkt in mein Herz geschossen hatte: Anna!

Das Liebesloch

Ich trödelte noch etwas ums Kloster rum. Zu früh fürs Bett. Kein DSL im Zimmer. Auch wireless hatte ich mich nirgendwo einloggen können – die zwei WLANs, die ich an meinem Smartphone und Notebook sah, waren durch Passwörter geschützt. Ansonsten voll das Datenloch hier. Erst in zwei Wochen sollte ich meine eigene Leitung bekommen. Echt! Zwei webfreie Wochen.

Wenn ich mal Geld habe, zahle ich das fetteste LTE-Netz, das es gibt, schwor ich mir. Jetzt konnte ich nicht einmal 19 Euro monatlich für etwas Datenfluss ausgeben. Seit mein Vater arbeitslos war, habe ich nicht mein Taschengeld bekommen.

Trotz meiner romantischen Gefühle fühlte ich mich wie auf Drogenentzug. Heute war Montag. Zwei Wochen lang ohne Facebook, WhatsApp und die ganzen Gamer-Foren. Ziemlich asozial, oder?

Auch in der Schule sollte ich erst in einer Woche anfangen. Meine Eltern hatten was verschlampt und mussten ein paar Formalitäten erledigen. Und mir ein Fahrrad kaufen. Die gemischte Schule war etwa sechs Kilometer vom Kloster entfernt. Im Winter würde mich mein Vater in die Schule fahren. In die Schule im Kloster durfte ich natürlich nicht, ich war ja kein Mädchen.

Die Sommerferien in Sachsen waren schon seit fünf Wochen vorbei. Die Schule in Bayern fing nach den Ferien aber erst am vierzehnten September an, also morgen. Süden halt! Da würdest du im August in der Schule 'nen Hitzeschlag kriegen. Dank meinen Eltern würde ich nun also die erste Schulwoche frei bekommen: Nicht schlecht ein kleiner Sommerferien-Nachschub. Leider webfrei. Wer würde den Fans von *Krumme Gurken* ihre Fragen beantworten?

Rowdy konnte zwar Symphonien komponieren und iPods reparieren, doch keinen einzigen vernünftigen deutschen Satz schreiben. Ich holte mein Handy aus der Tasche und tippte eine SMS. *„Alles klar, Kumpel? Was machen die Fans? Habe kein Internet hier."*

HÄNDE HOCH! SCHURKE! Geil, mein Klingelton, oder? Krass gegrunzt! Rowdy rief mich an. Er konnte's sich leisten, hatte am Handy eine Flatrate in alle Netze.

„Bei Facebook alles ruhig, Alta!", sagte er. „Keine Kommentare. Was machen die Mädels?"

„Laufen hier nackt rum", sagte ich, verspürte jedoch wieder einen Stich in der Herzgegend. Hatte mich das Engelviech wirklich getroffen?

„Echt? Du hast aber Glück!"

„Was zockst du?", fragte ich. Irgendwie hatte ich keine Lust, über meine krassen Gefühle zu reden. Nicht mal mit Rowdy.

„*GTA*. Kopf hoch, Alta! Bald bist du sicher wieder online."

Das musste er gar nicht sagen. Ich merkte, dass die depressive Stimmung der letzten Wochen weg war. Etwas Neues tat sich auf. „Gute Nacht, Kumpel!"

Ich steckte das Handy in die Tasche, gleich aber versuchte das Ding, mir wieder einen runterzuholen. Mein Vibrationssignal ist massagemäßig echt der Bringer. Ich musste mich zusammenreißen. Wohl rief mich Rowdy noch mal an. Hmm ... eine unbekannte Nummer. Ich drückte die grüne Taste. „Ja?"

„Hör zu!", sagte eine weibliche Stimme. „Mir ist es echt peinlich, aber ich kann nicht anders. Ich bin noch Jungfrau. Möchte das erste Mal mit dir machen."

Hä? Leute! Eine Hammer-Message, oder? Hat euch schon ein Mädchen so was gesagt? Als ihr selbst eine Jungfrau wart.

Am anderen Ende war es still. Ich schwieg auch. Zu so 'ner Ansage fiel mir nichts ein. „Carmela?", fragte ich nach einer Minute des Schweigens vorsichtig.

„Bennie?", kreischte sie. „Scheiße! Hab eure Nummern falsch abgespeichert? Wollte Rowdy anrufen. Mist! Sorry! Jetzt krieg ich's nicht mehr hin." Sie klang echt verzweifelt. Und legte dann auf.

Was jetzt? Ich rief sie zurück.

Sie heulte. „Waas ... was ist?"

„Ruf Rowdy an!"

„Hast du mit ihm geredet?"

„Nö", sagte ich. „Hab ja gleich wieder dich angerufen."

„Ich bin voll peinlich", sagte Carmela.

„Bist du nicht. Ruf ihn an."

„Der lacht mich aus."

„Macht er nicht", sagte ich. „Ruf ihn sofort an und sag ihm, was du mir gesagt hast."
Pause.
„Tschüs", sagte ich und drückte auf Rot.
Was jetzt also? Ich mussste mich bei einem Spiel abreagieren. *Assassin's Creed* oder etwas anderes. Kein Online-Spiel, kein *Fortnite* – ich hatte kein Netz. ... Oder doch nicht? Plötzlich kam mir das Zocken wie Zeitverschwendung vor. Die Assassinen konnten warten. Besser ich würde mir von meinem Vater ein Fernglas ausleihen und aus sicherer Entfernung die ganzen beleuchteten Fenster des Klosters unter die Lupe nehmen. He-he-he ...
Ach, Quatsch! Das hab ich nur zum Spaß gesagt. So ein Spanner bin ich nicht. Echt nicht! Warum lief ich also nicht in mein Zimmer, um mein Windowsbook zu starten? Weil es mir draußen plötzlich gut gefallen hat. Krass, oder? Insektenviecher zirpten, Nachtvögel heulten und schissen auf die Nachtruhe, Sternenbanner am Himmel – ich hatte mich in die warme Nacht eingekuschelt und wollte den schönen Mantel nicht ablegen. Zumal ich immer noch komisches Kribbeln verspürte. Wegen dieser Anna? Kann man sich in ein Mädchen verknallen, das man nur einmal hinter einem beleuchteten Fenster gesehen hat?
Erst um dreiundzwanzig Uhr landete ich wieder am Haupteingang. Eine Mädchenmeute trudelte gerade mit Koffern rein. Sehr spät! In der letzten Stunde der Ferien: Sie beäugten mich wie einen Affen. Wohl sah man hier Jungs nicht so oft.

Und noch mal hallte mein Handyklingelton – HÄNDE HOCH! SCHURKE! Diesmal war's Rowdy. „Bin verliebt, Alta!"

„Wer ist die Glückliche?", fragte ich, obwohl ich's schon wusste.

„Na, wer schon? Carmela!"

„Die ist super", sagte ich.

„Nicht gemeingefährlich?", fragte er.

„Hab damals nur gescherzt", log ich.

„Du und deine Scherze, Alta."

„Hast du's ihr gesagt?"

„Sie hat mich gerade angerufen. Gute Nacht!"

„Schlaf gut, Dschulio", sagte ich.

„Idiot!" Er legte auf.

Ich lachte. Irgendwie war ich plötzlich auch glücklich. Komisch, oder? Ohne Web?

♥

Leise ging ich die Holztreppe hinauf. Aus dem Schlafzimmer meiner Eltern kamen tierische Geräusche auf Sächsisch.

„Und fertsch, Mutti!", brüllte Vater. „Soou!"

Sei's ihnen gegönnt. Die Septembernacht knisterte vor Liebe. Liebe hin, Liebe her, mein Energietank war leer, reimte ich ein bisschen. Musste wieder etwas Energie ansammeln, bevor's weiter ging mit dem Zocken. Eigentlich konnten die Assassinen warten. Hä? So weit war's mit mir gekommen? Wollte ich echt das Zocken verschieben? War ich krank, oder was? Hat mich die Natur hier so geschwächt?

Meine Tür lag gleich gegenüber der Treppe. Am Ende des Flurs gab's eine Eisentür, die aber verschlossen war. Ich hatte sie gleich nach der Ankunft ausprobiert. Du musst jede Tür öffnen – das weiß jeder Zocker. Wenn du bei *Fortnites Battle Royal* auf der Insel ausgesetzt wirst, musst du sofort in Häusern nach Waffen und Munition suchen. Wenn du nur mit der Picke bewaffnet bist, knallt dich jeder Anfänger ab.

Nur die Türen machst du nicht auf, hinter denen die anderen Killer lauern. Dort klopfst du mit einer Granate an, baust dir ruck zuck eine Plattform über dem Haus und knallst alles ab, was nach außen läuft. Destroyer!!! GRUNZ!

Hinter der eisernen Tür da aber schliefen nur Mädchen, zumindest lag das Fenster mit meiner nackten Königin in dieser Richtung. Diese Tür schien aber schon länger nicht aufgesperrt worden zu sein. Der Eiserne Vorhang.

Im Zimmer hüpfte ich unter die Dusche. Krass, oder? Eine eigene Dusche im Zimmer. So etwas hatte ich noch nie. Das Dachbodenzimmer war nur für mich eingerichtet worden. Aus einer Abstellkammer.

Nach dem Duschen zog ich den Bezug von der Bettdecke runter, schmiss die Decke in die Ecke und schlüpfte unter den leeren Bezug. Nur in Boxershorts. Wegen der Hitze hätte ich auch nackt schlafen können, mit sechzehn musst du aber auf alles gefasst sein. Ein ungewollter Samenerguss nach einem heißen Traum auf dem ganzen Bettlaken verteilt, würde meinen Eltern viel zu viel Gesprächsstoff bieten.

Jetzt musste ich noch mein Schlafmittel nehmen – klar brauche ich keine Pillen. Wenn ich mir aber im

Bett einen abrubbele, schlafe ich wie das Dornröschen. Ich inspizierte meine Gurke. Zum Glück war ich mit ihr jetzt einigermaßen zufrieden. Aber noch mit so acht Jahren, o Mann! Als ich meine erste fette Erektion ... na, ja, jetzt hab ich's doch etwas übertrieben, also sagen wir, so ungefähr mit zwölf war das.

Jetzt gefiel mir die Krümmung nahezu – so innig vertraut. Sanft wie bei einer Geige. Ich begann den Bogen zu streicheln und zauberte gleich eine Melodie hervor – gesungen von einer Frauenstimme. Verdammt nah! Scheißeee! Schock! Hatte mich ein weibliches Wesen beim Wichsen erwischt? Kurz nach meiner Entlarvung als Spanner? Vom Regen in die Traufe? Ich zog den Deckenbezug über die Gurke. Vielleicht hatte man mich dabei mit nem Handy gefilmt. Landete ich jetzt bei YouTube? *Bennie – der einsame Wichser?* So viel Ruhm brauchte ich nicht. Gewichst hatte ich doch extra immer nur bei runtergezogenen Jalousien, damit ich in der besten Rolle meines Lebens nicht bei Google Earth auftreten musste. Hat man mich jetzt trotzdem mit dem prallen Joystick in der Hand erwischt?

Und wieder Mädchenstimmen. Jetzt mehrere! Sie kamen aus der Ecke des Zimmers. Ich schlüpfte in meine Shorts und suchte nach der Quelle: Wärmer ... wärmer ... heiß ... es brennt! Die Stimmen schossen mir aus einem Loch unten in der Wand entgegen.

Puh! Erleichterung! Ich war doch nicht beobachtet worden. Kein Guckloch, nur ein Schallfenster. Die Handwerker hatten vergessen, das Loch ums Heizungsrohr herum dicht zu machen. Stark! Mädchen im Nachbarzimmer. Auch in ihrem Gespräch ging's um Bauarbeiter.

„Der Tätowierte schaut total süß aus", sagte ein Mädchen mit bayerischem Zungenschlag.

„Voll", sagte ein anderes Mädchen. „Brettbauch wie Johnny Depp."

„Na, dann kannst du den wohl vergessen, Mia", sagte eine dritte. „Oder meinst du, so einer steht auf rundlich?"

„Lass Mia in Ruhe, Anna!" Ich erkannte die Woodstock-Tante, die mich im Garten erwischt hatte. „Musst du sie immer so fertig machen?"

Boah! Anna und das Hippiemädchen wohnten gleich hinter der Wand.

Und jetzt wusste ich auch, wie zwei der Mädels hießen. Den Namen meiner nackten Königin Anna kannte ich ja schon. Die Dickste im Zimmer war Mia. Noch zwei blieben übrig: Das Mädchen mit dem bayerischen Dialekt und die verschrobene Hippiebraut.

„Wenn die Kerle so gut gebaut sind, haben sie einen kleinen Lümmel", sagte die Bayerische. „Meistens trainieren sie ihre Muskeln, weil sie Komplexe wegen ihrem Lümmel haben."

Die hatte echt keine Ahnung, die Tusse – Rowdy und ich hatten ja mit den Muskeln nichts am Hut.

„Echt?"

„Ich hab vorhin den Sohn des neuen Hausmeisters kennengelernt", hörte ich die Stimme des Hippiemädchens aus dem Garten. „Äääh ... ihn also gesehen."

„Seinen Lümmel?", fragte die Bayerin.

Die schien eine krass derbe Nummer zu sein. Eine verdammte Telepathin auf jeden Fall. Fast hätte ich ja im Garten die Wünschelrute rausgeholt.

„Hi-hi-hi ..."

„Der ist so alt wie wir", sagte die Hippie-Tusse. Jetzt würde sie mich wohl verpfeifen und ihren Freundinnen erzählen, dass ich im Garten rumgespannert hätte. Und dann würde mich meine nackte Prinzessin Anna mit einem Schraubstock aus der Schulwerkstatt kastrieren. Doch das Mädchen verriet mich nicht.

„Echt, Nena?", sagte das Mädchen mit dem bayerischen Dialekt komisch. „Haben wir jetzt endlich einen Burschen im Internat? Super! Was stellen wir mit ihm also an?"

Aha! Was wollten die Mädels mit mir anstellen? Auf jeden Fall wusste ich jetzt, wie das Hippiemädchen hieß. Nena! Wenn wir uns das nächste Mal treffen, würde ich mir von ihr 99 Luftballons vorsingen lassen, he- he-he.

„Wie schaut der aus?", fragte die Dicke.

„Keine Chance, Mia!", sagte Anna. „Mach du erstmal die Brigitte-Diät. Inklusive Schokoriegelentzug."

Oh! Wie witzig Anna doch war. Von Kälte keine Spur, wie Nena im Garten gelabert hatte, oder?

„Lass mich in Ruhe, du blöde Kuh!", sagte Mia.

„Vielleicht können wir endlich unser Spiel spielen?", sagte das Mädchen mit dem bayerischen Dialekt. „Wie schaut er also aus?"

Auweia! Jetzt musste ich schnellst zur Tat schreiten, bevor ich die Wahrheit über mein Aussehen erfahren würde. Was sollte ich auch mit einer ehrlichen Meinung eines Mädchens über mein Aussehen schon anfangen?

„Ich höre euch!", brüllte ich.

„Ein Spanner!", kreischte es einstimmig von nebenan. Und Schrei und Quiek! Als hätte ich durch das

Loch eine Maus geschoben. Ich hörte das Knarren der Schranktüren, das Quietschen der Matratzen, das Knistern der Kleider, sogar ein Laken wurde vom Bett runtergerissen. Ich stellte mir vor, wie sie sich schnell in irgendwelche Stoffe einpuppten. Waren sie alle nackt gewesen? Aber echt! Schon wieder hatte man mich als Spanner beschimpft. Jetzt sogar mehrstimmig.

„Ich kann euch nicht sehen!", brüllte ich. „Nur hören!" Das beruhigte sie sofort. Als wäre das Gehörte weniger gefährlich als das Gesehene. „Hier ist ein Loch in der Wand!", rief ich.

Stille.

„Das ist der Sohn des Hausmeisters", sagte Nena.

Ja, blöd! Und was sollte ich jetzt sagen? „Jetzt weiß ich, wie du heißt", sagte ich.

„Waaas?", sagte sie. „Ach so! Und wie heiße ich?"

„Nena!"

„Der spinnt", sagte Nena in den Raum hinein, dann rief sie ins Loch: „Ich heiße Katja, du Idiot!"

„Aber deine Freundin hat dich doch vorhin mit ‚Nena' angeredet."

„Welche Freundin denn?"

„Na, die mit dem bayerischen Dialekt."

„Emma?"

„Ach, du Scheiße!", sagte ich ungewollt laut.

„Was? Findest du meinen Namen scheiße?"

„Nein", rief ich. „Emma heißt nur eine Bekannte von mir, bei der ich mal ..." He? Was wollte ich da über mich verraten? Dass ich bei Emma abspritzte, als sie versuchte, mich in ein Schwimmbecken zu zerren?

„Bei der du ...?"

„Ääääh ... bei der ich ... mal ... eh ... im Schwimmbad mal ... eh ... eh ... schwimmen gelernt habe."

„Der Typ ist echt deppert", sagte Emma. „Kein Wunder! Halt ein Hausmeistersohn. Wen hast du also gemeint? Mit dem Mädchen, das hier Bayerisch gesprochen hätte?"

„Na, dich!"

„Ich spreche nicht Bayerisch!", donnerte Emma plötzlich. „Und ich hab schon überhaupt nicht Katja als Nena angesprochen!"

„Hast du doch!" Ich ließ mich doch nicht für dumm verkaufen. „Als Katja sagte, dass ich so alt bin wie ihr, hast du erwidert: ‚Echt, Nena?'"

„Du Trottel! Da hab ich gesagt: ‚Echt? Neee! Naa?'"

Mann! Hab heute schon allerhand angesammelt: Spinner, Idiot, deppert, Trottel. Und das alles in drei Minuten Gespräch. Das kann dir im Netz echt nicht passieren. Nur in einem ganz krassen Forum.

„Also was machen wir mit ihm?", fragte Emma. „Zuerst hört er uns heimlich ab, dann macht er uns narrisch mit seinen Unterstellungen ..."

„Wir sollten schlafen gehen." Das war wieder Katja. „Morgen beginnt die Schule."

„Er soll uns mit einem Wiegelied in den Schlaf wiegen", schlug Anna vor.

Hey! Die nackte Anna wollte, dass ich ihr ein Lied vorsinge. Was für eine Ehre! Ein Blitz fuhr in mich und grillte meine Innereien. Für die Göttin singen? Was sollte ich tun, verdammt? Ein Ständchen für die Unerreichbare bringen. Einen Ständer schon! Aber ein Ständchen? Mein Gesang ähnelte dem eines geschlachteten Ochsen. Deswegen hatten Rowdy und ich ja meine Schwester Clara als Sängerin für unsere Band anheuern müssen.

„Ich kann mir nicht vorstellen, dass er singen kann", sagte Emma.

„Ich kann euch ein Wiegelied auf meiner Flöte vorspielen!"

„Flöte?", fragte Anna.

„Derb ist er auch noch", sagte Emma. „Deine Macho-Witze kotzen mich an!", rief sie ins Loch.

„Was? Ich hab doch nicht ... äääh, ich hab eine echte Blockflöte gemeint. Nicht mein ..."

„Was dein?"

„Na, mein ... Dingsbums!"

„Zeig mal!"

„Geht nicht", sagte ich. „Das Loch ist zu eng dafür."

„Der Junge ist ziemlich unanständig", sagte Anna.

„Für meine Blockflöte", fügte ich hinzu und kicherte blöd. Wunderte mich selbst über meine Sprüche. Das Loch machte mich mutig.

„Du sollst dein Flötenspiel zeigen, meinte ich, du Blödmann!", brüllte Emma. „Nicht deine Gurke!"

„Waaas!? ... Okay! Wartet mal kurz." Nach Jahren Flötenentzug kramte ich meine alte Blockflöte aus dem Koffer hervor, setzte mich damit vor das Wandloch und stimmte ein Schlaflied an: „Schlafe, mein Prinzchen es ruhn ..." Zum Glück hatte meine Flötenlehrerin voll auf Volkslieder gestanden. Ich gab mein Bestes.

„Ein schlüpfriges Kinderlied", sagte Mia.

„Hä?"

„Na, kennst du die zweite Strophe von diesem erotischen Kindersong nicht?" Sie sang und mir blieb der

Mund offen stehen, denn ihre Stimme war tausendmal schöner als mein Flötenspiel:

„Nur in der Zofe Gemach,
Tönet ein schmachtendes Ach.
Was für ein Ach mag dies sein?
Schlafe, mein Prinzchen, schlaf ein.
Schlaf ein, schlaf ein."

„Ach so!", sagte Emma, als Mia fertig war. „Der Hausmeistersohn hat nur Schweinereien im Kopf, oder?"

Logisch, dachte ich. Der Dieb ruft immer, „Haltet den Dieb!" Bei dieser derben Emma musste ich echt aufpassen. „Ich kenne nur die erste und die dritte Strophe", sagte ich. „Da ist kein ‚schmachtendes Ach' drin. Ich komme aus Dresden."

„Dann ist alles klar!"

„In unseren deutschen Liedern muss man halt hin und wieder Strophen auslassen", sagte ich.

„Spiel hier nicht den Klugscheißer!" Ich wollte mit Anna reden, aber das Wort führte eindeutig Emma.

„Ich spiel's nicht", sagte ich. „Ich bin scheißklug." Ich konnte nicht glauben, dass ich einen solchen knallharten Spruch gesagt hatte. In einem Chat-Forum kannst du aber auch flottere Sprüche schmeißen als, wenn eine Göttliche dir ins Auge blickt. Die Wand zwischen den Mädchen und mir machte das Gespräch zu einem Web-Chat. Das beste, was ich je in einem Zimmer hatte: Ein Loch in der Wand!

„Der Bursch ist ungesund selbstbewusst." Emma lachte. Zum ersten Mal hatte ich sogar bei dieser Furie gepunktet. Ich wuchs bis zur Zimmerdecke. Ungesund selbstbewusst? So was Schönes hat noch nie eine Frau zu mir gesagt. Und trotz meines exzessiven Gesprächs mit vier Mädels, von denen mindestens zwei in Sachen Sexappeal in der ersten Bundesliga kickten, hatte ich keinen Ständer bekommen. Wow! Den kriegte ich doch normalerweise immer, wenn Mädchen mit mir redeten. Ich bin halt ein Ohrenmensch: Mädchenstimmen machen mich heiß. Nicht aber jetzt. Hatte mich das Loch so abgetörnt? Nein! Plötzlich kapierte ich, was der Trick war.

„Ich komme gleich wieder!", brüllte ich ins Loch und flitzte aufs Klo.

„Der spinnt echt", hörte ich noch.

Auf dem Klo zückte ich mein Handy. Rowdy zockte manchmal die ganze Nacht durch, bei dem musste ich keine Hemmungen haben. Wenn er schlief, machte er das Handy aus.

„Wer bist du, Alta?", sagte Rowdy verschlafen ins Telefon.

„Ich bin's, Kumpel!", sagte ich. „Pennst du schon?"

„Ah, du bist's", sagte Rowdy. „Was geht?"

„Ich weiß jetzt ein Rezept, damit du keinen Ständer mehr kriegst, wenn du mit Mädchen redest."

„Echt?"

„Du musst ungesund selbstbewusst sein."

„Krass!"

„Gute Nacht!"

Jetzt war also alles klar. Ich würde mich in einem Gespräch mit hübschen Mädels nur drauf konzentrieren, etwas heftig ungesund Selbstbewusstes zu sagen, und alle meine Erektionsprobleme waren gelöst.

„Da bin ich wieder", sagte ich ins Loch.
„Spiel uns noch was vor", kam es aus dem Loch. Mia.
„Auch zu viel Gutes schadet", sagte ich.
„War trotzdem schön", sagte Katja. „So übel ist der Bursche gar nicht. Jetzt müssen wir aber schlafen gehen. Ich hab an meine Ferienarbeit über Neil Armstrong keinen Gedanken verschwendet. Morgen muss ich den ganzen Nachmittag in der Bibliothek hocken."
Und da kam die Stunde von Benn, der jeden Blödsinn im Netz kannte, jede Blog-Anekdote, jede Verschwörungstheorie aus Foren, jede Web-Legende: „Weißt du, was Neil Armstrong nach seiner Landung auf dem Mond gesagt hat?", fragte ich.
„Das weiß doch jeder", sagte Katja. „,Ein kleiner Schritt für mich, doch ein großer Schritt für die Menschheit.'"
„Du langweilst uns", mischte sich schon wieder Emma ein.
„Armstrong hat noch einen zweiten Satz gesagt", sagte ich unbeirrt.
„Welchen denn?"
„,Viel Spaß, Mr Gorski!'"
„Hä?"
„Erst zwanzig Jahre später hat Armstrong einem Journalisten verraten, was es mit diesem zweiten Satz auf sich hatte."
„Und was?"
„Armstrongs Eltern hatten Nachbarn, die Gorskis hießen. Als der kleine Neil Armstrong einmal im Garten spielte, ist sein Ball zu den Gorskis geflogen. Armstrong ist über den Zaun geklettert. Der Ball lag unter dem offenen Schlafzimmerfenster der Gorskis. Arm-

strong wollte den Ball aufheben, hörte aber plötzlich, wie Mr. Gorski und Mrs. Gorski stritten. Mr. Gorski wollte von seiner Frau, dass sie ihm einen bläst. ‚Was?', kreischte seine Frau. ‚Ich soll dir einen blasen? Darauf kannst du warten, bis der kleine Neil auf dem Mond landet!'"

Witz zu Ende.

Von unten kam gar nichts, kein einziger mickriger Lacher: Stille.

Hatte ich's heute mit meinem ungesunden Selbstbewusstsein doch etwas übertrieben? Nein, oder? Hab ich mich gleich am Anfang im Mädcheninternat mit einer derben Internet-Legende voll erledigt? Ich Idiot!

„Hi-hi-hi ..." Plötzlich ging das Gekicher los. Manche Witze brauchen halt eine längere Leitung, bis sie ankommen. „Ha-ha-ha!!!"

Wahnsinn! Wie ein Kalauer Frauen zum Lachen bringt. Das Gegröle unten wollte nicht aufhören. Ich war stolz auf mich!

„Das mit diesen Sätzen stimmt nicht", sagte Anna. „Die Mondlandung wurde inszeniert."

„Wie ... inszeniert'?", fragte Katja.

„In einem Hollywood-Studio gefilmt", sagte Anna. „Das ist nicht in echt passiert. Mein Papa hat's erzählt. Das weiß doch jeder."

„Und warum hätte man eine Mondlandung inszenieren sollen?"

„Die Amerikaner wollten, dass die Russen denken, die Amis sind weiter in der Erforschung des Kosmos."

Hmm ... und das glaubte sie echt? Von solchen Verschwörungstheorien war das Netz voll. Aber Fake News musst du echt mit Vorsicht genießen. Das wusste doch jeder User in den Foren. Nur die Königin Anna nicht. Echt süß, oder?

„Gute Nacht, Hausmeistersohn", kam noch aus dem Loch.

„Gute Nacht, Zuckerschnecken!"

Na ja, ich geb's zu, „Zuckerschnecken" hab ich doch nicht gesagt. So ungesund selbstbewusst war ich noch nicht, auch wenn mich das dunkle Loch an der Heizung weniger nervös machte, als wenn ich Anna von Angesicht zu Angesicht begegnen würde: Anna, die Sonne meines heliozentrischen Systems ... – ach, Anna, ich bin dein Armstrong und du bist mein Mond, damit ich auf dir ... äääh ... nö, das ist zu blöd. Besser wäre: Lass mich dein Planet sein, Anna, damit ich dich bis in alle Ewigkeit umkreisen kann. Deine Masse ist Klasse, du ziehst mich an wie keine andere Sonne im Weltall. Ich will dein Newton sein, der deine Anziehungskraft berechnet. Galileo, Kopernikus und Keppler zusammen, die dich wieder zur Mitte der Welt machen, dir deinen angestammten Platz im Weltall zurückgeben. Anna!!!

Krass, oder? Ich hab die Frau nur einmal nackt hinter einem beleuchteten Fenster gesehen und schon war ich gnadenlos in sie verknallt. Von wegen „die Jungs würden nur an das eine denken". Bei mir war's gerade umgekehrt. Bei mir hatte ein nacktes Mädchen eine Lawine an romantischen Gefühlen in den Gang gesetzt. Rolling Stones! Jeder Steinbrocken eine Wucht von Gefühl! Unglaublich! Benn in Bayern!

Aber „Gute Nacht, ihr Süßen!", hatte ich schon ins Loch geschleudert, so selbstbewusst konnte ich sein, das auf jeden. Einen Ständer hatte ich überhaupt nicht. Das schwöre ich! Echt! Erst später im Traum. Aber das ist normal, oder?

Wenn Engel rocken

In der Früh weckte mich *Nothing else matters* von Metallica. Nicht von James Hetfield gesungen. Wieder war ein Engel im Spiel. Das überraschte mich aber langsam nicht mehr, Bayern hatte halt seine Eigenarten. Ich lag im Bett – ja, so muss das Aufstehen im Paradies sein:

„So close, no matter how far
Couldn't be much more from the heart
Forever trusting who we are
No, nothing else matters ..."

Schluss? Ich hüpfte zum Liebesloch und rief hinein: „Warst du's, Mia?"
„Upps", kam von unten. „Dich hab ich ganz vergessen. Ach, je! War's schlimm?"
„Das war schön!", sagte ich. „Magst du Metallica?"
„Voll."
„Wo hast du so klasse singen gelernt?"
„Von meiner Tante, die ist eine begnadete Jazz-Sängerin. Anna sagt aber, dass ich wie eine Kuh singe."

„Du hast Talent", sagte ich. Im nächsten Moment war ich erschrocken über mich selbst: Hatte ich gerade der Meinung meiner Göttin Anna widersprochen? Zum Glück in ihrer Abwesenheit. „Wieso bist du nicht in der Schule?", fragte ich.

„Muss unserer Klassenlehrerin mit etwas aushelfen."

♥

Meine Mutter hatte uns in der Früh das Frühstück vorbereitet und war verschwunden. Sie sollte gleich heute mit ihrer Arbeit in der Internatküche anfangen. Wie üblich lagen drei Brote belegt mit dünnen Leberkäsescheiben auf meinem Teller, statt zwei, die ich normalerweise zu essen schaffte. Mama wollte mich fett haben. Hmm ... echter Leberkäse! Das bayerische Land stülpte sich über uns wie eine Socke. Noch vorgestern hatte es zum Frühstück Thüringer Wurst gegeben. Doch auf dem Tisch stand auch ein Teller mit Dresdner Eierschecke: Die Socke hatte Löcher. Egal! Nicht mal Dresdner Eierschecke konnte mich in die alten Zeiten kicken, ich blickte mutig in die Zukunft. Eine gute Einstellung für kommende Abenteuer. Ich startete den Rechner und metzelte bei *Assassin's Creed Odyssee* ein paar Kopfgeldjäger nieder.

♥

„Bänn!" Mein Vater hatte an meine Zimmertür geklopft. Gerade vom Schulhof gekommen, in voller Montur. Hatte sich schon etwas eingearbeitet. „Isch muss disch do Schulleidorin vurstelln, Bänn", sagte

Vater. Also trotteten wir in die Schule. Klar, die Schulleiterin musste alle fremden männlichen Subjekte checken. Damit da kein Bock zum Gärtner gemacht wird.

Draußen kündigte sich trotz Mitte September wieder ein heißer Sonnentag an. Süden eben. In der Schule war gerade Pause. In den langen Schulgängen raschelte und tuschelte und kicherte es hinter uns, ein Trupp Mädels, anscheinend aus der Sechsten, jagte uns sogar nach, der Pulk versteckte sich hinter jedem Eck – als ich mich mal umdrehte, ertappte ich einige Mädchenköpfe beim Herausgucken.

Auch Vati merkte es. Er drehte sich um und brüllte: „Guddn morchn!" Der Sachsengruß trieb den Mädchenspähtrupp auseinander. Hier war ein Mann das seltenste Tier. Wie ein Affe im Zoo kam ich mir vor. Dabei hab ich bis jetzt gedacht, ich wäre für Frauen was ganz Uninteressantes. Wohl nicht in einem Mädcheninternat.

♥

„Du bist also Benn", sagte Frau Korcks, die Schulleiterin. „Weißt du, wir haben hier eine Menge Mädchen …"

„Den indressiern Mädls ni so", sagte mein Vater. „Der's andersrum!" Ach, nee! Das hab ich mir jetzt nur so ausgedacht. Klar hat mein Vater das nicht gesagt. Dass ich schwul bin, meine ich. Aber zuzutrauen wäre ihm das schon, oder? Bei seinem Sinn für Humor. „Bänn hängd sowieso de ganse Zeid nur vorm Combjudor", sagte Vati in Wirklichkeit. „Mädls indressiern den ni." Das hörte sich an, als würde ihm mein Null-Bock auf Mädchen echte Sorgen bereiten. Er drehte sich zu mir. „Oder?"

„Hä?" Was hätte ich jetzt sagen sollen? Dass ich nicht auf Mädchen aus war? Das wäre gelogen. Klar interessierten mich Mädchen. Die im Netz auf jeden Fall. Die im Real waren etwas stressig, das gebe ich zu. Aber auch die guckte ich mir gern an. Vor allem aus Entfernung.

Zum Glück strahlte Frau Korcks auf wie ein Halloween-Kürbiskopf. „Computer?", fragte sie. „Du kennst dich mit Computern aus?"

„Schon", sagte ich. Na ja, wohl hatte ich damit etwas zu dick das Brot geschmiert. Klar kannte ich mich mit Facebook, Instagram, SnapChat, YouTube und allen möglichen Webdiensten und sozialen Netzwerken aus, mit Computerspielen und Ähnlichem. Die kennt aber heutzutage jeder Jugendliche: Jungs und Mädchen.

Das Netz ist unser täglich Brot. Von Hardware hatte ich trotzdem keine Ahnung. Für Hardware war Rowdy zuständig. Doch dank meiner Eltern wusste ich, dass viele Erwachsene dich als einen Computerexperten ansahen, schon wenn du den Computer einschalten konntest.

„Unser Lehrer-Netzwerk ist zusammengebrochen", sagte Frau Korcks. „Das Netzwerk wurde noch vor den Ferien installiert, aber dann ist unser Computerexperte gestorben." Ja! Das hat die Tante gesagt und lachte mich dabei an, als wäre es ein Witz. „Wir haben hier sonst keinen, der sich damit auskennen würde."

„Keen Problem", sagte Vati. „Bänn is ä Combjudoreggsbärde." Ich und ein Computerexperte? Mein Vater hatte echt Ahnung! Wusste nicht mal, dass man für ein Computernetzwerk mehr als einen Computer brauchte.

Die Schulleiterin führte mich ins große Lehrerzimmer, in dem zwei PCs standen. Der dritte Rechner hockte in ihrem Büro daneben. Die Leiterin und mein Vater machten sich's dort gemütlich und redeten über Vaters Aufgaben hier. Ich guckte mir den Rooter im Lehrerzimmer an. Die Lämpchen am Rooter blickten wie Farbmusik in einer Diskothek. Das sah ja ein Blinder ohne Brille, was der Rooter brauchte – einen frischen Stromstoß.

Ich steckte den Rooter aus, wartete einen Moment und schaltete ihn wieder ein. Und alles war wieder in Ordnung: Die LAN-Verbindung hergestellt. Trotzdem fuhr ich beide Computer runter und hoch, um etwas Ekschn vorzutäuschen. Damit die Direktorin das Gefühl bekam, ich sei ein Computerexperte von Gottes Gnaden, der ihr mit seinem Super-Know-How einen komplizierten Defekt repariert habe. Während sie und Vati redeten, konnte ich mir ja meine Mails direkt an meinem Server anschauen. Ich freute mich riesig, wieder im Netz zu sein. Die Mails scrollten fröhlich vor meinem Blick:

Dauergeile Amateurhure will bumsen
Meine Brust-OP ist super gut gelaufen
She wants to be your ideal loving machine
Einfach länger fick-en!

Mindestens fünf Frauen wollten mir ihre Möse zeigen. Ich bin halt viel mit meiner E-Mail-Adresse im

Netz unterwegs. Egal wie du am Spam-Filter drehst, etwas Dreck kommt immer durch. Täglicher Deutschunterricht halt. Diese ganzen Worte musst du ja als Jugendlicher zuerst kennen, wenn du sie in die Spamfiltersoftware reintippen willst, damit sie schön rausgefiltert werden können.

Ficken, Muschi, Schwanz, Viagra und das Übliche wurden schon automatisch gelöscht. Aber eine „dauergeile Amateurhure" besuchte mich zum ersten Mal. Ein anderer Typ hat sich den Bindestrich in „fick-en" einfallen lassen und schon war er durch. Klar kam dieser Dreck von keinem Jugendlichen. Damit schütten dich die Erwachsenen zu. Kein sechzehnjähriges Mädchen würde sich als „dauergeile Amateurhure" bezeichnen. So krank muss man erst mal werden.

Eine Mail wollte mich überreden, eine Datei in den Mailanhängen zu öffnen, sonst würde ich sterben, ein paar Typen versuchten, mir eine Versicherung anzudrehen und irgendwelche Pillen, das Übliche halt, was ein Mensch am Rechner so bekommt.

Ich ging auf die Facebook-Seiten von *Krumme Gurken*. Was schrieben die Fans? Hmm ... Rowdy hatte recht. Die Fans schrieben gar nichts. Kein Kommentar. Was sollte das? Hä? Eine Band ohne Fans war doch wie Robinson ohne die Insel. Kein Schäkern also heute mit den Fans von Clara. Was tat sich sonst im Netz?

Ich wanderte durch diverse Webwiesen, um zu sehen, was für neue Pflanzen dort wuchsen und kehrte schließlich zurück – auf meine Jerry-van-Helsing-Facebook-Seiten. Schön, dass mich das Facebook mit diesem krassen Namen noch nicht gelöscht hatte.

Letztes Jahr hat man hier meinen Wikipedius-Errektus-Cactus-Zugang sofort gekillt. Facebook fahndet nach ungewöhnlichen Namen. Du musst dir halt einen Namen zulegen, der durch die Fahndungsmaschinen rutscht und trotzdem interessant ist. Aber was soll's? Den Kopf zerbrechen musste ich mir nicht darüber. Sollte mich Facebook löschen, würde ich tausend Freundinnen verlieren. Tragisch, oder?

Ach, nein! Garantiert würden sich schnell wieder neue Vampirsüchtige finden. Zwei haben mir jetzt ihre Freundschaft angeboten: Michaela Vamp aus Chemnitz und Trinita aus Italien. Mein Ruhm als Ex-Vampirjäger und jetzt als reuiger Stuntmann, der für die Rechte der Vampire kämpfte, breitete sich in der Europäischen Union aus. In den Staaten kannte ich auch schon etliche hübsche Unsterbliche.

Hmm ... Was würde ich euch, ihr Süßen, an Weisheit zukommen lassen? *„Jerry van Helsing ..."* Schon tippte ich *„ist"*, hielt jedoch an. Eigentlich hatte ich plötzlich keinen Bock mehr auf digitale Kommentare. Mann! Auf einmal kotzte mich das ganze Zeug an. Meine virtuellen Freundinnen.

Ich klickte die Favoriten am Explorer mit Links zu diversen Foren an. Freundinnen?

Was, wenn hinter diesen ganzen Nicknamen auch nur luftige Existenzen wie ich steckten? Was, wenn CinderellaXXL nicht achtzehn war sondern achtundfünfzig? Und Guitarhero-Slim keine echte Gitarre spielen konnte, sondern nur die mit den vier Tasten bei dem gleichnamigen Computerspiel? Und der *WoW*-Drachentöter Kill-Kille im echten Leben Schiss vor Mäusen hatte? Und ...

Ich klickte den Explorer weg. Mädchenstimmen aus dem Hof. Mann! Hörte sich das gut an! Gleich würde der Unterricht weitergehen. Ich warf einen Blick zum Fenster und starrte gleich wieder mein Fenster in die Welt an – Windows – das digitale Flimmern. Verdammt! Und was, wenn ich einen virtuellen Selbstmord verüben würde? Jerry van Helsing killen. Hui! Sollte ich mein ganzes Internetding abknallen? Samt *Krumme Gurken*? Mir eine gesittete gmx-E-Mail-Adresse zulegen und dieses Spinnennetz aus meinen falschen Existenzen einfach verlassen? Was machte ich aber dann? Briefmarken sammeln?

„Wie sieht es aus? Meinst du, du kannst das reparieren?" Die Stimme der Rektorin jagte mich hoch vom Stuhl.

„Ist schon wieder in Ordnung", sagte ich schnell. Hey! Sie lachte breit. Sind die Weiber aber leicht zu beeindrucken. Wenn mein Vater nicht dabei gewesen wäre, hätte sie mich gleich hier im Lehrerzimmer abgeküsst. So beglückwünschte sie aber Vati.

„Wie dor Vador so dor Sohn", sagte Vati und grinste. Damit hat er sich jetzt auch zum Combjüdoexpödden hochgearbeitet. Tja! War Schummeln nicht notwendig in dieser Welt? Wenn ich der Direktorin gleich gesagt hätte „schalten Sie den Rooter aus und ein", wäre sie sich vielleicht wie 'ne Idiotin vorgekommen und wäre deswegen auch traurig, oder? So freute sie sich aber wie ein Kind nach der Achterbahn. Sie hat erfahren, was sie erfahren wollte – alle Technik ist kompliziert.

Mein Vater und ich gingen aus dem Lehrerzimmer. Am Ausgang drehte ich mich noch einmal um und guckte durch die offene Tür ins Direktorat. Frau

Korcks hockte am Computer, mit dem Rücken zu uns, ganz in sich gekehrt, nur sie und der Rechner, als würde der Rest der Welt für sie nicht existieren. Auch ein Webjunkie! Sie wird mich wohl öfter brauchen.

♥

„Hallo, Benn!", sagte Katja im Hof. Sie trug ein hellblaues Top mit etwas freiem Bauch, ein Blumenrock drunter. Nicht schlecht!

Mein Vater guckte mich an, als wäre ich gerade vom Kampfstern Galactica mit einer nackten Außerirdischen zurückgekehrt. Hab ich wohl seine sächsische Gemütlichkeit erschüttert. Ihn überrascht!

„Fleiß'sch, fleiß'sch!", sagte er zu mir.

„Hallo, Nena!", sagte ich zu Katja. Die drei anderen Mädels neben ihr lachten. Ihr hat's schon etwas die Sprache verschlagen. Mann, war ich cool! Aber im nächsten Moment tat mir der coole Spruch auch schon leid. Feigling! Jetzt machst du das Mädchen fertig, das dich nicht verpfiffen hat. Bei Katja traute ich mich. Doch den Namen der Königin Anna zu veralbern, hätte ich nie geschafft.

Sie stand neben Katja, gleich an der Treppe, die aus dem Schulgebäude führte. Ich war drauf und dran ihr so krass ungesund selbstbewusst ein Liebeslied vorzusingen, doch ihr hellrosa Top und das etwas dunklere rosa Miniröckchen verschlugen mir die Sprache. Ihre Haut und dann dieser rosa Stoff. Harmonie hoch zehn. Weinrote Chucks. Ein exotischer Schmetterling, der sich vom Amazonas in die bayerischen Wälder verirrt hatte.

Mit Mühe riss ich meine Augen von Anna und streifte mit dem Blick die anderen Mädchen. Jede von ihnen trug Chucks: Anna, wie gesagt, weinrote, Katja schwarze, Emma und Mia türkis und lila. Scharf hatte ich die Schlussfolgerung gezogen, dass Emma die Dünnere war. Sie steckte in einer abgeschnittenen Jeans, die nicht mal einen Hamsterarsch bedecken würde.

Boah! Und diese Mia schaute schon etwas mollig aus, hatte aber voll geile rot-braune Haare. Und egal, ob dünn oder dick: Chucks trugen sie alle. Die All-Stair-Bande.

Überhaupt schien das Mädcheninternat keine vermiefte Klosterschule zu sein. Sehr fortschrittlich – viel nackte Haut. Als ich damals, noch in Dresden, nach „Mädcheninternat" gegoogelt hatte, war ja anderes zu befürchten gewesen: dass es hier statt Glotze und Flaschendrehen in Zimmern, Rosenkranzfangroups geben würde.

In diesem Mädcheninternat waren aber die Mädels wie in einer Schule für angehende Topmodels angezogen – heißer als die Mädels bei uns in Dresden. Als ob sie uns Jungs in den Wahnsinn treiben wollten. So wie's halt sein sollte. Denn wir sind des Wahnsinns! Zumindest fühlte sich meine Hardware jetzt mit sechzehn verdammt unberechenbar an. Schon der Anflug eines Gedankens ans Fleischliche und gleich wurde Blut gestaut.

Ich versuch dann immer schnell an etwas Abtörnendes zu denken. Also wie war das? Letztes Jahr bei der Zeckenimpfung: Die hässliche Spritze ... und PIEK! ... aber die Krankenschwester ...

„Tragen alle in Dresden so komische Klamotten wie du?", fragte mich Anna. Mein Vater guckte wie ein Maulwurf aus der Sardinenbüchse. He? Komische Klamotten? Zugegeben war auch ich etwas hippiemäßig angezogen. Zerrissene Jeans und ein gelbes T-Shirt mit einer großen Sonnenblume vorne drauf ... aber komisch? Normal, oder?

Egal! Anna hat mich angesprochen. Die nackte Prinzessin aus dem Garten Eden. Die Welt war voller Wunder! Auch meine Gurke plötzlich sanft und gehorsam. Nur romantische Gefühle trieben mich hoch! Was sollte ich jetzt aber sagen, he? Sollte ich mich vor ihre Füße werfen? Für sie den Gollum spielen? Tritt auf mich, mein Schatz. Ich mach dir den roten Teppich! Den Ring würde ich ihr sofort geben. Trotz oder wegen des Gedankengewitters im Hirn brachte ich keine Silbe mehr raus. Glotzte nur die schöne Elbenkönigin an. Boah! Gleich würde ich auf einem weißen Ross in ein Märchenreich galoppieren.

Zum Glück hatte ich meinen Vati dabei, der's immer schafft, dich in die Realität zurückzuholen: „Geh nich zu dein' Ferscht, wenn de nich gerufen werscht!", sagte er, als ob er meine königinnenschwangeren Anna-Gedanken lesen konnte. Eine Fürstin war sie ja auch! Er packte mich am Arm und schleppte mich davon.

„Das war Sächsisch." Ja, das war die Stimme von Emma. Ich drehte mich um. Türkisfarbene Converse. Gut geraten. „Spielen wir das Spiel also?" Was hatten die ständig mit ihrem Spiel.

„Von mir aus", hörte ich Anna antworten.

„Damit wir a bissl Spaß haben", fügte Emma hinzu.

„Fängst du an, Mia?"

„Voll", sagte Mia. Die vierte Stimme. Hatte wohl schon die Arbeit für ihre Lehrerin erledigt. Mia guckte zum Boden: Aneinandergereihte Kästchen mit Kreide aufgemalt und mit Nummern versehen. Das Mädchen mit den vielen Rundungen kam zum Kästchen Nummer eins und begann zu hüpfen. Ach so: Hüpfekästchen! Das meinten sie mit dem Spiel. Die Mädels sind unberechenbar – ziehen sich wie für ein Playboy-Fotoshooting an und zocken dann Kindergartenspiele. Krass, oder?

„'sch wussde gorni, dass de son Droffgängr bisd", sagte mein Vater in der Wohnung. Ich und Draufgänger?

Vati ging arbeiten, ich stellte mich ans Fenster und guckte den Mädels ein bisschen zu. Hinter dem Vorhang selbstverständlich. Eine kleine gesittete Spannerstunde, draußen zog sich ja keine aus. Nein, bestimmt nicht: Eine Nonne war im Anmarsch. Echt! Gab's hier doch Klosterschwestern? Eine etwas ältere Frau in Nonnenklamotten blieb bei den Mädchen stehen. „Emma!", sagte sie.

„Ja, Schwester Marie."

Schwester Marie sah aus wie die Güte in Person, lächelte sanft, nur ein winziges Wölkchen malte einen grauen Schatten in ihr Gesicht. Sie betrachtete Emmas Hamster-Jeansshorts. „Was ist denn der Vorteil, wenn bei der Hose die Schamhaare rausschauen?", fragte sie Emma, die gerade beim Kästchenspielen sehr anmutig ihre Beine spreizte.

„Das kann nicht sein", sagte Emma. „Ich bin rasiert." Mann! Emma! Du freches Luder! Der saftige Spruch schob Emma auf die höchste Stufe meiner Siegerehrungstreppe.

„Wie bitte?" Eine fette Wolke prügelte die Sonne aus dem Gesicht der Schwester Marie. „Du gehst dich sofort umziehen!"

„Ja, ja", sagte Emma und ging.

„Hopp, hopp!", rief die Nonne zu den anderen Mädchen und scheuchte sie vor sich her wie Hühner in den Stall. „Gleich haben wir Religion."

Alles klar! Das war also die Relilehrerin hier.

Echt nettes Kino hatte ich vor dem Fenster gehabt. Ganz anders als in Dresden. Die Welt fing an, sich verkehrt zu drehen. Ich drehte mich mit ihr, bis in mein Zimmer hinein, wo auf mich ein paar üble Schurken in *Assassin's Creed* warteten. Am Notebook startete ich aber plötzlich *Minecraft* und fing an ein Schloss für eine Prinzessin zu bauen. Komisch! Was stellte mit mir das Mädcheninternat an?

Knödelland

Hmm ... Die Sonne klopfte echt lästig auf mein Fenster. Komisch! Warum zog ich eigentlich nicht die Vorhänge zu? Wie's in Dresden meine Sitte gewesen war, wenn mich die Sonne beim Zocken störte. Sollte ich nach draußen gehen? Echt?

Ich fackelte nicht lang und machte etwas, das ich zum letzten Mal mit zwölf gemacht hatte, bei der Oma in der Sächsischen Schweiz. Ich fuhr das Notebook runter und krallte mir ein Buch über urbane Legenden – moderne Stadtmärchen.

Mit dem Buch in der Hand stürmte ich in den Garten und hockte mich auf einen Klappstuhl neben einem dicken Wasserschlauch. Hey? Wann habe ich mich zuletzt mit 'nem Buch in der Hand von der Sonne braten zu lassen? Noch nie? Echt?

Kennt ihr die urbane Legende einer alten Frau in den Staaten? Sie hatte ihre vom Regen nasse Katze immer in der Bratröhre ihres Elektroherds bei milder Hitze getrocknet. Der Herd hatte irgendwann ausgedient und die Frau bekam eine Mikrowelle. Als sie die Katze zum Trocknen in die Mikrowelle steckte, ist die Katze explodiert. Die Frau verklagte den Mikrowellenherdhersteller auf Schadensersatz. Seitdem werden Mikrowellen in den USA mit dem Warnhinweis versehen, dass sie zum Trocknen von Haustieren nicht geeignet seien.

Lustiger finde ich aber die urbane Legende über den Typen, der aus dem neunten Stock eines Plattenbaus auf Skiern die Treppe runterbretterte ... ups, nee ..., die darf ich jetzt nicht verraten. Die Story würde ich doch demnächst den Mädels erzählen – durchs Liebesloch. Das würde die erste meiner unglaublichen Plattenbaugeschichten sein. Von Fake News sind urbane Legenden manchmal nicht zu unterscheiden. Meine Unterscheidung ist aber eindeutig: Wenn du bei einer urbanen Legende lachen kannst, dann ist sie eine gute Geschichte – keine Fake News.

Die Sonne spazierte unerbittlich ihre Himmelsleiter hinauf. Ich legte das Buch neben einen Maulwurfshügel und ging zu meinem Vater. Er werkelte am Gartenzaun. „Soll ich dir helfen?", fragte ich ihn. Erstaunt guckte er mich an. So kannte er mich nicht.

„Willsde mir de Norm versaun?", sagte er.

„Nein, Vati. Deine Arbeitsnormen sind mir heilig. Gibt's heute kein Mittagessen?" Mir war eingefallen, dass Mama ja bis Nachmittag in der Schulküche arbeitete.

„Du kannst diese Woche middn Mädls zusammn essn", sagte Vati. „Ä Geschäng von dor Schulleidorin. Du bisd nu ihr Combjudoreggsbärde." Er lachte schadenfroh.

Mir war's tatsächlich nicht ganz geheuer, mit Hunderten von Mädchen in einem Raum zu speisen. Ganz allein. Als Mann meine ich. Na, ja, vielleicht gab's dort auch Lehrer und so. Also ging ich hin, was blieb mir anderes übrig. Ziemlich unvernünftig, muss ich sagen.

In den Gängen mädelte es wie bei *Elsa's Wonderland Wedding*. Noch nie hatte ein Mann so viele blöde Sprüche gehört, wie ich unterwegs in den Speiseraum:

„Wo gehst du hin, Zuckerle?"

„Äääh ... zum Essen?"

„Haste nicht Lust auf meinen Muffin?" Und: „hi-hi-hi!"

Lust auf ihren Muffin hatte ich schon, na klar. Doch dass die Mädels mit ihren Muffins ziemlich rumgeizen und meist viel mehr versprechen, als sie zu geben bereit sind, wusste ich auch. Vor allem, wenn sie im Rudel sind und sich über dich lustig machen. Im Rudel sind die Mädels schlimmer als Wölfe. Besser jagte ich davon. Verdammte Zicken-Chauvies! Wo war nur die verfluchte Mensa?

„Wow! Schaut euch diesen Arsch an, Mädchen!"

Hä? Meinten sie meinen Arsch oder mich als Arsch? Das würde ich wohl nie erfahren. Ab Morgen musste ich auf warmes Essen verzichten und Konserven essen. Oder mich von den Beeren im nahen Wald ernähren. Diesen Spießrutengang an derben Sprüchen würde ich mir nicht noch mal antun.

Meine Mutter stand gleich an ihrem ersten Tag in der Mensa hinter der Theke. Schon als ich ihren Schöpflöffel erblickte, ahnte ich Böses.

„Hallo, Bennie!", rief sie begeistert. Alle Frauen aus der Küche rückten sofort an die Essenausgabe ran, um mich zu checken.

„Das ist Bennie", sagte meine Mutter. „Mein Sohn." Zum Essen gab's Germknödel mit Vanillesoße. Der

Knödel in der Soße sah aus wie ein Iglu auf Tschukotka.

„Na, hast du keine Angst vor so vielen Mädchen?", rief eine fette Köchin. „Hi-hi-hi!"

„Überhaupt nicht", sagte ich. Hörte sich nicht ganz überzeugt an.

„Bennie hatte noch nie eine Freundin", sagte meine Mutter. „Dabei hat er als kleiner Junge nur mit Mädchen gespielt. Gern mal auch Mädchenkleider getragen ..." Mama! Was erzählst du da wieder?

„Mädchenkleider getragen?", fragte eine mir bereits bekannte Stimme in der Schlange, die hinter mir wuchs. „Noch nie eine Freundin gehabt?" Ich drehte mich um. Emma zwinkerte mir zu, hinter ihr Anna, die etwas gelangweilt aussah und dann noch Katja und Mia. Zum Glück wuchs die Schlange weiter und weiter. Ein großer Trupp hungriger Mädchen. Mama musste sich sputen. Sie haute auf meinen Teller einen vollen Schöpflöffel Vanillesoße und fragte: „Noch einen?"

„Nein!", schrie ich, und „PATSCH!" Das macht meine Mutter immer so: Sie fragt dich, ob du noch einen Schöpflöffel willst, du sagst „nein" und sie klatscht dir doch noch einen in den Teller. Die Soße ging über den Tellerrand und suchte nach einem Fluchtweg. So wie ich. Am Thekenende krallte ich mir einen Löffel. Mit Messer und Gabel wäre der Soßensee nicht zu bewältigen.

„Er muss viel essen", hörte ich meine Mutter einer Kollegin erklären, die ihr mit der Futterausgabe half. Emma hinter mir wartete auf ihre Portion. „Bennie ist gerade in die Pubertät gekommen. Bei einem Wachstumsschub muss man sich ordentlich ernähren."

„Gerade in die Pubertät gekommen?", fragte Emma. „Wie alt ist er denn?"

Meine Mutter guckte Emma an und dann die Mädchenreihe hinter ihr. „Upps!", sagte sie und grinste.

Die Mädels bogen sich vor Lachen: „Hi-hi-hi!"

Ich jagte davon. Wo war ein Tisch, den keiner sah? Hier! Ganz in der Ecke, hinter einer Säule versteckt.

„Du bist also ein Spätzünder", sagte Emma und hockte sich an meinen versteckten Tisch.

„Spätzünder?"

„Na, erst mit sechzehn in die Pubertät gekommen!"

„Ich bi... bi... bi..."

„Hast du einen Sprachfehler?", fragte Anna. Plötzlich stutzte sie aber und starrte meine rechte Hand an. „Du isst Germknödel mit einem Löffel? Mein Papa sagt immer, man erkennt einen Menschen an seinen Tischmanieren." Emma und Katja guckten sich an und verdrehten die Augen. Wegen meines Löffels?

„Hör endlich auf mit deinem Papa", sagte Katja. Ich sah mich um. Blöd! Die Mädchen hielten artig Messer und Gabel in den Händen und schickten sich an, den großen halbrunden Germknödel elegant zu zersäbeln, der wie ein Ufo in der Vanillesoße hockte. Auf meinem Tablett lag nur der blöde Löffel. Musste ich jetzt aufstehen und mir das Besteck holen? Sollte ich mich aber von den Mädels rumkommandieren lassen? Ich wollte doch krass ungesund selbstbewusst sein.

„In Sachsen isst man nur mit dem Löffel", sagte ich.

„Ein echter Ossi", sagte Emma.

Die mollige Mia kam als letzte zum Tisch und reichte mir ein volles Glas. „Du hast deinen Tee vergessen."
„Willst du dich einschleimen?", fragte Anna.
„Du musst hier auf der Hut sein." Katja zeigte auf ihre Tischnachbarinnen. „Wir sind alle etwas gestört."
„Voll", pflichtete Mia bei.
„Ich bin nicht gestört!", empörte sich Anna.
„Gestört?", fragte ich. Musste um jeden Preis ungesund selbstbewusst bleiben. Wenn ich ungesund selbstbewusst war, fühlte ich MICH groß. Leider wollte mir gerade nichts mehr ungesund Selbstbewusstes einfallen. Verdammt!
„Na, wenn wir nicht gestört wären, hätten uns wohl unsere Eltern nicht in ein Internat gesteckt", sagte Emma. Zum Glück lästerten die Mädels weiter über ihre Eltern ab. Bis auf Anna. Sie schwärmte weiter von ihrem Papa, der ein echter Doktor war: Mein Papa sagt dies, und mein Papa sagt das. Musste voll der Kotzbrocken sein, der Dr. Papa. Süß aber, wie Anna ihren Papa, meinen zukünftigen Schwiegervater, he-he-he, lobpreiste, oder? Zum Glück hat er sie in ein Internat gesteckt, und ich musste ihn noch nicht kennenlernen.
Nur Mia sagte nichts und guckte ihren Germknödel an, als ob sie mit ihm reden wollte. „Bist du bereit, du Germknödel, du?" Sie schnitt ein Stück vom Knödel ab, tunkte es ordentlich in die Soße und führte es zum Mund. Mann! Gleich würde sie das Stück küssen. Der Germknödel machte Mia bunt ... hmm ... wie soll ich das sagen? Ja, bunt poetisch! Das Mädchen schien das Leben zu genießen.

Während mich die Mädchen inzwischen krass überforderten. Hoffentlich würden die Perlhühner noch viele Geschichten über ihre Eltern auspacken und sich nicht erinnern, dass neben ihnen ein interessanteres Gesprächsthema saß. Sollte ich dann unter den Tisch kriechen und dort wie Rowdy nach meinem Radiergummi suchen?

Zu meinem Unglück bot sich mir eine andere Ersatzbeschäftigung an: Der Germknödel! Zu groß, um das Ding ganz in den Mund zu stecken. Am Stück war der Knödel nur als Knebel zu verwenden. Unauffällig warf ich Blicke um mich rum. Jedes Mädchen hatte mit Hilfe von Messer und Gabel schon den Teller halb leergeputzt. Nur ich hockte wie ein richtiger Ur-Sachse mit 'nem Suppenlöffel da und starrte den Germknödel an.

Die Stimme der Vernunft in meinem Hirn sagte mir: „Du sollst den Knödel nicht mit dem Löffel halbieren, Benn! Seine Oberfläche sieht ziemlich glatt aus. Das packst du nie! Hol dir Messer und Gabel von der Theke." Doch ich hörte nicht auf die Stimme der Vernunft. Wenn ich jetzt Messer und Gabel holte, hätte ich mich echt blamiert. Ein Sachse musste doch so einen lächerlichen mit Pflaumenmus gefüllten Germknödel knacken können, verdammt!

Also los! Mit Hurra auf den Kloß! Tss, tss, echt verdammt glitschig, das Ding. Mein Löffel jagte den Germknödel durch die Vanillesoße wie einen Eishockeypuck. Durch die Stille, die plötzlich um mich herum herrschte, ließ ich mich nicht verunsichern. Der Germknödel kam mir jetzt viel bedeutender vor als alles andere. Ja, das war irre wichtig, diesen blöden

Knödel zu zerquetschen, zu vernichten, zu bekämpfen. Der Knödel-Ego-Shooter!

Ich hatte Augen nur für meinen Teller, ich jagte den Knödel wie der wahre van Helsing den Graf Dracula. Echt blöd! Die Knödeloberfläche federte wie Gummi und widerstand jedem Löffelangriff. Da war rohe sächsische Kraft vonnöten. Hau rein, Mann! Und HUSCH!

Die Kraftattacke mit dem Löffel katapultierte den Germknödel aus meinem Teller. PATSCH! Wie ein echtes Ufo landete der Knödel auf einem fremden Gebiet – im Teller von Anna – schlitterte knapp an Annas Knödelreststück vorbei, nahm etwas fremde Vanillesoße mit und rutschte weiter auf Annas schönes hellrosa Top mit Ausschnitt, das aber nicht mehr lange schön hellrosa blieb.

Zum Glück hatte der vor Soße triefende Germknödel nicht wie ein Basketball den Korb in Annas Top erwischt – daraus würde ich mich nie trauen, den Knödel zu holen – das Ding war unterhalb von Annas Brüsten gelandet und rutschte auf einer breiten Vanillesoßespur runter, bis er in Annas Schoß liegenblieb, auf ihrem rosa Minirock, der jetzt leider auch nicht mehr ganz rosa war – das konnte ich aber nicht hundertprozentig sagen, weil Annas Rock durch den Tisch verdeckt wurde.

„Zum Glück ist der Knödel noch am Stück", stammelte ich. „Sonst hättest du jetzt Pflaumenmus im Schoß." Ja, das kam aus mir heraus. Echt! Ich kam mir verdammt cool vor in dieser Pech-Eckschn. So ein männlicher Spruch musste doch jede Furie sanft stimmen. Nur Anna nicht.

„Du Idiot!", kreischte sie und glotzte in ihren Schoß. Sicher gab's dort eine schöne Bescherung. Was jetzt, he? Sollte ich meinen Knödel aus Annas Schoß holen. Ich glotzte Anna an, eine irre Angst in meinem Gedärm: Würde sie mich jetzt mit ihrem Besteck töten?

Hä? Mit Besteck töten? Dieser Gedanke kam mir trotz meiner Angst so komisch vor, dass mich ein Lachkrampf glatt gegen den Boden haute.

Die Mädels glotzten mich mit großen Augen an. Ich brüllte vor Lachen, Mädchen im ganzen Speisesaal drehten sich zu uns, gleich würden meine Mutter und ihre Kolleginnen aus der Küche rauslaufen.

„Tschuldigung!", brüllte ich, vor Lachen weiter geschüttelt und sprang auf, um abzuhauen. Nur eins der Mädchen lachte mit. Ihr Lachen habe ich erst wahrgenommen, als ich die Flucht schon angetreten hatte. Wer war's? Musste ähnlichen Humor wie ich haben. Doch ich konnte mich nicht noch einmal umdrehen. Ich wollte nicht riskieren, dass mir der Anblick von Annas Vanillesoßeklamotten einen neuen Lachanfall bescherte. „Warum lachst du so blöd, Mia?", kreischte Anna.

„Ich hab gedacht, du willst Benni mit deinem Besteck killen", sagte Mia und heulte wieder vor Lachen auf. Hmm ... Telepathie? Egal! So war's auf jeden gewesen, verdammt noch mal! Von Carmela keine Spur, trotzdem hatte ich mich hier voll erledigt. Ey! Mann! So blöd hast du noch nie gelacht! Warum gerade heute, hä? Ab jetzt würde ich nie und nimmer und nirgendwo ein Herz einfügen.

Geschichten aus dem Plattenbau

Ich joggte durch den langen Flur. Klar haben mich meine bösen Taten ins Grübeln gebracht. War ich noch bei Trost? Zuerst beschmeiße ich meine Königin mit Germknödel und anschließend lache ich sie aus. Auch mit dem ungesunden Selbstbewusstsein sollte man's nicht übertreiben. Was sollte ich nur am Abend am Liebesloch in meinem Zimmer tun, verdammt? Wie würde ich bei Anna mein zerknittertes Ansehen ausbügeln? Du kannst den Mädels etwas auf Flöte vorspielen, sagte ich mir. Dann musst du nicht reden. Du holst halt deine Flöte raus und bläst sie in den Schlaf. Ein schönes Flötenstück müsste Anna doch wieder milde stimmen. Mehr kannst du sowieso nicht machen.

„Benn?", hörte ich eine hohe Stimme hinter mir. Anna? Verfolgte sie mich mit ihrem Besteck? Ich drehte mich. Zum Glück war es nur die Schulleiterin. „Wie geht es dir, Benn?"

„Super!", sagte ich. „Könnte ich kurz an Ihre Computer? Ich sollte da noch was konfigurieren, damit das Netz abgesichert ist."

„Selbstverständlich", sagte Frau Korcks. „Komm mit!" Im Lehrerzimmer hantierte ich etwas an den Rechnern rum. „Du kannst den Rechner hier im Lehrerzimmer auch privat nutzen", sagte sie. „Bis endlich die Leitung in dein Zimmer gelegt wird."

„Kann ich auch was ausdrucken?", fragte ich.

„Nur zu."

Ich druckte mir aus dem Netz ein paar Noten aus. Konnte sie sogar noch lesen. Auf Facebook und Co. verschwendete ich keinen einzigen Gedanken. „Auf Wiedersehen, Frau Korcks."

„Tschüs, Benn."

Im Zimmer holte ich meine Flöte und jagte nach draußen. Der Sommer dachte nicht an den Abschied, hatte Bayern anscheinend bis Ende September gemietet. Ich lief tief in den Wald. Wollte sowieso zuerst die Gegend checken. Das hab ich schon bei den Computerspielen gelernt. In jeder Gegend findest du Hilfen, in jeder Gegend lauert Gefahr. Also zuerst gucken, nützliche Gegenstände sammeln, Energiepilze und Schildtränke futtern.

Ich trampelte über einen engen Pfad, duckte mich dann und wann unter tiefhängenden Ästen. Links von mir eine Waldwiese. Die Sonne verschwand plötzlich: das dunkle Land. Etwas unheimlich hier. Eine Brise blies dem Gras einen Trauermarsch. Die Grashalme beugten ihre Köpfe. Jede Sekunde erwartete ich das Wiehern der Pferde und einen Angriff der schwarzen Reiter, der Nazgûls. Doch nur die Vögel zwitscherten fröhlich im Chor, und die Insekten zirpten einen Melodieteppich, den sie über die Wiese legten. Darauf konntest du glatt ins Märchenland fliegen.

Bald boxte die Sonne die Wolke weg. Nach etwa einer Stunde schälte sich aus dem Wald plötzlich ein kleiner See. Und ich verschwitzt wie Frodo auf dem Schicksalsberg. Nur loderte vor mir kein Feuer hoch – eine schöne Wasseroberfläche lockte mich wie ein frisch bezogenes Bett. Nur noch rein! Leider keine Badehose dabei. Egal! Hier herrschte nackte Natur. Die würde vor einem nackten Menschen sicher nicht erschrecken. Die Mädels hatten sowieso noch Unterricht, ansonsten weit und breit keine Ortschaft ... Bennie im Paradies ohne Feigenblatt.

Ich schwamm ein paar Runden im See. Wonne pur bis auf ein paar freche Mücken. Aber was wäre schon ein Paradies ohne kleine Störenfriede? Voll langweilig! Wieder am Ufer übte ich auf der Flöte *All You Need Is Love* von den Beatles und andere Songs ein. Die Angst vor Legionellen war wie weggeblasen, vielleicht würde ich noch dank den Mädels zu einem Flötenvirtuosen werden. Meine Flötenlehrerin hatte mich nicht so motivieren können.

Vielleicht machten wir mal aus den *Krummen Gurken* eine Ska-Band, Flöte statt Saxophon, und dann könnten wir in Dresden ein echtes Konzert steigen lassen. Die schöne Aussicht ließ mich frohlocken. Und meine Entscheidung, nie und nimmer und nirgendwo Herzen einzufügen, bereute ich und beschloss, sie wieder rückgängig zu machen.

♥

Am Abend guckte ich mir am Notebook einen alten Bud-Spencer-Schinken an. Ich hörte zwar von nebenan Stimmen, drehte aber demonstrativ die Lautstärke voll auf.

„Mach den Schund aus!", brüllte plötzlich Emma von unten. „Der Typ steckt voll in der Pubertät. Schaut sich irgendwelche g'scheerten Prügeleien an."

Ich schaltete den Media Player aus. „Bud Spencer wurde von dem führenden Filmkritiker Moses Wolff als der Klassiker des anspruchsvollen Films ausgerufen", sagte ich ins Liebesloch. „Der beste Schauspieler der zweiten Hälfte des 20. Jahrhunderts!"

Mann! War ich mal wieder krass selbstbewusst. Langsam kannte ich ja die Mädels. Vielleicht sollte ich das Liebesloch breiter machen, damit ich ihre Waden beglotzen konnte. Das würde mich noch mehr inspirieren. „Steht ihr auf Bud Spencer?"

„Voll", sagte Mia.

„Das wundert mich nicht", hörte ich Anna lästern.

„Wie ist es so in Dresden?" Mia ignorierte sie einfach. Darf man eine Königin ignorieren?

„Wie wird's dort scho sein?", mischte sich jetzt Emma ein. „Deppert!"

„Mein Papa sagt, dass es an manchen Orten in Ostdeutschland wie in Asien aussieht", sagte Anna. „Die Leute im Osten betrinken sich die ganze Zeit."

Hmm ... einerseits war ich ja froh, dass Anna den Germknödel offenbar verdrängt hatte. Anderseits: Königin hin, Königin her, keiner sollte einen solchen Schwachsinn über Sachsen verzapfen. Annas Papa verspielte zunehmend seine Rolle als mein zukünftiger Schwiegervater. Leider konnten sich die Kids nicht ihre Eltern auswählen. Die Muscheln sind ja auch nicht so schön wie die Perlen darin. Und Anna war eindeutig die Perle aus der Märchenlagune. Schon ihre Stimme ließ in meinem Hirn ein Silvesterfeuerwerk steigen. Trotzdem holte ich tief Luft, um zu protestieren, doch zögerte kurz. Und dann ging mit mir plötzlich Vatis Hang zur sächsischen Selbstironie durch: „Natürlich lebten wir in einem Plattenbau", sagte ich. Sollen doch die bayrischen Mädels ihren hinterwäldlerischen Ossi-Proll haben. „Zu acht in einer kleinen Wohnung."

„Und wo sind deine Geschwister jetzt?"

„Im Kinderheim."

„Willst du uns verarschen?", fragte Emma.

„Nö! Aber im Plattenbau geht's ziemlich heftig ab. Jeden Tag passierte dort etwas ..."

„Zum Beispiel?", fragte Katja.

Schön, schön! Die Zeit der Web-Legenden konnte beginnen. Da kannte ich mich aus. Und weil Bayern das Land der Berge und des Wintersports war, fing ich mit dem sächsischen Skifahren an. Trat munter in die Stapfen meines Landsmanns Karl May, der super Bücher über Indianer schrieb, ohne je einen Indianer gesehen zu haben. So wie ich nie in einem Plattenbau gewesen war. Wir hatten in einem Einfamilienhaus gewohnt. Nur musste ich mir zum Glück die Geschichten nicht selbst ausdenken wie Karl May, ich kannte sie aus dem Netz. Und so legte ich los.

„Im neunten Stock, gleich über unserer Wohnung, wohnt in unserem Plattenbau der Bebbl. Einmal hatte Bebbl einen Kumpel bei sich. Den Fritz. Sie haben

Wodka gesoffen. Irgendwann musste Fritz aufs Klo. Hinter der Schüssel standen ein paar Skier.

‚Mann!', sagte Fritz zu Bebbl, als er zurückkam. ‚Wozu hast du die Skier auf dem Klo?'

‚Na, manchmal fahre ich im Treppenhaus Ski, wenn ich Lust habe', sagte Bebbl. ‚Vom neunten Stock runter ist es eine hübsche Piste.'

‚Das würde ich auch mal gern machen', sagte Fritz. Schnell lieh er sich von Bebbl noch Skischuhe und einen Skihelm aus, lief ins Treppenhaus, schlüpfte in die Skibindungen und HUSCH! – schon jagte er nach unten.

‚Na, wie war's?', fragte Bebbl als Fritz nach oben zurückkam.

‚Super war's!' Fritz keuchte noch. ‚Nur habe ich im dritten Stock leider einen Opa zusammengefahren.'

Dann sind die beiden Suffköppe eingeschlafen, aber in der Früh nach dem Aufwachen, haben sie sich an die Sache wieder erinnert.

‚Scheiße!', hat Bebbl gesagt. ‚Hast du auf der Treppe echt einen Opa überfahren? Im zehnten Stock, gleich über uns, wohnt ein altes Ehepaar, da müssen wir unbedingt nachfragen.' Die beiden läuteten also im zehnten Stock. Oma Bretschneider machte auf.

‚Könnten wir mit ihrem Mann sprechen, Oma?', fragte Bebbl.

‚Das geht nicht', sagte die Oma. ‚Man hat ihn mit einem Krankenwagen in die Klinik gebracht.'

‚Was?', fragten die zwei. ‚War er so schwer verletzt?'

‚Verletzt war er nicht', antwortete die Oma. ‚Aber er hat die ganze Zeit behauptet, dass ihn in der Nacht auf der Treppe ein Skifahrer mit Helm zusammengefahren hatte. Man hat ihn deshalb in die Psychiatrie gebracht.'"

Boah! Meine erste Plattenbaulegende! Ich lauschte auf die Reaktion.

Das Mädchengekicher von unten trug mich noch höher hinauf, über die Dächer der Plattenbausiedlungen des Ostens, in den Himmel der Geschichtenerzähler. Mann! War ich gut!

Irgendwann hatten die Mädchen ausgelacht.

„Warum hast du ausgerechnet das Flötenspielen gelernt?", fragte Katja. „Flöte spielen doch nur Mädchen."

„Quatsch!", sagte ich. Trotzdem war mir endlich klar, warum ich nie so richtig Bock auf Flöte hatte. Meine Eltern hätten mich zum Bassgitarrenunterricht anmelden sollen, das wäre viel männlicher gewesen.

„Die Blockflöte wurde früher eher von Männern gespielt", sagte Mia. „Wegen ihrer phallischen Symbolik. Erst in unseren Zeiten haben auch die Frauen das Instrument für sich entdeckt." Wow! Diese Mia wusste Sachen über meine Flöte, von denen ich keine Ahnung hatte.

„Der Junge ist besser als das Fernsehen", sagte Anna. Und das klang schöner in meinen Ohren als jedes phallische Flötenspiel. Auch wenn ich mittlerweile schon mitgekriegt hatte, dass Anna etwas gestelzt sprach. Wie nannte sie mich? Der Junge?

„Für dich Bennie, Schnecke!", sagte ich in einem plötzlichen Anfall von Ich-weiß-nicht-was.

„Wie bitte?"

„Aaah ... nichts! Hab gerade zu meiner Mutter gesprochen. Ist schon weg!"

„Du sagst ‚Schnecke' zu deiner Mutter?" Und kicher, kicher ...

„Manchmal schon."

„Spielst du uns ein Gute-Nacht-Lied vor, Burschi?", bat jetzt Emma.

Und weil sie so nett gefragt hatte, holte ich meine phallussymbolische Flöte aus dem Schrank und verzauberte die Mädels mit *All You Need is Love*.

„Hast du morgen wieder eine Plattenbaugeschichte für uns?", fragte Mia.

„Na, klar!", rief ich, obwohl ich keine andere Plattenbaugeschichte mehr kannte. Bis morgen würde mir sicher was einfallen. „Gute Nacht, Mädels!"

Sie trauten sich nicht, zu widersprechen. Klar legte ich mich nicht ins Bett. Ich musste mich ja noch ein bissl um feindliche Soldaten in *Assassin's Creed* kümmern. Wow! Ein bissl? Sprach ich schon bayerisch?

FKK

Am Mittwoch gegen zehn latschte ich aus dem Haus. Mein Vater fischte gerade Kobolde aus dem Hofbrunnen. „Bis dann, Vati!" Ich joggte wieder an den Waldsee. Auch an diesem dritten Tag hier wollte der Sommer die heiße Front nicht aufgeben. Afrikanische Verhältnisse. So wie ich nach meinem gestrigen Auftritt für die Mädels immer noch in Trance war, hab ich wieder meine Badehose mitzunehmen vergessen. Das hat mich aber noch weniger gestört als gestern. Gestern war's doch ganz hübsch nackt im Wasser: Schön schwimmen, vom Wasser aus die Brüste der Natur beglotzen, also die wippenden Baumkronen, und sich die Gurke durch Wasserpflanzen und Karpfengeblubber sanft massieren lassen. Hoffentlich gab's im See keine Raubfische.

Ich zog also mein T-Shirt, meine Shorts und meine Unterhose aus. Der See schien ein ganz vergessenes Stück Natur zu sein. Fern jeder Ortschaft. Mit Autos nicht zu erreichen. Trotzdem versteckte ich meine Klamotten in einem nahen Busch. Man hat ja genug Filme gesehen, in denen Badenden ihre liegen gebliebenen Kleider gelinkt wurden. Nackt schwimmen im

Waldsee konnte ich schon, nackt zurück ins Mädcheninternat laufen auf keinen Fall.

Ich hüpfte ins Wasser. Wie gestern ganz leer hier. Eine so menschenfreie Naturlandschaft siehst du heutzutage nur in einem Computerspiel. Aber echt! Der nächste bewohnte Ort war wahrscheinlich das Mädcheninternat, aber selbst das lag eine Stunde Fußweg entfernt, und die Mädchen hatten Unterricht. Keine Gefahr im Verzug also.

Ich drehte ein paar Schwimmrunden. Plötzlich hörte ich doch etwas. Wohl ein Waldtier. Bruno, der Bär etwa? Na, wohl eher eine Katze oder ein Hund ... ein Hund? Kann sich ein Hund nicht meine Hose schnappen und damit weglaufen? Besser schwimme ich zurück. Ich steige aus dem Wasser und höre noch mal die Geräusche. Lauter als vorher.

Fuck! Das ist kein Hundegebell. Das sind Stimmen. Mädchenstimmen! Schnell hüpfe ich in den Busch, in dem ich meine Klamotten versteckt habe. Doch die Klamotten sind weg. Ja, blöd! Hat sich doch ein Hund unbemerkt herangeschlichen? Die Stimmen werden immer lauter. Wo soll ich jetzt hinlaufen, Mann? Die Stimmen kommen aus allen Richtungen. Wo soll ich mich jetzt verstecken, hä? Nackt wie ich bin?

Kein Rückzug mehr möglich! Panisch klettere ich in die Baumkrone der großen Eiche. Nichts Besseres fällt mir ein. Von dort kann ich zumindest gucken, wo die Mädels herkommen, um mich dann in eine andere Richtung zu verziehen. Falsch gedacht: Sie tauchen direkt auf meinem Strand auf. Klar, wer ist es? Meine Bekannten aus dem Mädcheninternat. Wer sonst?

Anna, Katja, Emma, Mia. Der Zufall ist 'n Hund, der in die unwahrscheinlichsten Ecken hinpieseln muss.

Die Mädchen breiten sich direkt unter mir aus. Alles andere würde gegen das oberste Wahrscheinlichkeitsgesetz verstoßen, gegen das Benn-Prinzip: Wenn's irgendwo einen Scheißhaufen gibt, dann latscht Benn immer hinein. Vom Baumwipfel bammelt mein Zipfel über ihren Köpfen wie das Pendel des Todes. Ja, bin ich der Oberclown, oder was? Der Jim Carrey aus Sachsen? Wenn nur eins der Mädchen den Blick nach oben schickt, wird sie zwischen den Eichenblättern gleich einen hängenden Zapfen entdecken. Und im Nest daneben die Eier des Waldvogels.

Was jetzt?

Warum sind die Tussen nicht in der Schule, verdammt? Sie hocken unter mir, keine Achtung vor meiner Privatsphäre. Wenn sich eine auf den Rücken legt, werde ich wieder mal als Spanner entlarvt. Nackt noch dazu! Onkel Benn zeigt sich gern ... Wild guckte ich um mich herum. Vielleicht könnte ich auf einem langen Zweig etwas weiter klettern, dort unbemerkt runterhüpfen und davonjagen ... Und plötzlich sah ich meine Klamotten. Scheiße, verdammte! Direkt neben dem Busch, in dem ich sie gesuchte hatte. Ich Idiot hab die Büsche verwechselt. War das zu fassen?

„So 'ne Wasserleitung könnte jeden Tag in der Schule platzen", sagte Emma.

„Voll", sagte Mia. Aha! Ein geplatztes Wasserrohr. Na, bald würdet ihr sehen, Mädels, wo ich mein Rohr verlegt habe.

„Baden wir?", fragte Anna. „Das Wasser ist sicher noch sehr warm."

„Wir haben kein Badezeug dabei", sagte Mia. Mit geschlossenen Augen drehte sie sich um die eigene Achse, das Gesicht nach oben gen Sonne gestreckt und lächelte dabei schön. Mann! Wenn sie die Augen öffnete ...

„Hast du Angst, dass dich jemand nackt sieht?", sagte Anna. „Hi-hi-hi ..."

„Lass Mia in Ruhe, Anna!", sagte Katja – und dann an Mia gewandt: „Hier kommt keiner vorbei."

Boah! Die hatte echt keine Ahnung!

„Du weißt doch, dass außer uns niemand Lust hat, so weit zu laufen."

„Und der Hausmeistersohn?"

„Der schwebt doch nur in den Wolken."

„Jaaa!", wollte ich schreien. Wie recht sie hatte, verdammt!

„... oder im achten Stock eines Plattenbaus."

„Hi-hi-hi ..." Mia kriegte sich nicht mehr ein.

„Der kommt ja aus Dresden, also aus der Stadt. Der ist kein Naturmensch."

Ha! Da irrt ihr, Mädels. Der Naturbursche Benn hockt direkt über euch, der Steinzeitjäger mit seiner Keule!

Die Mädels begannen sich auszuziehen. Oh, nööö! Keine Peep Show, bitte! Katja schlüpfte aus ihren Hippieklamotten und meine Keule richtete sich hoch auf, als wollte sie einen Mammut erschlagen. Ich kannte ja nackte Frauen nur aus dem Web. Nicht so live! Scheiße! Das wollte ich nicht. Wenn die mich erwischten, wie ich über ihren Köpfen nackt hockte, in der Baumkrone mit 'nem hammerharten Ast, an dem du einen geschlachteten Ochsen tragen könntest, war ich im Mädcheninternat für immer erledigt!

Sofort ratterte mein Hirn los, um den Drachen zurück in seine Höhle zu jagen. Autogenes Training pur: „Ich lieg im kalten Wasser, ich lieg im kalten Wasser, ich bin im Winter in die Elbe gefallen, Eisschollen um mich herum, mein Pimmel wird vor Kälter kleiner und kleiner, mein Pimmel verschwindet, ich lieg im kalten Wasser ..."

Ha! Das hat geholfen. Mein Ständer ließ den Kopf runterhängen. Doch ich warf nur einen schnellen Blick nach unten, einen Augenblick der Dekonzentration, nur einen Blick auf die nackte Anna, und schon klemmte sich der Knüppel wieder zwischen die Äste, schon verband er mich mit der Baumkrone wie ein Fesselballonanker.

Das Schlimmste aber sollte noch kommen. Vor lauter autogenem Training am Pimmel musste ich plötzlich pieseln. Und wie! Na, vielleicht sollte ich doch einfach runterschiffen, die Mädchen würden denken, dass es zu regnen anfängt und würden abhauen. Saurer Regen halt.

Verdammt! Ich krümmte mich auf meinem Ast wie eine Anakonda. Jesses! Das halt ich nicht aus! Schick einen Bär aus Österreich her, damit er die Mädels vertreibt. Dann werde ich an dich glauben! Und da zeigte der bayerische Gott sein Erbarmen mit mir: Alle Mädchen schlüpften ins Wasser.

Ich rutschte den Baumstamm runter wie ein Table-Dance-Girl an ihrer Chromstange. Nur hatte ich eine zweite Stange dabei, die bei dieser Fahrt nach unten einige Kratzspuren abbekam: „Aaah! Autsch!" Egal!

Und schon – HOPP, HOPP! – zu meinen Klamotten – diesmal in den richtigen Busch. Ich packte die Sachen und jagte davon. Erst nach einem Kilometer hielt ich an und schlüpfte in die Kleider. Mann! War ich kein Glückspilz?

Anna am Anfang

Am Nachmittag blieb ich lieber zu Hause. Zuerst flötete ich mich mit meinem Instrument in *Dust in the wind* hinein. Nach der Musik lag ich auf meinem Bett, das Buch über urbane Legenden vor Augen wie 'ne Götzenbibel. Nur keine Abenteuer mehr heute. Bitte!

♥

Ein Klopfen an der Tür riss mich aus einer krassen Geschichte direkt in die Gegenwart. „Benn?"
„Ja?" Ihre Stimme hatte meinen Hirnpropeller wieder mal rotieren lassen. Die Schnur der Überraschungen im Mädcheninternat schien mit unzähligen dicken Perlen behangen zu sein. Ich sprang auf. „Ist offen!"
Anna tauchte in der Tür auf. An Gott glaubte ich wohl nicht. An Engel, wie gesagt, schon. Dieser da konnte all die Engel, damals in der Dresdener Straßenbahn, in seine Engeltasche stecken: Schneeweißer Minirock, schneeweißes T-Shirt. Nur die Flügel fehlten ihr. Abheben wollte aber ich: Von Vanillesoße keine Spur.

„Dein Vater hat mich reingelassen", sagte sie.

Ziemlich leichtsinnig der Vati, dachte ich. Ein Mädchen in das Zimmer eines Sechzehnjährigen zu schicken. Was wenn sie mich bei etwas erwischt hätte, was Jungs in meinem Alter sehr gern tun. Zum Beispiel beim Nasebohren, he, he, he ...

„Spielst du Tischtennis?", fragte Anna.

„Klar", sagte ich und beglotzte ihr weißes T-Shirt und ihren weißen Minirock. Diesmal waren auch ihre Chucks weiß. Als ob sie an einer Modeschau für den Bund der deutschen Tennisspielerinnen teilnehmen sollte.

„Unten im Keller gibt es Tische."

„Darf ich da rein?"

„Wo rein?"

Ach so! Erst jetzt fiel mir ein, wie ungesund selbstbewusst doppeldeutig meine Frage gewesen war. „Na, in den Keller, Groupie!", sagte ich und packte Anna am Kinn ... nein, nein! Hatte ich nicht gemacht. So weit waren wir noch nicht. Auch das „Groupi" hatte ich weggelassen.

„Selbstverständlich kannst du in den Keller mitkommen", sagte Anna. „Bei uns kann jeder herein. Wir sehen das nicht so eng hier." Die Kette an doppeldeutigen Sprüchen schien nicht abzureißen.

„Du sprichst ein so schönes Deutsch", sagte ich.

„Mein Papa sagt, dass man seine Sprache wie eine Visitenkarte mit sich trägt. Du solltest an deiner Sprache etwas arbeiten."

„Geht klar", sagte ich und Anna seufzte.

Wir liefen durch den Hof zum Haupteingang des Klosters. Gleich dahinter führte eine Treppe in den

Keller runter. Ruhe. Stille. Spätnachmittag. Die Mädchen waren entweder auf ihren Zimmern oder draußen im Freien. Die breiten Kellerräume gähnten vor Leere. Nicht so mein Kopf. Darin lieferten sich Hirnrambos wahre Liebeschlachten: Mann! Anna hat mich zum Spielen abgeholt und führte mich in dunkle Kellerräume. In ihre Folterkammer? Egal! Mädchen – mir kannst du den spanischen Stiefel anziehen. Ich leide gern für die Liebe. Ich mach alles für dich! Soll ich vom Turm der Klosterkirche runterspringen? Sag's nur, Bunny, schon laufe ich die Treppe hinauf, und dann spiel ich für dich den Bungeespringer ohne Seil.

Das Chaos in meinem Hirn war perfekt. Wie sollte ich die Kleine unterhalten, verdammt? Na, mit einer Story, die für ein Computerspiel herhalten konnte. Damit kannte ich mich aus. Mann! Ich würde bei Anna etwas Gänsehaut verursachen. Vielleicht würde sie sich dann bei mir ankuscheln.

„Ich hab in einem alten Buch was über die Gegend hier gelesen", sagte ich. „Das hier war früher kein Kloster. Ein Schloss war's! Graf Otto von Socke, der Blutrünstige, wohnte hier, der Nachkomme einer degenerierten Adelsfamilie."

„Degene... was?" Aha! So viel Sprache kannte sie auch nicht.

„Na, degeneriert", sagte ich. „Du weißt doch: Wenn der Bruder mit der Schwester poppt, dann kommen manchmal Kinder raus, die ziemlich daneben sind. Das war früher bei den Adligen normal."

„Das sagt man nicht!", sagte Anna.

„Was?"

„Das P-Wort!"

„Poppen meinst du?"
„Ja!"
„Was sagt man dafür?"
„Liebe machen!"
„Ach so. Tschuldigung!"
Zum Glück wusste Anna nicht, wie ich bei uns in Dresden auf der dunklen Treppe immer die Geister vertrieben hatte. „Also ... den Graf von Socke hat seine Mutter mit seinem Vater gezeugt, nachdem sie zwanzig Jahre zusammengelebt hatten, also eine klare Blutschande unter den nächsten Familienangehörigen."

Anna dachte so streng nach, dass ihre hübsche Stirn Falten bekam. „Machst du dich lustig über mich?", fragte sie schließlich.

„Nö!", sagte ich. „Graf Otto von Socke hat das Tagebuch von Edward Kelley auf einem Flohmarkt gekauft – Kelley war der Alchemist beim Rudolf II. in Prag. Aus dieser uralten Handschrift erfuhr Graf Otto eine Rezeptur für das Lebenselixier. Hauptbestandteil davon sollte Jungfrauenblut sein. Irgendwo unten steht noch das Folterinstrument, was er für diesen Saft brauchte, die ‚Eiserne Jungfrau'. Der blutrünstige Graf hat hier in den Alpen Jungfrauen gejagt und ihnen mit seiner ‚Eisernen Jungfrau' das Blut ausgequetscht. Das trank er, um jung zu bleiben. Hast du Angst?"

„Warum sollte ich Angst haben?" sagte Anna. „Ich bin doch keine Jungfrau mehr."

„Hä?"

„Bist du noch eine Jungfrau?", fragte sie mich.

Und ich noch mal: „Hä?" Zum Glück reagierte ich etwa fünf Minuten später blitzschnell. Ein Sachse halt. „Ich?", sagte ich. „Nein ... klar nicht!" Meine Gurke hob sich und wollte mich wegen der groben Lüge durchprügeln. Vielleicht aber auch als Strafe dafür, dass mein ungesundes Selbstbewusstsein sich von Annas spitzer Frage wie ein Luftballon hatte durchstechen lassen. TSSSSSSS! Die Luft ging rasendschnell raus.

„Papa hat mir schon erzählt", sagte meine Angebetete, „dass im Osten sehr lose Sitten herrschen."

„Ja, das stimmt", sagte ich schnell. „Ich war schon mit 12 mit meiner ersten Freundin im Bett." Da mein Ständer manchmal Humor hatte, klopfte er anerkennend an meine Hosentür und legte sich wieder hin. „Das ist in Dresden normal. Und bei der Jugendweihe fallen wir alle übereinander her." Mannomann! Was erzähle ich da für 'nen ungesund selbstbewussten Scheiß zusammen. Ich war doch selbst eine Eiserne Jungfrau. Doch Anna schien sich über die losen Sitten in Dresdner Kindergärten nicht zu wundern.

„Von der Eisernen Jungfrau sollte Katja Angst haben", sagte sie. „Hi-hi-hi!"

„Katja?"

„Na, sie redet immer von freier Liebe und so, hat aber noch nie mit einem Jungen ..."

„Gepo... eeh ... Liebe gemacht?", half ich ihr galant.

„Mia auch nicht", sagte Anna. „Mit Mia würde sich ohnehin kein Junge einlassen."

„Verstehe", sagte ich.

Wir kamen in einen großen Raum. Mittendrin ein Ping-Pong-Tisch. Sogar mit einem Netz. Im Schrank schlummerten Schläger und Bälle. Schlag den Ball, sagte ich mir, und fürchte dich nicht! „Spielst du viel?"

„Ich bin bayerische Juniormeisterin."

Was? Juniormeisterin? Ooooh! Jetzt würde sie mich im Tischtennis schlagen und ich würde Depressionen kriegen. Von einem Mädchen geschlagen zu werden! Dabei hatte ich früher mal ziemlich gut Tischtennis gespielt. Bevor ich's an der Wii zu zocken anfing.

„Um was spielen wir?", fragte Anna.

„Wie um was?"

„Um welchen Preis? Man spielt doch nicht nur so aus Spaß!" Echt! Das sagte die hübsche Anna ganz ernst.

„Man kann doch nur aus Spaß spielen", sagte ich etwas verunsichert.

„Das ist Zeitverlust", sagte Anna. „Mein Papa sagt, dass man immer versuchen sollte, etwas zu erreichen. Wir müssen um etwas spielen."

„Was möchtest du also von mir?" fragte ich.

„Eigentlich nichts."

„Vielleicht könnte ich dir jeden Tag die Schuhe ablecken?"

„Wie bitte?", fragte die Schöne. „Ach, nein! Das wäre schade um die Schuhe. Wenn du verlierst, dann gibst du mir einen Kuss."

„Hä?", rief ich. „Dafür müssen wir doch nicht Tischtennis spielen! Das kann ich auch gleich machen!"

„Nein! Nicht jetzt! Du musst mir den Kuss bei unserer Party geben. Vor den Mädchen."

„Vor deinen Zimmerfreundinnen?"

„Ja!"

„Und wann steigt die Party?"

„Nächste Woche Donnerstag."

„Und wo?"

„In unserem Zimmer."

„Im Internat? Echt?" Hmm ... was hatten die Mädels mit mir eigentlich vor? Ach, Wurscht! Für einen Kuss von Anna würde ich sogar Spinat essen. „Und wenn ich gewinne?", fragte ich.

„Dann ... was möchtest du haben?"

„Eine Nummer!", platzte es aus mir raus. Ein Gedanke hatte sich verselbstständigt und war einfach nach draußen geflitzt, ohne den Weg durch das Büro für die Freiwillige Selbstkontrolle zu nehmen.

„Waas?", fragte Anna.

„Ehmm ... eine ... eeh ... deine Telefonnummer hab ich gemeint."

„Meine Telefonnummer kannst du auch so haben", sagte Anna.

„Dann auch einen Kuss", sagte ich.

„Wirklich?", fragte sie. „Okay, aber *ich* werde den Kuss gewinnen!"

„Nö, ich", sagte ich. „Und ich will ihn gleich nach dem Spiel, nicht später vor den Mädchen. Aber einen richtigen! Nicht so Baby-Bussi auf die Backe."

„Also gut", sagte Anna und seufzte. „Du wirst sowieso verlieren."

Obwohl Göttin, allwissend war sie nicht. Ich würde gewinnen, auch wenn ich verlor. Einen Kuss bekam ich so oder so, oder?

Sie spielte nicht schlecht, doch ob sie tatsächlich eine Ping-Pong-Meisterin war, bezweifelte ich. Ich war kein Meister und schlug sie zwei zu null auf Sätze. Wahnsinn! Gleich würde Anna mich küssen. „Bekomme ich jetzt meinen Preis?", fragte ich.

„Du hast noch nichts gewonnen", sagte sie. „Bei einem so hohen Einsatz muss man auf mindestens fünf gewonnene Sätze spielen."

Nach einer halben Stunde hatte ich sie dann fünf zu null geschlagen.

„Und nun?", fragte ich.

„Heute geht das nicht", sagte sie. „Ich habe meine Tage."

„Tage? Darf man da nicht küssen?"

„Natürlich nicht!"

„Wann bekomme ich dann meinen Kuss?"

„Nächste Woche", sagte sie.

„Vor den Mädchen?"

„Ja!"

„Hey! Erst am übernächsten Donnerstag? Dauern die Tage so lange?"

„Manchmal dauern die Tage Wochen", sagte Katja.

Waaas? Ich drehte mich um. Katja stand in der offenen Tür. In einer bunten Bluse mit exotischen Schmetterlingen. Entweder Flohmarkt oder Karl Lagerfeld. Hübsch.

„Was machst du hier?", fragte Anna.

„Ich hab meinen Schlüssel im Zimmer liegen lassen", sagte Katja. „Mia ist in der Stadt. Hab gedacht, du wärest mit Emma hier ... Hallo, Benn."

„Hi."

„Emma ist auch in die Stadt gefahren", sagte Anna und reichte Katja den Schlüssel. Die Schmetterlinge trugen Katja davon.

„Sie ist eifersüchtig", sagte Anna.

„Wirklich?" Und dann, ohne nachzudenken: „Würdest du mit mir gehen?"

„Wohin?", fragte Anna.

„Na, gehen ... ich meine, ob wir zusammen gehen könnten?" Mann! War ich jetzt komplett durchgedreht? Einmal hab ich sie durchs Fenster nackt gesehen und gleich biete ich ihr den Ehering an. Stolz auf mich war ich aber schon, dass ich eine solche Ungeheuerlichkeit Anna gefragt hatte. Wohl hatte mich das Tischtennis so heiß gemacht. Sport ist nicht Mord. Sport ist Selbstmord!

„Ach ... ich weiß nicht", sagte Anna. „Dich zum Freund haben, meinst du? Das wäre mir wahrscheinlich zu langweilig." Gleich runzelte sie aber die Stirn. „Oder warte", sagte sie. „In Ordnung! Dann gehen wir zusammen. Tschüs! Ich muss jetzt zum Abendessen. Bis heute Abend, also."

Ich guckte ihr nach. Und Mannomann! So von hinten sah sie nicht mehr aus wie eine Königin, nö, keine Königin mehr. Von hinten sah sie aus wie die Liebeskaiserin schlechthin. Und weg war sie. Ohne Kuss! Ja, sieht so eine Kiste aus, verdammt? *I close my eyes, only for a moment, and the moment's gone ...* Zum Glück würde ich meinen Kuss noch bekommen! Nächste Woche am Donnerstag. Mann! Noch acht Tage! Das war ja schlimmer als aufs Abi zu warten. Hab ich den Kuss jetzt aber gewonnen oder verloren? Egal!

Trotzdem wollte das Grübeln bei mir nicht aufhören: Was hat sie mit „bis heute Abend" gemeint? Dass ich sie am Abend am Liebesloch mit meinen Plattenbaustorys aus Dresden unterhalten würde ... Mist! Das hatte ich ganz vergessen. Ich musste mir eine neue Plattenbaugeschichte zusammenreimen.

Plötzlich fiel mir das Gespräch mit Anna über unseren Kuss ein: Irgendwie verhielten sich die Mädchen aus Annas Zimmer sehr merkwürdig, oder? Gab's etwas, das ich wissen sollte? Sah ich richtig alle Zusammenhänge? Oder spielte ich die blinde Kuh in einem Spiel, das ich nicht kannte?

„Kommt Zeit, kommt Rat", sagte der Klugscheißer in meinem Kopf.

Hamsterlegenden

Ich habe zwar im Netz schon öfter gelesen, dass Frauen voll die Multitasker sind, aber so exzessiv? Sie hockte auf einer Bank ganz hinten im Klostergarten, las in einem Buch, sang aber dabei und klopfte gleichzeitig mit dem Fuß den Rhythmus. Heftig, oder? Ich kann nicht gleichzeitig lesen und Flöte spielen.

Ich sollte nicht stören, konnte aber meine Neugier nicht ganz zügeln. Lässig schlenderte ich zu ihr. Vom Schotterweg guckte mich ein Drachenauge an. Ich hob das Glasstück vom Boden. Wahrscheinlich war's einem Mädchen aus ihrem Ring geschlüpft. Jetzt müsste Rowdy hier sein, ein solcher Fund würde ihn sicher verzücken. Das falsche Drachenauge ist wohl viel besser als eine Kastanie.

„Wie machst du das nur – lesen und gleichzeitig singen?", fragte ich.

Mia hob den Kopf. „Ich lese nicht, ich singe nur", sagte sie. Ich warf einen Blick in ihr Buch. Echt! Sie las nicht! Das waren keine Buchstaben.

„Du kannst nach Noten singen?", fragte ich. Ziemlich perplex, das gebe ich zu.

„Das ist doch nicht schwierig", sagte sie. „Ich singe auch nach Farben. Wenn ich ein buntes Bild sehe, fällt mir sofort eine Melodie ein."

„Davon hab ich bei Wikipedia gelesen", sagte ich. „Das heißt Synästhesie. Nur tritt sie normalerweise umgekehrt auf. Die Musik-Farbe-Synästhesiker hören Töne und sehen dadurch Farben. Du siehst aber Farben und hörst Töne."

„Voll", sagte Mia. „Ich bin halt ein bissl anders." Sie guckte mich mit ganz großen Augen an und strahlte mir eine Autobahn direkt ins Hirn, auf der ich ihr entgegenraste. Musste arg bremsen. Echt! Das Mädchen hatte kosmische Pflaumenaugen: Groß, blau, süß! Bio sicher noch dazu. Dahinter die Challenger-Tiefe ihres Pazifischen Ozeans, mit Meereswesen, die nie entdeckt werden, doch aus der dunklen Tiefe glitzerten auch Fischschwärme wie aufgebrochene Schatztruhen. Mann! Mias Augen hatten schon was. Auch wenn das Mädel natürlich nichts für mich war.

„I... i... iiich muss da... dann wie... wieder." Huch. Warum stotterte ich plötzlich.

„Was hältst du da in der Hand?"

„Nichts", sagte ich und zog meine Linke aus der Hosentasche.

Mia lachte laut auf. „Nicht die Hand hab ich gemeint. Die andere." Ich reichte ihr das Drachenauge. Mia nahm das Stück Glas und hielt es gegen die Sonne. „Voll schön", flüsterte sie und sang plötzlich eine Melodie, aus der Rowdy mit seinen Instrumenten die Rockballade des Jahres machen würde. Sie wollte mir das Drachenauge zurückgeben. Guckte etwas traurig dabei.

„Ich schenke es dir." Was war mit mir los?

„Echt?" Sie lachte und klatschte leicht die Hände zusammen, ohne das Drachenauge jedoch aus den Fingern zu lassen.

„Jetzt muss ich aber arbeiten", sagte ich. „Ciao."

Der Brunnen im Klosterhof schien mir eine geeignete Denkfabrik zu sein. Um mich herum liefen Mädchen in den Speisesaal zum Abendessen, manche kicherten immer noch, als sie mich sahen, obwohl ich schon seit vorgestern hier war. Mich störten sie nicht mehr, ich konzentrierte mich voll auf meine Aufgabe.

Was könnte noch Lustiges in einem Plattenbau passieren? Mann! Heute darfst du nicht versagen. Du bist ganz nah dran, die Mädchen zu beeindrucken. Wenn du nichts bringst, macht Anna sicher wieder Schluss mit dir. Und die anderen Mädchen stellen endgültig fest, dass du ein Schaumschläger bist, nur Bla-Bla und nichts dahinter.

Ich dachte nach als zockte ich ein Sherlock-Holmes-Spiel. Nur Sherlock fielen immer ein paar wichtige Hinweise ein. Mir gar nichts. Mist! Wie sollte einem auch eine Plattenbaugeschichte einfallen, wenn man das ganze Leben in einem Einfamilienhaus gewohnt hat?

In dem Moment tauchte im Klostertor Frau Korcks auf. Sie eilte zum Schuleingang.

„Grüß Gott, Frau Korcks", rief ich. „Grüß Gott" fand ich jetzt in Bayern krass angemessen.

„Guten Tag, Benn! Ich muss noch etwas arbeiten. Wenn du willst, kannst du dich an einen Computer im Lehrerzimmer setzen. Ich bleibe bis zum Abend im Büro."

„Oh, danke!" Ich sprang auf. Mein Problem war im Nu gelöst. YouTube! Ja! Bei YouTube würde ich sicher ein paar Plattenbaustorys finden. „Danke", sagte ich und trabte mit Frau Korcks ins Lehrerzimmer.

Bei YouTube tippte ich „Plattenbau" ein, scrollte durch die Einträge und fand auf der dritten Seite eine Geschichte von Sascha Guddimar. Wie ein Freund von ihm aus dem 9. Stock eines Plattenbaus einen Hamster mit einem Fallschirm runterspringen ließ. *Wer ist hier der Schriftsteller* hieß die Story. Plattenbau pur. Der 9. Stock würde sogar zu meinem Freund Bebbl passen, von dem ich den Mädchen schon erzählte. Echt krass!

Kein Wunder, dass Sascha Guddimar auch aus Dresden kam. Ich zog mir noch ein paar Dinger von ihm bei YouTube rein, damit ich ein breites Repertoire hatte und schaltete den Rechner aus. Mit dem Kopf voll krasser Geschichten verließ ich das Lehrerzimmer. Der Geisterstunde am Liebesloch blickte ich mutig entgegen.

HÄNDE HOCH! SCHURKE! Ich nahm ab.

„Hallo, kleines Schwesterchen."

„Das muss ich sagen", meckerte Clara. „Kleines Brüderchen. Ich bin älter als du."

„Was gibt's in Dresden?"

„Probleme!", sagte sie. „Kevin hat das *Krumme-Gurken*-Video bei YouTube gesehen und will, dass wir's sofort löschen. Er meint, ich würde da wie 'ne Nutte rumhüpfen."

„Arschloch!"

„Ach, Bennie."

„Stimmt doch", sagte ich. „Lass ihn laufen! Du kannst doch so viele Jungs haben, wie du willst."

„Du hast keine Ahnung von der Liebe, Bennie. Löscht ihr das Video?"

Ich rief Rowdy an. Langsam kriegte ich Horrorzustände, wenn ich an meine Mobilrechnung dachte. Zum Glück hatte mein Vater jetzt eine Arbeit.

„Wo treiben wir eine neue Sängerin auf?", fragte Rowdy.

„Ich wüsste da eine", sagte ich und biss mir gleich auf die Lippen. „Hi, Anna." Ich grinste schief – musste die ausgerechnet in diesem Moment hier vorbeilatschen?

„Was is'n los?"

„Ah, gerade ist meine Freundin mit ein paar anderen Mädchen vorbeigelaufen", sagte ich. „Hat mich aber irgendwie nicht bemerkt."

„Du hast auch 'ne Freundin, Alta?"

„Wieso ‚auch'?"

„Carmela und ich gehen jetzt zusammen."

„Sauber", sagte ich. „Ja, ich hab jetzt auch eine Freundin."

„Aber deine Freundin sollte dich immer wahrnehmen, Alta", sagte Rowdy.

„Du nimmst mich doch manchmal auch nicht wahr", sagte ich.

„Echt?", sagte Rowdy. „Das ist aber was anders. Ich bin ein Genie. Genies müssen zerstreut sein."

„Ciao, Mann."

„Tschüs."

Ich spähte noch hinter die Ecke, aber Anna mit ihrer Mädchentraube war schon längst weg. Keins von den anderen Mädels hatte ich gekannt. Hmm ... komisch, dass Anna an mir vorbeiläuft und mich nicht mal grüßt. Dass sie mich nicht bemerkt hatte, wollte ich nicht so richtig glauben. Hier im Mädcheninternat wurde ich doch sonst von jeder bemerkt. Hier liefen ja Jungs nicht gerade scharrenweise rum.

Anna ... ich wurde wieder kribblig. Annas Einwilligung, meine Freundin zu spielen, war an mir nicht spurlos vorbeigegangen. Auch wenn es sich wohl um eine komisch softige Art von Kiste handelte. Früher hatte so was „platonisch" geheißen, oder? Egal! Kiste ist Kiste! Meine erste Freundin! Wow! Und gepoppt hatte sie auch schon. Ganz schön erfahren, die Süße.

Und so blieb Anna bis zum Abend in meinem Kopf hängen. Deswegen konnte ich mich beim Abendessen mit meinen Eltern nicht richtig auf den Eintopf konzentrieren, den Mama aus der Kantine mitgebracht hatte.

Später am Liebesloch schlotterte ich vor Aufregung. Doch es genügte ein Blick in meine Repertoire-Kiste und ich wurde wieder ungesund selbstbewusst. Das Heizungsrohr fühlte sich kalt und unbeteiligt an. Ich legte das Öhrchen ans Loch und hörte gleich, dass die Mädchen selbst für mich den Faden sponnen.

♥

„Ach", sagte Anna im Zimmer neben mir. „Mama hat angerufen. Sie will wieder wissen, ob ich mich entschieden hätte, in welche Richtung ich beruflich gehen will. Sie macht mir die ganze Zeit Stress damit. Kein Wunder, dass Papa sich von ihr getrennt hat."

„Ich möchte Sängerin werden", sagte Mia. Keine Ahnung, weshalb Anna einen Lachanfall bekam. Egal, meine neue Freundin lachte eben gern.

„Ich hab auch keine Ahnung", sagte Emma. „Willst du immer noch Schriftstellerin werden, Katja?"

„Das geht nicht so leicht." Katja klang genervt. „Als Schriftsteller musst du zuerst was erlebt haben."

„Thomas Mann war schon mit zwanzig ein großer Schriftsteller", sagte ich ins Loch.

„Du kennst Thomas Mann?", fragte Emma.

„Von dem hat mal Bebbl erzählt", sagte ich, um wieder in die Rolle des dummen Sachsen zu schlüpfen.

„Dein Plattenbaufreund aus dem 9. Stock?"

„Ja!" Ich nickte, obwohl es keiner sehen konnte. „Bebbl sagt immer, er könnte nie ein Schriftsteller werden. Ihm passieren nur so krasse Sachen, die ihm ohnehin niemand abkaufen würde."

„Was können ihm schon für krasse Sachen in einem Plattenbau passieren?", fragte Emma. „Außer dass ein paar Besoffene auf Skiern die Treppe runterrasen."

Ich ignorierte ihren gelangweilten Ton und machte mich bereit, um meine bei YouTube geklaute Geschichte loszuwerden.

„Einmal am Abend ist Bebbl zu uns gekommen und hat uns ein heftiges Erlebnis erzählt", sagte ich. „Bebbls Freundin hatte diesen Sonntag Dienst im Krankenhaus gehabt, und Bebbl hatte sich gelangweilt. Also ließ Bebbl vom Balkon – er wohnte ja im 9. Stock gleich über uns – verschiedene Haushaltsdinger an einem kleinen Fallschirm runtersausen. Aber auch das wurde dann irgendwann langweilig. ‚Wenn ich nur einen echten Fallschirmspringer hätte', dachte

Bebbl. Er borgte sich also den Hamster seiner Freundin aus. Dudi war dressiert und echt abenteuerlustig. ‚Der Hamster freut sich sicher, dass er mal mit 'nem Fallschirm springen kann', sagte sich Bebbl. ‚Das ist doch ein Abenteuer für so einen Hamster.' Sandy würde Bebbl zwar die Ohren bis zu den Brustwarzen dafür ziehen, ‚aber sie erfährt's nicht', sagte er sich. ‚Der Hamster kann ja nicht sprechen!' Er hat Dudi also an den Fallschirm gebunden, ihm ein Stück Pappe untergelegt, damit er's gemütlich hat, und ihn dann runterspringen lassen. Und, Mann! Dudi flog wie ein echter Fallschirmspringer, er versuchte sogar, mit den Füßchen etwas zu steuern."

Hier fingen die Mädels unten zu kichern an, also setzte ich Bebbls Erzählung fort, die ich Sascha Guddimar bei YouTube geklaut hatte: „Dann drehte sich aber der Wind, im 5. Stock war ein Fenster offen und – SCHWUPP! – Dudi fliegt hinein. Blöd! Bebbl läuft nach unten – und glaubt's mir oder nicht, aber das, was der Müller, der dort wohnt, ihm dann erzählt hat, ist echt wahr.

Der Müller hockt mit seiner Frau beim Mittagessen, sie essen gekochten Kohlrabi, also etwas Vegetarisches, aber streiten wie die Schweine. Seine Frau hatte ihm erzählt, dass sie in der Nacht eine Erscheinung hatte, einen Engel hat sie gesehen, und weil Müller schon wegen des Kohlrabis am Sonntagstisch so sauer war, hat er sie gleich angebrüllt, dass es keine Engel gibt, dass sie eine verrückte Tusse ist und dass man von gekochtem Kohlrabi sicher Magenkrebs bekommt, viel wahrscheinlicher als von einem ordentlichen Stück Fleisch, denn wenn was wie gekochtes Styropor schmeckt, kann's in keinem Fall gesund sein!

,Du grober Mensch, du!', kreischte seine Frau. ,Schon deine Mutter hat mir erzählt, dass du am liebsten die Suppe gefuttert hast, die sie aus den Küchenabfällen der letzten Woche für eure Schweine gekocht hatte. Mein Kohlrabigulasch dagegen ...'

,Kohlrabigulasch?', fragte der Müller echt fassungslos.

Da rannte die Frau aus der Küche ins Wohnzimmer, um sich dort auszuheulen. Statt aber zu heulen, starrt sie den Hamster Dudi an, der gerade mit seinem Fallschirm durchs Fenster hereinsegelt. Ganz blass macht die Frau die Wohnzimmertür wieder zu, geht in die Küche und sagt zu ihrem Mann: ,Du, Hansi, gerade ist bei uns im Wohnzimmer ein Hamster an einem Fallschirm gelandet.'

Da flippt der Müller ganz aus. ,Und gleich kommt der Gagarin nach!', brüllt er. ,Ja, wo bin ich denn? In der Klappse? Engel in der Nacht! Hamster am Fallschirm springen uns ins Wohnzimmer! Kohlrabigulasch! Bist du noch bei Sinnen?'

Und gerade da läutet der Bebbl an der Wohnungstür. Müller macht ihm auf, rot vor Wut, mit so 'ner dicken Halsschlagader ... Müllers Stimme zittert, Bebbl bemerkt gleich, dass er zu einem ungünstigen Augenblick gekommen ist, was kann er aber tun, verdammt, seine Freundin würde bald vom Dienst kommen und wenn sie ihren Hamster nicht fände, würde sie sicher denken, dass Bebbl ihn auf die Pizza zerstückelt hätte. Also fragt Bebbl halt: ,Ist bei euch zufällig unser Hamster mit Fallschirm gelandet?'"

Heute lachten die Mädchen besonders laut und so lachte ich erleichtert mit. Diese Geschichte könnte ich zehnmal hören und immer würde ich dabei lachen. Klar hatte sie Sascha Guddimar bei YouTube viel besser erzählt, aber auch ich war als Erzähler gar nicht so übel, oder?

Noch in der Nacht, schon im Bett, schüttelte mich Bebbls Hamster – pardon Sascha Guddimars – wieder mal durch. Mist! So würde ich nie einschlafen. In meinem Bücherregal müsste doch das Buch sein, das mir mal Onkel Karl geschenkt hatte: *Der Zauberberg* von Thomas Mann. Ich legte mich wieder ins Bett, machte *Den Zauberberg* auf und pennte in Sekundenschnelle ein.

Sport ist Mord

Heute hat mich Rowdy geweckt – mit seinem Synthesizer. Er hat so laut in die Tasten gehauen, dass ich vor Schreck die Augen aufschlug. Hm ... doch nur ein Traum. Rowdy? Er fehlte mir plötzlich sehr. Wann hatten wir zuletzt zusammen gezockt? Es kam mir vor, als wären Jahre vergangen, seit ich ihn zuletzt gesehen hatte.

Ich tastete neben dem Bett rum. Sechs Uhr? So früh? Sollte ich weiterpennen? Vielleicht konnte ich die Zeit nutzen und versuchen, mir eine lustige Geschichte auszudenken. Ein paar Trümpfe von Sascha für die Mädels hatte ich schon im Ärmel, aber die würden irgendwann ausgehen. Außerdem fühlte ich mich schon etwas mies wegen des Schummelns. Am liebsten würde ich echt meine eigenen Storys zum Besten geben. Ich grub und grub im Hirn herum, suchte nach dem Schatz, doch unter dem Ausgegrabenen glänzte nichts. Wie machte Sascha Guddimar das bloß?

♥

„Spielst du auch Fußball, Benn?"

„Was?" Ich robbte zum Loch.

„Ob du auch Fußball spielst." Es war Katja, die das wissen wollte. Komisch! Auch beim Gespräch mit Katja schlug mein Herz eine Oktave höher, als seine normale Tonlage war. In Anna war ich verknallt, Katja war mir sympathisch. Eine bessere Erklärung gab's momentan nicht. Oder konnte man sich in zwei Mädchen gleichzeitig verlieben?

„Er spielt nur Tischtennis", sagte Anna, die süße Knutschlschnecke.

„Waschlappen!" Natürlich gab auch Emma ihren Senf dazu. „Jeder normale Junge spielt Fußball."

„Wir lieben es zu spielen – egal was", sagte Katja. Aha! Klang das nicht irgendwie zweideutig?

„Spiele sind unser Hobby", fügte Emma hinzu und die Mädchen kicherten.

„Lasst das!", sagte Mia leise, aber ich hörte sie. „Mit Menschen sollte man nicht spielen." Was meinte sie damit?

„Sei still!", ranzte Anna.

„Klar spiele ich Fußball", sagte ich. Ohne freilich hinzuzufügen, dass ich Fußball vor allem an meiner PS4 spielte – FIFA – aber da war ich unschlagbar. Echt!

„Wir haben heute unser Jahresspiel gegen das Mädcheninternat aus Krummhartpenning."

„Waas?"

„Na, Krummhartpenning!"

„Verstehe", sagte ich, doch war so verwirrt, dass ich sofort unter die Dusche ging und mich dort abreagieren musste. Durch den krummen und harten Penning ist mir der krasse Teil der Nachricht ganz entgangen:

dass die Mädchen heute Fußball spielten. Als ich zurückkam, waren sie schon weg.

♥

Gleich nach dem Frühstück joggte ich zum See und schwamm ein paar Runden. Das Schwimmen in der Natur machte immer mehr Spaß. Vor allem, weil ich meine Badehose dabei hatte. Die Flöte selbstverständlich auch und so konnte ich mir weitere Rockballaden antrainieren. Mädels mögen Love Songs. Doch sogar beim Musizieren ratterte meine Denkdisc. Noch nie hatte ich über eine Sache so brutal viel nachgedacht wie jetzt: Was Lustiges konnte einem passieren? Wieso fiel mir keine lustige Geschichte ein, verdammt?

Gegen Mittag kam ich zurück, in mein Grübeln gehüllt wie in einen Taucheranzug und suchte nach meinem Vater. Musste das Denken abschalten. Das Kopfkino führte sowieso zu nichts. Vielleicht könnte ich Vati helfen? Er fuhr gerade den Schulminibus aus der Garage.

„Wo kommsdn du jedz her?", sagte er „Kannsde ma meine Wergzeugdasche aus dor Gemeinschafdsdusche holn? Eene Dusche is kabbud, 'sch wollde n Wassrhahn weggsln, abor Frau Gorggs hat angerufn. Zur Dusche kommsch heude nimehr. 'sch muss aus dor Stadt Gedränke holn fürs Fußballdurnier. Da is alles alle".

„Die Duschen im Sportgebäude? Dort am Wald?"
„Jou!"
„Wer spielt denn Fußball?"

„Na de Mädls!"

„Frauenfußball?", fragte ich. Erst jetzt fiel mir ein, was die Mädels in der Früh gesagt hatten.

„Hier isses mit dor Gleichberechdigung bald soweid wie in Saggsn", sagte mein Vater. „Frau Gorggs hat ma bei Bayern München gebäbbelt und darum spielen de Mädls Fußball."

Ich joggte durchs Kloster zum Hintereingang. Ganz leer heute. Alle Mädchen waren auf dem Fußballplatz. Hmm ... Frauenfußball im Mädcheninternat! Der Hammer, oder?

Die Umkleidekabinen und die Duschen lagen im neuen Gebäude am Wald. Unterwegs hörte ich einen Riesenradau vom Spielfeld. Vielleicht sollte ich eins meiner professionellen Fußballaugen auf die Show werfen? Bei FIFA galt ich als der ungeschlagene Bastard von Dresden. Vielleicht könnte ich den Mädels ein paar gut gezielte Tipps verpassen. Boah! Der Platz war gerammelt voll. Die ganze Schule versammelt.

„Oh, schön, Bennie, dass du uns als Fan unterstützt", sagte Frau Korcks und lief weiter, um ein paar Hühner vom Feld zu scheuchen. Echte Hühner, meine ich. Wo waren aber meine Perlhühner, he-he? Ich spürte, dass die Zeit für ein paar ungesund selbstbewusste Sprüche reif war.

Und da sah ich sie: Meine Mädels liefen direkt auf dem Feld rum. Echt! Sie spielten. Katja, Anna ... und sogar Mia hüpfte in einem gelbgrüngestreiften Fußballdress rum: Zentralabwehr. Wie ein Vollprofi: Da eine faule Grätsche, da ein Bodycheck ...

Doch die wahre Show zog auf dem Platz Emma ab: Sie mähte alles zu Boden, was ihr unter die Füße kam.

Voll der Mähdrescher, die Frau! Schon nach zehn Minuten bekam sie eine rote Karte, zum Glück zusammen mit der von ihr gefaulten Gegenspielerin – diese hat Emma aus Rache gleich mit ihrem spitzen Ellbogen angegriffen. Den wehrte Emma aber übelst Jackie-Chan-mäßig ab. Als sie mir ihren Rücken zudrehte, wurde mir alles klar: Emma trug die Sieben: Meine Glücksnummer bei FIFA.

Eine glorreiche Mannschaft waren sie auf jeden Fall: Die Mädchen passten zusammen wie der nackte Arsch zur Hose, wie mein Vater sagen würde: Katja füllte den Fußballplatz mit Hirn. Mia mit Musik – jawohl ihre Rundungen strahlten irgendwie Musikwellen aus, wenn ich sie anguckte, fing bei mir im Hirn an, ein Ohrwurm abzulaufen: '54, '74, '90, 2006 von den Sportfreunden.

Klar war das alles nichts gegen die Ausstrahlung von Anna: Anna schmückte das Fußballfeld wie der Bommel die Mütze – auch dieser Spruch kommt von Vati.

Und Emma verbreitete beim Gegner Angst und Schrecken. Die wildeste Frau auf dem Feld: Lara Croft, Jill Valentine und Lariko in einem. Wenn sie jetzt zu mir gekommen wäre und mir auch eine überbraten würde, hätte ich mich sofort in sie verliebt. So knallhart war kein Mädchen in Dresden.

HÄNDE HOCH! SCHURKE! „Na, Alta!", sagte Rowdy am Mobil. „Was macht deine Freundin?"

„Spielt gerade Fußball", sagte ich. „Echt brutal, die Frauen!"

„Geil", sagte Rowdy und legte auf.

Ich hatte zwar keine Flat, rief ihn trotzdem sofort wieder an. „Wieso legst du gleich auf?", fragte ich.

„Was? Haben wir telefoniert?", fragte der Blödmann. Da hörte ich aus dem Hintergrund die Stimme von Rowdys Mutter brüllen: „Lass das, Domi!"

Und dann hörte ich SCHMATZ! und PATSCH!

„Autsch! Mama! Du hast mich mit dem nassen Lappen geschlagen!"

„Warums steckst du dann deine schmutzigen Finger in den Pudding rein?"

„Bleib cremig, Kumpel!", sagte ich und legte auf.

Auf dem Feld ging's weiter heiß zu. Der einzige Mann auf dem Platz war der Schiri: Ein Lehrer von der Schule der Gäste. Zum Schluss gewannen meine Mädels 3:1, natürlich nur, weil ich ihnen so fest die Daumen gedrückt hatte.

Das Zuschauen war ganz schön, nur haben mich die Mädchen auch ständig daran erinnert, dass ich ihnen neue Geschichten erzählen musste. Saschas Stoff ging mir bald aus. Und was dann? Langsam bewunderte ich echt Typen, die sich Storys ausdachten. War tierisch schwer, so was. Oder musste man das Ganze echt zuerst erleben?

Hmm ... Jetzt sollte ich mich aber sputen. Das vorletzte Spiel des Turniers stand an. Um den dritten und vierten Platz. Die Spiele dauerten nur eine halbe Stunde, meine Mädchen sollten in einer Stunde um den ersten Platz spielen. Sicher stürmten sie nach der Siegerehrung sofort alle die Duschen. Dann würde ich die Werkzeugtasche nicht mehr holen können. Und unter uns, Mädels und Jungs: Welcher Mann möchte sich schon von der nackten Emma in einer Mädchendusche erwischen lassen, was? Ich joggte zum Gebäude mit den Umkleidekabinen.

In der Höhle des Pandabären

Erstaunlicherweise hatte mich ein Fußballplatz voller Mädchen gar nicht „berührt". In Bayern schien sich meine krumme Gurke weitgehend zivilisiert zu haben. Das machte wohl die frische Bergluft. Vor dem Sportgebäude angekommen, hörte ich, wie das Gebrüll der Mädchenfans auf den Bänken losging. Das vorletzte Spiel des Turniers fing an.

Wohl hatte mich Emma erinnert, dass das Leben ein Kampf ist. Ich kam mir zur Zeit verdammt furchtlos und cremig vor. Nicht mal eine Straßenbahn voller nackter Mädchen würde mich aus der Ruhe bringen.

♥

Ich wollte das neue Sportgebäude mit Vatis Schlüsseln aufsperren. Hmm ... es war auf, das Gebäude aber voll leer wie Mia sagen würde. Alle tummelten sich auf dem Fußballplatz. Die Duschen und die Umkleidekabinen sollten im Keller liegen. Unten war's aber verwinkelt wie in *Sultan's Labyrinth* – der Architekt muss voll auf Zwetschgenschnaps gewesen sein. Zum Glück fand ich die Tasche von meinem Vater recht schnell. Unter der letzten Dusche im Duschraum. Jede der vier Duschen war durch eine Kachelwand getrennt und die Tasche hatte nicht unbedingt im Blick gelegen. Als ein geübter Adventure-Spieler wusste ich aber, dass man überall nachgucken musste.

Und schon kämpfte ich mich mit der Werkzeugtasche aus den verwinkelten Gängen nach draußen. Das heißt – ich wollte nach draußen. Doch auf halbem Weg trat ich panisch den Rückzug an. Die Treppe runter in meine Richtung bewegte sich eine Menge Mädchenstimmen. Was jetzt?

Na ja, so viel konnte mir nicht passieren, wenn sie mich entdeckten – ich würde halt sagen, dass ich die Werkzeugtasche meines Vaters holen musste. Die Mädchen kamen vom Spielfeld, nackt waren sie also nicht. Noch nicht. Trotzdem hatte ich nicht arg viel Lust, hier in den engen Gängen einem Trupp verschwitzter Mädchen in kurzen Fußballshorts zu begegnen, die gerade nach dem Spiel voll auf Adrenalin waren und sich eventuell die Wut auf den männlichen Schiri abreagieren wollten. Ich hatte heute schon Emma in Ekschn gesehen, Körpernähe mit brutalen Fußballerinnen war nicht das, was ich unbedingt brauchte.

Besser lief ich nach unten zurück und wartete auf einem der Klos, bis sie wieder weg waren. Sie mussten ja bald zur Siegerehrung. Ich joggte ins Labyrinth zurück. Super: Gleich zwei Klos nebeneinander. Eins verschlossen, wohl kaputt. Das linke war aber auf. Ich schlüpfte mit der Werkzeugtasche hinein, machte die Tür zu und wartete, bis das Auge des Sturms vorbei zog.

Um mir die Zeit zu vertreiben, studierte ich auf der Tür vor mir weibliche Klosprüche, die mir teils Schamröte ins Gesicht trieben. Währenddessen lief eine Gruppe Mädels aus der Umkleide an meinem Klo vorbei in die Dusche. Wahrscheinlich die Gegenspielerinnen meiner Mädchen.

„Voll brutal die Sieben von denen, oder?", sagte eine laut. Damit konnte sie nur Emma gemeint haben.

Doch plötzlich schreckte mich ein KLOPF-KLOPF gegen meine Tür aus meinen Klosspruchstudien. „Ich muss mal!"

„Ich mach Kaka", sagte ich in einer Mädchenstimme. Ach, Quatsch! Natürlich habe ich nichts gesagt. Blieb still wie der Mucks eines Mäuschens. Das Mädchen rüttelte an der Türklinke.

„Ich muss mal!" Dann probierte sie das an der rechten Tür, die verschlossen war. Da konnte sie lange warten – die war kaputt!

Gab es hier denn keine anderen Klos als diese zwei? Warum pieselte sie nicht in die Dusche, verdammt? Was jetzt? So schnell würde die nicht aufgeben. Wenn du den Drang hast zu pieseln, kannst du dir ja nicht sagen: „Na gut! Dann verschiebe ich das eben auf morgen ..." Und wieder – KLOPF-KLOPF! – hämmerte es ungeduldig gegen meine Tür.

„Na, merkst du nicht, dass ich am Kacken bin?"

Hä? Das kam nicht von mir. Echt! Das kam aus dem verschlossenen Klo neben mir. Also doch nicht kaputt. Die Stimme stammte eindeutig von Emma. Hatte sie dort schon vorhin gehockt, als ich in den Duschen nach der Werkzeugtasche suchte? Mensch, da hatte ich ja echt Glück gehabt, dass sie mich hier nicht erwischt hatte.

Die Spülung nebenan spülte meine Überlegungen jedoch weg. Nach dem Wasserfall ging auch die Nachbarsklotür auf.

„Warum musst du so 'nen Stress machen?", fragte Emma das fremde Mädchen.

„Entschuldigung", sagte sie und schlüpfte ins Häuschen. Schritte von Emma. Und gleich ging eine zweite Tür auf und schlug zu. Uff! Emma, du brutale Amazone, du! Danke, du hast mich gerettet!!! Der Flur war frei.

Nichts wie weg hier! Trotzdem machte ich die Klotür zuerst nur einen Spalt breit auf und guckte vorsichtig heraus. Keine Emma! Kein Mädchen mehr hier. Niemand. Nur das Pieselgeräusch aus der Kabine, das nicht aufhören wollte. Ach, die Mädels! Mit dieser vollen Blase hatte sie Fußball gespielt? Kein Wunder, dass ihre Mannschaft verloren hatte.

Jetzt aber nichts wie weg: HOPP, HOPP! Raus aus dem Klo und SCHWUPP nach draußen. Nur noch diese eine letzte Tür musste ich aufmachen und schon hätte die Treppe in Richtung Freiheit vor mir gelegen. So wie ich konnte sich nur ein entflohener Sträfling fühlen. Super! Ich riss die Tür auf.

„Hey?", sagte die nackte Anna. „Was machst du hier?" Nicht mal Anstalten machte sie, sich mit ihrem Trikot zu bedecken, das sie noch in den Händen hielt. Sie richtete sich nur auf und zielte mit ihren Brüsten genau gegen meine Stirn. So hoch ragten sie. Immer abwehrbereit. In einem ähnlich unbekleideten Zustand befanden sich Katja, Emma, Mia und ein paar andere Mädchen aus ihrer Mannschaft. Mann, Mias Rundungen waren ein Hingucker.

Sie alle starrten mich an. Ich war zum ersten Mal im Leben so schockiert, dass ich beim Anblick von nackten Frauen nicht mal den Hauch eines Ständers bekam. Ja, leck mich am Arsch! Ich Idiot! Hatte 'ne falsche Tür im Sturm genommen: Statt ins Freie direkt in die Waffenkammer der Amazonen. In die Höhle des Pandabären! Schlimmer als die Insel bei *Battle Royale*. Dort bist du nur von Killern umgeben. Ich hier von nackten Mädchen! Was jetzt? Vielleicht sollte ich so tun, als ob gar nichts wäre.

„Kennt ihr den?", fragte ich. Die Mädchen sagten kein Wort, starrten mich krass verblüfft an. „Der Enkel fragt seinen Opa: ‚Opa! Haste meine Pillen gesehn? Da stand LSD drauf!'

Der Opa guckt ihn an und sagt: ‚Scheiß auf die Pillen, Alta! Aber hast du den Drachen in der Küche gesehen?'"

„RAUS!"

Ich schlug die Tür sofort wieder zu. Was sollte das jetzt, hä, du Idiot? Was hast du gemacht? Statt dich zu entschuldigen und abzuhauen, erzählst du den Mädchen irgendwelche Kalauer. Bist du noch zu retten, Mann?

Was ging in Bayern mit mir durch, verdammt?, musste ich mich fragen. Ich wollte nur noch weglaufen. Am liebsten nach Dresden. Oder zum Nordpol. Aber das durfte ich unter keinen Umständen. Wenn ich jetzt abhauen würde, könnte ich die Sache nie und nimmer erklären – sie ausbügeln! Mann, was jetzt?

Hinter mir, gleich um die Ecke, ging die Klotür wieder auf. Das fremde Mädchen würde mich nur dann sehen, wenn sie zurück zu den Umkleidekabinen lief. Zum Glück rannte sie zu ihren Mitschülerinnen in die Duschen. Eigentlich egal! Sie war jetzt das kleinere Übel. Ich wandte mich wieder dem Problem zu und klopfte höflich an die Umkleidetür, machte sie jetzt nur einen winzigen Spalt auf und rief in die Pandahöhle: „Ich musste hier die Werkzeugtasche meines Vaters holen. Und hab mich in der Tür geirrt."

„Irren ist menschlich, aber vergeben ist göttlich", sagte Katja.

„Krass!", sagte Emma. „Das hast du selbst gedichtet?"

„Nö", sagte Katja. „Das ist von Alexander Pope!"

„Der so gepoupt hat?", fragte Emma.

„Ich vergebe dir", sagte Anna, die Göttin. „Ich habe nichts zu verbergen."

„Ich ... ich auch nicht", sagte Mia.

„Hi-hi-hi." Das kam von Anna.

„Blöde Tusse!", sagte Mia.

„Du kannst reinkommen, Hausmeisterburschi!", rief Emma. „Wir sind angezogen."

Ich trat ein. Die Mädchen standen da. Jedes in ein großes Tuch gehüllt. Von den Knöcheln bis unter die Achseln. Jedes Tuch in einer anderen Farbe. Eine Wiese voller bunter Blumen. Mias Handtuch schien am Kleinsten zu sein. Aber das nur relativ gesehen. Mia war doch etwas fülliger als ihre gertenschlanken Freundinnen – und das in alle Himmelsrichtungen. Jetzt guckte sie mit ihren großen Pflaumenaugen ihre

Freundinnen in den bunten Handtüchern an, ihre Lippen bewegten sich plötzlich, still, und sie lächelte. Mannomann! Mia sang im Stillen ein Lied. Ey! Dieses synästhetische Mädchen! Ich glotzte nur. Schade, dass sie nicht mein Typ war. Irgendwie mochte ich aber ihre Melodiemeditationen.

„Ehmm ... warum habt ihr eigentlich geduscht?", fragte ich. „Ihr habt doch gleich noch ein Spiel."

„Mist!", rief Katja. „Unser Spiel! Schnell unter die Duschen! Die andern sind sicher schon fertig."

„Jetzt musst du gehen, Hausmeistersohn", rief Emma. „Du bist erst am nächsten Donnerstag dran."

Anna und Katja fingen an zu kichern. Nur Mia guckte etwas mürrisch drein. Was meinte Emma damit? Ach so! Am nächsten Donnerstag stieg ja diese Party bei ihnen. Bei der ich Anna küssen durfte ... Warum war ich da aber „dran"? Wahrscheinlich meinten sie, dass sie dann für mich Zeit haben, im Gegensatz zu jetzt. Jetzt war Fußball dran.

„Warum duscht ihr vor dem Spiel?", fragte ich noch mal.

„Wir spielen doch nicht so verschwitzt Fußball", sagte Anna.

„Aha", sagte ich.

„RAUS!", riefen sie. Ich schloss die Tür und drehte mich um.

Die anderen Mädchen kamen gerade nackt von der Dusche angelaufen ... Nööö! Keine Angst. Das hab ich mir jetzt ausgedacht. Die Luft war echt rein. Ich schlüpfte aus dem Sportgebäude nach draußen und lief zum Fußballplatz. Das Finale – das Spiel des Jahres – konnte ich mir nicht entgehen lassen.

Zum Glück haben es unsere Mädels noch bis zum Anpfiff zurück auf den Platz geschafft. Ich hockte lässig auf dem Rasen gleich neben dem Feld auf Vatis Werkzeugtasche – auf den Bänken mädelte es mir doch zu krass. Meine hübsche Chucks-Mannschaft spielte göttlich, aber ich wusste ja schon, dass die Mädels Göttinnen waren, sie gewannen himmelhoch. Da kannst du echt nichts machen: Frisch geduscht ist frisch geduscht.

♥

„Hast du eine Gute-Nacht-Geschichte für uns, Benni?", rief Mia von unten. Ich hockte mich ans Heizungsrohr und steckte meine Nase ins Liebesloch.
„Sowieso", sagte ich.
„Bei euch in Dresden muss es echt toll sein", seufzte sie. „Wenn du ständig solche Sachen erlebst."
„Wenn ich bei Papa bin, erlebe ich auch ständig etwas Schönes", sagte Anna. „Am letzten Samstag waren Papa und ich zusammen einkaufen."
„Alles kommt zu seiner Zeit", warf Katja weise ein. „Chaplin hat mal gesagt, dass die Jugend eine noch viel schönere Zeit wäre, wenn sie etwas später im Leben käme." Boah! Das Mädchen war echt krass klug. Vielleicht könnten wir uns mal gegenseitig etwas vorlesen. Zum Beispiel Kamasutra. He-he-he ...
„Benn hat sich seine Geschichten ausgedacht", sagte Emma. „Ge? Benn?"
„Nie!", sagte ich. „Solche Sachen erleben wir im Plattenbau täglich."

„Ausgedacht oder selbst erlebt – das ist doch egal!", sagte Katja.

„Erinnert ihr euch an den Kerl bei unserem Ausflug nach Bamberg?", fragte Anna. „Der mit dem Gel im Haar?"

„Der Schmierige?", fragte Emma. „Der mir ständig an den Arsch fasste?"

„Der hat uns doch irgendwelche YouTube-Geschichten erzählt und so getan, als ob sie ihm selbst passiert wären."

„Der Typ war voll der Angeber und Lügner", sagte Katja. „'nen Strohballen im Hirn! Der hat nur Sachen aus der Glotze und von YouTube nachgeplappert."

„Mich wollte er heiraten", sagte Anna.

„Ein Heiratsschwindler", sagte Mia.

„Dich wird nicht einmal ein Heiratsschwindler heiraten", sagte Anna.

Und dann hörte ich von nebenan ein richtiges Gemetzel. Alter! Haben sich die Mädchen echt geprügelt? Ich dachte immer, dass so was nur bei den Jungs abging. Doch das war momentan nicht meine Sorge. Mir rollten ja selbst Feuerkugeln den Rücken runter: Was machten die Mädels mit mir, wenn sie erfahren würden, dass auch ich meine Storys bei YouTube geklaut habe?

Zum Glück würde wohl keins der Mädchen bei YouTube nach Sascha Guddimar suchen. In den Charts dort landete er nie und wurde auch nie empfohlen. Ein Typ aus Dresden halt. Den kannte in Bayern keine Sau. Trotzdem wollte ich's mit seinen Geschichten nicht überstrapazieren. Wie gesagt: Ich würde unheimlich gern auch etwas Eigenes erzählen, aber mir fiel nichts Krasses ein. Obwohl meine Hirnzellen schon seit gestern im Alarmbereitschaft standen und jede noch so langweilige Geschichtenidee in Ketten legten, damit ich sie ordentlich aushorchen konnte.

Endlich kehrte bei den Mädchen wieder Ruhe ein.
„Gibt's Bebbl echt?", fragte Mia.
„Klar", sagte ich. „Gerade hab ich mit ihm telefoniert. Sein Modellflugzeug ist verloren gegangen."
„Sein Modellflugzeug?"
„Bebbl lässt sein Flugzeug immer am Rand von Dresden fliegen", sagte ich. „Dort bei der psychiatrischen Klinik. Zwischen den hohen Plattenbauhäusern bei uns geht das nicht. Er steht also dort mit der Fernsteuerung. Das Flugzeug schmeißt Loopings ohne Ende, doch plötzlich BSSS! Das Flugzeug fliegt davon und stürzt über dem Klinikgarten ab. Die Patienten dort harken und graben mit Gartengerät rum. Bebbl klettert über den Zaun und sucht im Gebüsch des Klinikgartens nach seinem Flugzeug. Plötzlich läutet es in der psychiatrischen Klinik zum Mittagessen. Ein paar Pfleger laufen aus dem Gebäude und lassen die Patienten zum Abmarsch aufstellen. ‚Essen!', rufen sie. Von Bebbls Flugzeug immer noch keine Spur. Da kommt ein Pfleger zu ihm und packt ihn am Arm. ‚Mittagessen!', sagt er zu Bebbl. ‚Hopp, hopp! In die Reihe!'

‚Nein, nein!', sagt Bebbl. ‚Ich bin nicht verrückt! Ich such hier nur nach meinem Flugzeug.'

‚Ja, ja!', sagt der Pfleger. ‚Aber auch der tapferste Flieger muss hamm, hamm machen.'"

„Hi-hi-hi ..."

„Ich würde mit dir gern nach Dresden fahren", sagte Katja, die kleine Prophetin. Ein Dresdenausflug stand tatsächlich an. Leider nicht mit ihr.

„Spielst du uns noch was Schönes vor?", fragte Mia.

„Logisch", sagte ich. Heute war *Meat Loaf* dran. Ich legte mich auf den Rücken, streckte meine Flöte hoch und blies mich bis in den Himmel: *I'd do anything for love (but I won't do that)*.

„Gute Nacht, Benn", kam nach dem Song von unten.

„Gute Nacht, ihr Süßen!", sagte ich. So groß war ich schon gewachsen. Doch die Angst vor Enthüllung wuchs auch. Ich legte mich ins Bett und dachte weiter nach: Was kann einem Lustiges passieren, verdammt? Gott! Gib mir eine Geschichte! Bitte!

Stille.

Und dann hörte ich nur noch den letzten Satz meiner Königin: „Ich bin am nächsten dran", sagte Anna.

Was meinte sie damit? Irgendwas hatten die Mädchen mit mir vor. Die Zeichen dafür würde nur ein Idiot übersehen. Aber was? Was hatten sie mit mir vor?

Emma am Ende?

In der Früh hatte mich das Zwitschern von daneben geweckt. Ich krallte mir meine Flöte und zwitscherte durchs Liebesloch zurück: *Stille Nacht*. Weihnachten stand zwar nicht an, aber mein Repertoire erlaubte mir keine Sommersonghöhenflüge mehr. Weihnachtslieder kannte ich noch von meinem alten Flötenunterricht mehr als genug.

„Voll schön, Bennie", sagte Mia.

„Du hast doch noch Ferien, Benn", sagte Emma. „Begleitest du mich in die Stadt? Ich muss zum Zahnarzt."

„Du gehst aber ran", hörte ich Anna aus dem Hintergrund.

Hmm ... Mit Emma in die Stadt? Warum nicht? Konnte ja nicht schaden, meine Freundin Anna, die mich erst am nächsten Donnerstag küssen wollte, ein wenig eifersüchtig zu machen.

♥

Die heutigen Wolken haben Emma in etwas mehr Stoff gekleidet als ich bei ihr gewöhnt war: schwarze Jeans und eine weiße Bluse mit schwarzen Streifen, oder halt umgekehrt schwarze Bluse mit weißen Streifen. Ihr Zebra-Look wurde auf jeden mit viel Geschmack durch ihr glattes schwarzes Haar vervollständigt. Schaute echt schnuckelig aus.

Seit ihrem Auftritt beim Fußballspiel kam mir Emma immer interessanter vor. Mit einer solchen Freundin könntest du eine Bande Skinheads in die Flucht schlagen. Doch das Kribbeln war immer noch am Stärksten, wenn ich an Anna dachte. Den Amor kannst du nicht austricksen. Der trifft mit seinem Liebespfeil dein Herz wie Robin Hood einen Hasen.

Der Liebespfeil erinnerte mich wieder mal dran, dass mir immer noch nichts Krasses eingefallen war, womit ich die Mädels weiter unterhalten konnte. Und der Abend rückte langsam näher.

„Ich bin hart im Nehmen", sagte Emma vor dem Tor und gab mir ihren Rucksack zum Tragen. „Ich sollte Eishockey spielen."

„Machen wir Handdrücken?", fragte ich.

„Klar!", sagte sie und packte mich an der Hand. Boah! So direkt?

„Das ist Händchenhalten und nicht Handdrücken", sagte ich, ließ aber meine Hand in ihrer. Zum ersten Mal im Leben hielt ich Händchen. Ja, krass! Aber ich musste schließlich Erfahrung sammeln. Langsam kam ich mir nicht mehr wie die Eiserne Jungfrau vor, sondern wie der Jungfernhäutchenbrecher schlechthin. Ohne mein Zutun noch dazu. In Bayern schienen die Mädels den Sturm zu führen.

In Dresden hatte ich immer gedacht, du musst dich total anstrengen, um mit einem Mädchen ins Gespräch zu kommen, deshalb war ich ja hauptsächlich im Web aktiv, da war's gemütlicher. Aber hier im Mädcheninternat schien es für Jungen auch gemütlich zu sein – ich musste gar nichts machen. Die Mädels machten alles für mich. Anna wollte mit mir Tischtennis spielen, um mich nächste Woche küssen zu dürfen. Emma wollte, dass ich sie zum Zahnarzt begleite und brauchte Händchenhalten auf dem Weg dorthin. Waren alle Mädchen in Bayern so brutal direkt drauf? Oder checkte ich hier etwas nicht richtig, verdammt?

„Händchenhalten ist doch fast genauso schön wie Handdrücken", sagte Emma. „Komm! Der Bus!" Wir hielten uns weiter an den Händen und joggten zur Busstation. Uff! Geschafft!

„Meistens krieg ich gleich nach dem Anpfiff 'ne rote Karte", sagte Emma beim Einsteigen. „Beim letzten Spiel hab ich mich aber zurückgehalten. Wir mussten gewinnen. Damit wir zu der Schulparty dürfen, die hat uns Frau Korcks versprochen."

„Schulparty? Im Internat?"

„Nö", sagte Emma. „Das wäre ja voll langweilig. Bei uns gibt's nur Mädchen. Die Jungs und Mädels von der Schule hier in der Stadt lassen jedes Jahr eine Tanzparty steigen. Sie laden auch die Schulen aus der Umgebung ein. Wir waren schon im letzten Jahr dabei. Echt lustig! Super Mukke: HipHop und Oldies."

„Gute Mischung", sagte ich. „Wann denn?"

„Am nächsten Mittwoch. Kommst du mit?"

„J... j... ich hab da ... ich hab da meinen Flötenunterricht." Huch! Fast hätte ich „ja", gesagt! Und was dann, he? Ich auf einer Tanzparty? Tanzen konnte ich wie ein Suppenhuhn: Zweimal links das Bein heben, zweimal rechts und – HOPP! – in den Topf. Einmal wollte mir meine Schwester Clara das Tanzen beibringen, aber sie hat dann befürchtet, dass ich auf der Tanzfläche jemanden verletzen könnte und hat den Unterricht abgebrochen.

„Flötenunterricht? So spät am Abend?"

„Meine neue Lehrerin ist ein Nachtmensch."

„Ach so", sagte Emma. „Aber zu unserer Privatparty kommst du auf jeden Fall, ge? Die steigt ..."

„... am Donnerstag", sagte ich.

„Ja." Sie war verblüfft. „Hat Anna dich eingeladen?"

„Jepp."

„Die ist aber schnell." Emma drohte mir mit dem Finger. „Aber 'n Bussie krieg am Donnerstag ich!" Plötzlich packte sie mich im Nacken und schmatzte mir einen auf den Mund. „So ungefähr", sagte sie. „Klar?"

„Klaaa... klaaar", stotterte ich. Aber hallo! Hab ich's nicht gesagt? Die Mädels hier waren brutal direkt. Als wären wir nicht unterwegs zum Zahnarzt sondern in ein Swingerclub. Das Leben hier in Bayern mit diesen kusswütigen Frauen war katholisch paradiesisch. Nur hoffte ich, dass es bei der Donnerstagsparty keine Schläge geben würde, wenn ich die Küsse nicht richtig verteilte. Irgendwie würde ich's schon hintricksen, oder? Jetzt musste nur noch Katja einen Gang zulegen und dann war ich der Pascha pur. Mia konnte uns dazu ein Ständchen singen, he-he-he ...

Emma zog mich ganz nach hinten auf die Rückbank. Meine Hand immer noch festhaltend, nur hin und wieder kitzelte sie mit dem Daumen meinen Handrücken. Der krasse Sexirrsinn! Ja! Für eine Jungfrau wie mich war das Händchenhalten echter Sex. So auf Tuchfühlung mit einem Mädchen war ich noch nie. Also meine Schwester Clara jetzt mal nicht mitgerechnet, aber bei der kriegte ich natürlich keinen Ständer. Bei Emma hingegen ... Schon ging im Bus die Gartenschau ab. Meine krumme Gurke schoss in die Höhe und wollte das Treibhausdach durchbrechen. Ich versuchte an Emmas Zahnärztin zu denken, aber wenn du mit 'ner heißen Fußballspielerin Händchen hältst, kannst du jede mentale Strategie vergessen.

Die Zahnärztin hatte ihre Praxis gleich am Marktplatz, in diesem Städtchen, wo es aussah wie bei *Grand Ages: Medieval*. Lauter enge verwinkelte Gassen. Am liebsten hätte ich mich hingesetzt und mitgezockt: Da eine Kirche hinhauen, dort über den Bach eine Steinbrücke bauen. Der Krieg schien hier keine großen Schäden angerichtet zu haben wie in Dresden, hier war das Mittelalter völlig unbeschadet in der Neuzeit angekommen.

„Hock dich auf die Bank!", sagte Emma. „Bin gleich wieder da."

Voll autoritär, die Frau. Da blieb mir nichts anderes übrig als von der Bank den Tauben zuzugucken. Die Vögel haben's echt gut und ganz stressfrei: Keine falsche Scham. Einem Tauberich ist sicher nichts peinlich. Aber das Beste bei einem Tauberich ist natürlich was ganz anderes: Er muss den Weibchen keine lustigen Geschichten erzählen, damit sie ihn am Donnerstag küssen. Und da bin ich wieder bei meinem alten Problem angekommen. Wo konnte ich eine gute Geschichte finden? Mein Geschichtentopf kochte und brodelte, doch die Suppe schmeckte immer noch nur nach Wasser.

„Wollen wir in ein Internetcafé gehen?" Ich war so in Gedanken vertieft, dass ich Emma erst jetzt entdeckte. Sie lachte mich an. Ihr Gebiss sah perfekt aus – keine einzige Zahnlücke. Wohl hatte ihre Zahnärztin heute eine bessere Laune als ich. Emma wirkte jetzt voll cremig, musste sich nicht mal mehr an meiner Hand festhalten.

Aha! Es war also mehr die Angst vor der Zahnärztin gewesen und weniger das Draufgängertum, was Emma hatte händchenhalten lassen. Auch toughe Fußballerinnen hatten ihre Schwächen.

„Warum nicht?", sagte ich.

Im Internetcafe gab's zwei Computer, beide frei. Ich überlegte, ob ich mir wegen der neuen Geschichte für die Mädchen nicht zu viel Stress machte. Vielleicht war das Leben auch ohne verrückte Hamstergeschichten okay. Vielleicht sollte ich jetzt für die Mädchen viel mehr auf der Flöte spielen, statt ihnen Geschichten zu erzählen. Sie mussten doch einsehen, dass ich mir nicht jeden Tag eine blöde Hamster-Story von der Zunge weglutschen konnte.

„Na, hast du Post bekommen?", fragte Emma.

„Mengen", sagte ich und fing an, meinen Mailreader mit einem ganz dünnen Kamm zu kämmen.

„Ich nur eine", sagte Emma und seufzte. „Von meiner Freundin aus Augsburg." Plötzlich erinnerte sie mich an ein ganz kleines Mädchen. An Carmela, bevor sie gefährlich wurde.

„Bist du aus Augsburg?"

„Ja."

„Und warum steckst du im Internat?"

„Mein Dad hat noch mal geheiratet. Ich komm mit seiner Rosi nicht klar."

„Und deine Mutter?"

„Trinkt."

„Scheiße!"

„Hey! Mit deiner Hamstergeschichte hast du mich dran erinnert, dass ich schon immer einen Hamster haben wollte."

„Einen Hamster?", fragte ich. „Du? Eher einen Tiger, oder?" Alter, war ich cool.

Emma lachte. „Manchmal bin ich auch ganz süß", sagte sie und drohte mir mit dem Finger. „Nach deiner Hamstergeschichte hab ich gleich meinen Dad angerufen: Jetzt kann ich mir einen Hamster besorgen. Rosi wird sich um ihn unter der Woche kümmern. Oh, Hamster sind ja so niedlich, komm, ich zeig dir mal welche."

Und bevor ich's verhindern konnte, war Emma schon bei YouTube und ging auf SUCHEN. Die Kacke dampfte wie frische Germknödel. Ich hockte auf dem Bürostuhl neben ihr, starrte das Suchfenster an und wartete, bis die Schwertklinge angesaust kam. Ich war wie gelähmt. Hockte nur da und guckte Emma beim Eintippen des Wortes „Hamster" zu. Statt ein Erdbeben in die Gänge zu leiten oder einen Ohnmachtsanfall vorzutäuschen, damit sie ihren blöden Hamster vergaß und mir Mund-zu-Mund-Beatmung verpasste, in keinem Fall aber dieses fuckverdammte Wort reintippte. Doch sie tippte schon: H und A und M und S und T und E und ...

Emma drehte sich um, lächelte mich süß an wie der Henker den Massenmörder und dann klopfte sie mit dem linken Zeigefinger auf das verfluchte „R" der Tastatur. Das kleine Suche-Fensterchen gab sich wie immer ganz unschuldig, auch wenn's täglich Freude und Wut verteilt: Ein Klick darauf und das Unheil flitzte los, immer drum bemüht, als Erstes ins Ziel zu kommen, ohne sich dabei große Gedanken zu machen. Ganz oben in der Liste tauchte auf: *Der Hamster mampft Kekse*. Diesem Video folgte: *Hamster with killer instinct attacks Russians*. Und Scheißeee! Ich wusste es. Als drittes Video in der Liste erschien die verflixte Bühnenshow: *„Der Hamster..." Sascha Guddimar in der Moritzbastei zu Leipzig*. Wieso verdammt? Das findest du normalerweise frühestens auf der dritten Seite. Ist Sascha berühmt geworden, oder was?

„Das könnte lustig sein", sagte Emma und klickte drauf. „Hi-hi-hi ..." Sie kicherte nicht lange. Nach ein paar Sätzen von Sascha, als das Publikum in der Moritzbastei zu lachen anfing, drehte sie sich betont cremig zu mir. „Du hast uns sauber verarscht!", sagte sie. „Pah! Selber erlebt? Selber ausgedacht? Geklaut hast du den Hamster! Wie die anderen Storys sicher auch!"

„Ich ..."

„Du bist genauso wie der Schmierige in Bamberg, Hausmeistersohn", sagte sie und stand auf. „Ihr Jungs seid alle gleich. Betrüger!" Sie drehte sich um, und ich musste nur noch die Scherben des hübschen Bennie aufsammeln. Der Hausmeistersohn blieb übrig.

„Aber die Flöte hab ich selbst gespielt!", rief ich ihr noch nach. Doch das hat sie nicht mehr gehört. Zum Glück. Denn aus diesem Müll, den ich mir selbst ins

Hirn geschüttet hatte, ragte bereits ein Stück von etwas wunderbar Brauchbarem heraus: Bitte, Gott! Lass mich nur noch einmal schummeln. Danach tue ich's nie wieder! Ich schwöre! Alter! Ich wollte in keinem Fall Anna verlieren und Katja auch nicht ... äääh, Blödsinn! Ich wollte keins der Mädchen verlieren. Deswegen ging ich sofort ans Werk, um meinen letzten Trick zu starten.

Diesmal loggte ich mich bei Facebook unter meinem richtigen Namen ein. In meinem offiziellen Facebook-Profil hab ich nur etwa achtzig Freunde: Jungs aus unserer Schule und ein paar Freunde von Rowdy. Meist Leute, die gern zocken. Hier tauschte ich mich nur über Spiele aus.

Jetzt musste ich noch einen bestimmten Namen finden: Und da war er schon! Klar rechnete ich nicht damit, dass er sofort meine Freundschafsanfrage annahm. Wohl würde ich eine Antwort erst in ein paar Tagen bekommen – wenn überhaupt. Die Erwachsenen hocken nicht so exzessiv am Rechner wie wir Jugendlichen. Schriftsteller offensichtlich aber schon. Die Antwort kam sofort: *Freundschaftsanfrage angenommen.*

KLICK – und schon war ich im Facebook Messenger. Blöd nur, dass viele Leute bei Facebook gar nicht reagieren, wenn du sie anchattest. Obwohl sie on sind. Doch auch hier hatte ich Wahnsinnsglück. Nach so viel Pech musste ja wieder das Gleichgewicht hergestellt werden: „*Guten Morgen, Sascha!*", schrieb ich. „*Kann ich Sie etwas fragen!*"

„*Du kannst mich ruhig duzen*", kam von Sascha Guddimar prompt zurück. „*Wenn wir schon Freunde sind.*"

Wir chatteten etwa eine Stunde lang. Ich entschuldigte mich, dass ich seine Geschichten geklaut hatte und erzählte ihm von meiner Misere mit den Mädchen. *„Du möchtest dir also auch ein paar Geschichten ausdenken?"*, fragte Sascha zum Schluss.

„Bei mir kommt da nichts", tippte ich. *„Hab kein Talent."*

„Das sehe ich anders", schrieb er zurück. *„Nachdem, was du mir erzählt hast über deine Facebook-Geschichten mit Jerry van Helsing."*

„Aber da kommt echt nichts. Glaub mir!"

„Wir treffen eine Abmachung", schrieb Sascha. *„Ich helfe dir. Aber nur wenn du mir für meine Hamstergeschichte, die du dir von mir ausgeliehen hast, eine neue lieferst. Selbst ausgedacht. Bis dann!"*

Hä? Und off war er. Was jetzt? Ich versuchte doch seit gestern, mir eine Geschichte auszudenken. Mittlerweile war mir klar, dass daraus nix werden würde. Ey! Dann lasse ich's! In Dresden hatte ich auch keine Mädels gehabt und es ging mir super. In ein paar Tagen würde ich meinen LAN-Anschluss bekommen und die Sache hatte sich. Konnte mir den Stress mit den Mädels auf Tuchfühlung sparen und wieder meine Freundinnen im Netz belabern.

In Dresden hatte mir doch nichts gefehlt. Wenn mir dieser Schriftsteller-Typ schon solche unlösbaren Aufgaben stellte, dann ließ ich es eben. Ich zahlte ein paar Euro und lief aus dem Internetcafé. Frische Luft und etwas Grün würden mir gut tun. Frische Luft und etwas Grün? War es mit mir so weit gekommen, dass ich solchen Blödsinn brauchte? Egal! Am besten, ich latschte zu Fuß zurück. War nicht sooo weit. Eilig hatte ich es nicht. Und ohne die Geschichte für Sascha erwartete mich im Internat sowieso nichts.

Am Stadtrand spielten ein paar Kinder auf einem Spielplatz im Sandkasten. Zwei Mütter quatschten auf den Bänken. Plötzlich lachten sie laut. Sicher erzählten sie sich lustige Geschichten. Vielleicht könnte ich mich da ranschleichen ... Ach! Blödsinn!

Ein etwa dreijähriges Kind lief mit einem Luftballon am Spielplatzzaun vorbei, hüpfte und rief: „Mama! Ich kann fliegen!" Und da fiel mir meine Geschichte ein. Echt! Sogar eine mit 'nem Hamster drin. Und nicht nur das! Eine Geschichte, in der ich mich an dem Scheißhamster krass rächen konnte. Wow! Super!

Ich rannte ins Internetcafé zurück. Jesses! Vielleicht war Sascha wieder online. Doch nicht. Schade. Egal! Musste die Story sowieso zuerst eintippen. Sie lag plötzlich in meinem Kopf wie die Wurst auf einer Platte. Man musste nur zulangen. In einer halben Stunde tippte ich meine erste Geschichte ein. Sooo! *Sascha eine Nachricht schicken.* KLICK! *Anhänge.* KLICK. KLICK. KLICK. Und schon jagte die Story digital zerhackt durch die Leitung.

Hmm ... was würde Sascha dazu sagen? Vielleicht war die Story scheiße? Ich war kein Schriftsteller, sondern ein sechzehnjähriger schusseliger Typ, der unbedingt eine Freundin haben wollte nicht aber wusste: Welche?

Und kribblig war ich dazu. Zur Abwechslung aber nicht liebeskribblig. Schriftstellerkribblig! Komisch: Du schreibst nur eine Geschichte und dann willst du um jeden Preis, dass andere sie loben. Sollte mir Sascha erst nächste Woche antworten, würde ich verrückt werden. Mann! Gerade wollte ich meinen Hut nehmen, warf nur einen schnellen Blick auf das *Freunde-im-Chat*-Fenster links unten und wollte schreien vor Glück. Sascha war on.

„*Ich habe gerade deine Story erhalten. Hätte nicht gedacht, dass es soo schnell geht. Ich lese sie sofort. Bis gleich.*"

Ich wartete. Auf dem Stuhl unter meinem Arsch legten irgendwelche Gnome Tausende kleine Feuerchen. Nicht auszuhalten.

„Krass", kam in zehn Minuten per Chat von Sascha. Uff! „*Morgen sagst du mir, wie die Mädchen drauf reagiert haben.*"

„Was? *Die Geschichte gehört doch jetzt dir*", tippte ich. „*So war's verabredet.*"

„Jawohl", schrieb Sascha. „*Du sagst den Mädchen einfach, dass dir jetzt der Stoff ausgegangen ist und du ihnen eine Geschichte von mir erzählst. Jetzt haben wir beide höchst offiziell Geschichten getauscht, meine alte Hamstergeschichte gehört ab jetzt dir und deine neue mir.*"

„Gut", schrieb ich. „*Aber erst am Montag. Am Nachmittag fahren die nach Hause ...*" Ach, du Scheiße! Erst jetzt fiel mir ein, dass ich die ganze Sache bis Montag nicht bereinigen konnte. Die Mädels fuhren freitags heim? Wann genau? Jetzt war es halb zwölf. Vielleicht würde ich sie noch erwischen.

„*Bist du am Nachmittag bei Facebook?*", tippte ich noch schnell hin.

„Klar", schrieb Sascha. „*Ich bin an meinem Schreibtisch festgetackert. Meinen neuen Roman hätte ich schon vor einem Jahr abgeben müssen. Jetzt macht mir meine Lektorin Stress. Ich möchte sie nicht verlieren.*"

"Das verstehe ich", tippte ich. *"Also bis dann."*

Als ich den Bus in letzter Sekunde erwischte, wusste ich, dass ich wieder mal aus dem Boden des harten Lebens wie ein Glückspilz hochgeschossen war. Im Klosterhof tauchte ich auf, als die Glocke läutete. Aus dem Schultor strömte die Mädchenelbe heraus, reißende Flut, die alles zu überschwemmen drohte – die Mädchenmassen kämpften sich Richtung Wohnheim. Sachen packen und Abflug. Die Heimfahrt wartete. Zum Glück war ich zur Hofmauer gesprungen. Wo waren meine Freundinnen? Im Strom? Nein! Als alte Individualistinnen schlenderten sie dem reißenden Mädchenfluss hinterher.

„Hallo", rief ich. Sie blieben stehen.

„Du stopfst jetzt das Loch mit Zeitungspapier zu!", sagte Emma. „Und lass uns gefälligst in Ruhe ..."

„Aber ..."

„Die Fälschung unterscheidet sich vom Original dadurch, dass sie echter aussieht", sagte Katja.

„Mein Papa sagt, wer einmal lügt, lügt immer."

„Anna!", wollte ich schreien. Für nichts anderes sind so viele Menschen gestorben wie für die Wahrheit. Wahrheit ist unmenschlich! Habe ich dank Wahrheit jetzt die Traumfrau meines Lebens verloren? Anna rümpfte ihre kleine Nase. Wohl zum letzten Mal wegen mir. Alter! Schon jetzt ging mir ihr Nasenrümpfen ab.

Sie verschwanden Richtung Wohnheim. Ich guckte ihren Rücken nach. Nur Mia blieb stehen. Ach, was soll's! Plötzlich war mir alles egal. Die konnten mich mal! Denen wollte ich gar nichts beweisen. Blöde Tussen! Ich drehte mich um.

„Warte, Bennie", sagte Mia.

„Na, was?", fragte ich unfreundlich. „Willst du mir einen Vortrag darüber halten, dass ich euch belogen habe?"

„Ich hab gelacht. Als du uns die Geschichten erzählt hast", sagte sie. „Alles andere ist mir egal."

„Aha", murmelte ich. „Deinen Freundinnen aber nicht."

„Das ist doch deren Problem", sagte sie. „Nicht meins."

„Würdest du in einem Video mitspielen?", fragte ich.

„Porno?"

„Was? Nein!" Hey! Welchen schrägen Humor die hatte. „Nur singen", sagte ich. „Mein Freund Rowdy und ich haben eine virtuelle Band."

„Eine virtuelle Band?"

Ich erzählte ihr von den *Krummen Gurken*.

„Und deine Schwester will da echt nicht mehr singen?", fragte Mia.

„Nein. Rowdy hat das Video schon im Netz gelöscht."

„Na gut", sagte sie. „Wird sicher lustig."

„Super!" Ich sollte mich freuen, aber ... na ja ... in Gedanken war ich immer noch bei Anna, Katja ... und jetzt verdammt noch mal auch bei Emma. Blöd! Warum hab ich bloß alles so versaut?

„Wir müssten aber irgendwann nach Dresden fahren", sagte ich. „Wegen der Aufnahmen!"

„Heute?", fragte Mia.

„Waaas?" So viel Spontanität hätte ich ihr gar nicht zugetraut. „Musst du nicht heim?"

„Nein!"

„Ach so! Lass mich raten. Dein Vater hat eine Neue geheiratet und deine Mutter trinkt."

„Nö", sagte Mia. „Ich hab keine Eltern. Sie sind beide gestorben."

„Sorry!"

„Ist schon lange her", sagte Mia. „Ich bin am Wochenende immer bei meiner Tante. Die ist super gut drauf. Ich ruf sie an und sage, dass ich mit dir nach Dresden fahre."

„Ich schaue nach meinem Vater und mach das mit ihm klar", sagte ich. „Hoffentlich gibt er mir was für die Fahrkarte."

„Ich hab Geld", sagte Mia.

„Die Fahrkarten zahle ich", sagte ich und ging Vati suchen.

„Sooo", sagte mein Vater. Ich hatte ihn wieder in der Garage erwischt. „'sch nehm euch midm Audo mit. 'sch muss in Dräsdn noch ä bar Sachn ausm Haus holn. So um viere rum machnmor los. Jedz bringsch noch de Bosd ford."

Ich ließ meinen Vater zur Post fahren und ging ins Haus. Vom Klo rief ich Rowdy an. „Ich komme mit 'ner Sängerin."

„War an der Zeit", sagte Rowdy.

Ich holte in der Küche ein paar alte Zeitungen und lief die Treppe hinauf in mein Zimmer.

Wie ich am Liebesloch so herumkruschtele und die Zeitungen zerknülle, spricht mich plötzlich eine holde Stimme an: „Bist du da, Benn?"

Katja! Katja! Liebste! Was sollte ich machen, damit du mir wieder vertrauen würdest? Aus dem Fenster springen? Ja! Ich würde für dich aus dem Fenster springen.

„Ich bin da", sagte ich.

„Was machst du?"

„Ich verstopfe das Liebesloch."

„Das Liebesloch?"

„Hi-hi-hi ..." Aus dem Hintergrund kam ein mehrstimmiges Kichern.

„Mia hat recht", sagte Katja. „Du hast uns gut unterhalten. Egal, ob die Geschichten von dir kamen oder nicht."

„Die Geschichten kamen von mir", sagte ich. Klar, eigentlich hatte ich jetzt Dank ihrer Toleranz eine Gelegenheit bekommen, meine Schummelei zuzugeben. Aber wenn ich das tat, würde ich nie mehr behaupten können, dass eine Geschichte von mir war. Jetzt, wo ich festgestellt hatte, dass ich mir auch richtige Geschichten ausdenken konnte, musste ich durchziehen, was ich mit Sascha abgesprochen hatte. Und viel geschummelt war's ja auch nicht. Sascha und ich hatten die Geschichten getauscht. Wenn wir aber Geschichten getauscht haben, dann gehörte seine mir und meine ihm, oder?

„Ich hab meine Hamstergeschichte Sascha geschenkt", sagte ich. Das war nicht mal gelogen. „Wir kommen beide aus Dresden."

„Jetzt hör auf mit dem Lügen", sagte Katja. Ihre Stimme klang enttäuscht.

„Du musst dich nicht freilügen, Bennie", sagte Emma. „Wir haben dir verziehen."

„Habt ihr im Zimmer 'nen Internetanschluss?", fragte ich.

„Nein", sagte Anna.

Aha. Auch sie redete wieder mit mir. Ich war glücklich! „Wir gehen jetzt in das Lehrerzimmer und chatten mit Sascha Guddimar", sagte ich. „Er wird euch bestimmt gerne bestätigen, dass ich ihm eine Hamstergeschichte geschenkt habe."

„Du kennst echt Sascha Guddimar?", fragte Katja.

„Ja", sagte ich. „Kennst du ihn auch?"

„Nö!"

„Dann kannst du ihn jetzt kennenlernen."

„Wir müssen aber um drei zum Zug."

„Das schafft ihr locker", sagte ich.

„Wir könnten in den Computerraum", mischte sich Mia ein. Auch sie war mittlerweile im Mädchenzimmer angekommen.

„Der Computerraum ist jetzt sicher schon geschlossen", sagte Anna.

„Vielleicht macht uns dein Vati auf", sagte Mia.

„Vati!", äffte Anna nach. Was an Vati aber schlimmer ist als an Papa, verriet sie nicht.

„Vati ist zur Post gefahren", sagte ich. „Wir machen das im Lehrerzimmer."

♥

Zum Glück hockte Frau Korcks noch in ihrem Büro. Echt das Arbeitstier, diese Schulleiterin! Die anderen Lehrer rasten schon in die Zielgerade des Wochenendes wie Rennwagen bei *Grand Tourismo*.

„Grüß Gott, Frau Korcks", sagte ich. „Dürfte ich den Mädchen was am Rechner zeigen?"

„Freut mich, dass du schon ein paar von unseren Mädchen kennengelernt hast", sagte Frau Korcks. „Und gleich die berühmteste Clique hier!"

Gleich nutzte Emma die Gelegenheit: „Dürfen wir also am nächsten Mittwoch zu der Party in die Stadt, Frau Korcks?"

„Nur die von euch, die schon sechzehn sind. Letztes Jahr habe ich Probleme mit den Eltern bekommen, weil manche von euch noch fünfzehn waren."

„Wir vier sind alle sechzehn."

„Also gut", sagte Frau Korcks. „Ihr habt's euch mit dem Turniersieg verdient." Dann seufzte sie. „Viel Spaß mit dem Computer. Ich muss leider noch arbeiten." Sie winkte uns zu und schloss ihre Tür.

Ich schmiss schnell den Computer an und suchte in meinen Taschen nach nichts, um mit den Mädchen nicht über die anbrechende Tanzparty reden zu müssen. Küssen wollte ich sie schon, doch zum Tanzen würde mich nicht mal ein Monstertruck hinschleppen können. Zum Glück zog gleich die Facebookoberfläche die Blicke der Mädchen an und schob die blöde Tanzparty in ferne Gehirnwindungen.

Sascha hatte sein Wort gehalten, er war on.

„Hallo, Sascha!"

„Hallo, Benn!" Zum Glück hat Sascha nicht mit irgendwelchen Verniedlichungen meines Namens angefangen. Für ihn war ich immer noch Benn. Das kam mir sehr fortschrittlich vor.

„Ich habe ein paar Freundinnen bei mir. Kannst du den Mädchen bestätigen, dass du die Hamstergeschichte von mir hast?"

„*Das stimmt*", schrieb Sascha. Logisch war das nicht gelogen, weil er jetzt wirklich eine Hamstergeschichte von mir hatte.

Boah! Gleich guckten mich die Mädchen ganz anders an. Ab jetzt aber keine Schummelei mehr – das schwor ich mir. Na ja, keine Schummelei war etwas zu viel gesagt. Sagen wir also Bayerisch: a bissl Schummelei. Nur, wenn ich damit die Mädels zum Lachen bringen konnte. Ich thronte vor der Tastatur wie der Computerscheich in seinem Harem. Die Mädchen drängten sich um mich herum. Emma hockte sich auf mein Knie.

„Bussie, Bennie?"

Ja, krass! Wenn auch noch Katja oder Mia anfangen würden, mich so brutal anzumachen wie Emma und Anna, wäre mit der Welt irgendwas nicht in Ordnung.

„Unlauterer Wettbewerb", sagte Katja, schubste Emma von meinem Knie und hockte sich selber drauf. Nein, das war geschummelt. Sie schubste Emma von meinem Knie, die Mädels hockten sich auf Stühle, und wir zeigten uns Clips bei YouTube.

„Jesses", rief Katja plötzlich. „Unser Zug! In einer halben Stunde fährt der Bus!"

Die Mädchen rannten zur Tür, nur Mia blieb. „Komm schon, Mia!", rief Emma. „Wir kommen zu spät!"

„Ich fahre mit Bennie nach Dresden", sagte Mia.

Die Mädchen blieben stehen und drehten sich um.

„Wir mü... mü... müssen dort einen Song aufnehmen." Mir blieb echt nichts anderes als zu stottern.

Anna guckte mich streng an. „Einen Song?", fragte sie. „Hast du eine Band?"

„Klar", sagte ich.

Emma lachte. „Wie heißt die Band denn?", fragte sie. *„Die Sachsenboys?"*

„Nein", sagte ich. *„Krumme Gurken!"*

„Alles klar!", sagte Emma.

Katja verdrehte die Augen. „Wir müssen los!"

Noch vom Gang hörten wie Annas Stimme: „Fette Schlampe", zischte sie in ihrem feinen Hochdeutsch. Mia wurde rot.

Die Zockerin

„Warum heißt eure Band *Krumme Gurken*?", fragte Mia, als wir vom Lehrerzimmer wieder zurück zum Wohngebäude gingen. Wir mussten noch packen und dann sollte es losgehen.

Was sollte ich darauf antworten? Ich wollte ja nicht mehr schummeln. „Rowdy und ich haben krumme Gurken", sagte ich. „Deswegen."

Mia lachte laut auf und schlug mir auf die Schulter, als wollte sie mich zu Boden catchen. „Du musst ständig Witze machen, Bennie." Sie wieherte weiter.

Krass, oder? Die Wahrheit ist die beste Lüge. Hätte ich angefangen, mich rauszureden, hätte sie sofort die bittere Realität geahnt. Jetzt glaubte sie aber, dass meine Gurke gerade wie ein Polizeistock war. Zum Glück würde ich Mia nie meine Gurke zeigen müssen.

„Was singe ich eigentlich?", fragte sie.

„Den Kerzensong."

„Hi-hi-hi!", kicherte Mia. *„Schwule Gurken* ... eeh ... *Krumme Gurken* spielen einen Kerzensong."

Wollte sie mich verarschen? „Klar", sagte ich. „Geile Mucke!" Kurz darauf wurde ich aber blass wie ein Bettlaken: Mir fiel der erste Satz unseres Kerzensongs ein: „Im Schein der krass geraden Kerzen ..." Das durfte Mia nicht erfahren, sonst würde sie mich derbst auslachen. Ein neuer Song musste her.

„Bis gleich also", sagte Mia und rannte in ihr Zimmer. Musste wohl vor lauter Lachen pieseln.

Ich zückte mein Handy. „Was treibst du?", fragte ich.

„Äääh ...", sagte Rowdy. „Bin am Poppen."

„Du spinnst!", hörte ich Carmela von hinten zischen. „Nicht, dass du sagst mit wem!"

„Frag nicht, mit wem", sagte Rowdy.

„Hab's schon mitgekriegt", sagte ich. „Hör dir das an: *Krumme Gurken* spielen einen Kerzensong."

„Hört sich krass unfreiwillig komisch an", sagte Rowdy. „Egal! Ich hab zwanzig neue Songs."

„Schick mir eine schöne Ballade", sagte ich. „Die gut zu *Meat Loaf* passen würde." Ja, ja. Ich wusste gleich, dass dieser Spruch nicht unbedingt nett war. Ich hätte Mia nicht mit dem sehr runden Fleischkloß *Meat Loaf* vergleichen sollen. Aber irgendwie hab ich Mia übel genommen, dass sie sich über schwule ... pardon *Krumme Gurken* lustig machte. Was krumme Gurken angeht, war ich empfindlich. Ruck zuck piepte mein Handy. Die Ballade war da. Super genial!

Eine Viertelstunde später hockten mein Vater und Mia schon im Auto. Vati erzählte Mia auf Sächsisch sächsische Kalauer. Die Fahrt nach *Dräsdn* in die alte Heimat hatte ihn sächsisch gestimmt. Ich hockte mich zu Mia nach hinten.

„Sooo?", fragte Vati. „Aalso dor Gen'ch von Saggsn, Augusd dor Schdarge, is immor mid seinor Kuddsche durch Dräsdn gefahrn. Immor wenn'r ä scheenes Mädl gesehn hadd, hadd'r zum Guddschor gesachd:

‚Die midd droff' und ‚Die midd droff' und ‚Die midd droff." Und däswegn hadd's in dor DeDeEr so viele Dimidroff-Straßn gegäbn."

„Vati", sagte ich. „Mia versteht kein Sächsisch."

„Soou?", sagte Vati. „Also: Der König von Sachsen, August der Starke, ist immer mit seiner Kutsche durch Dresden gefahren. Wann immer er ein hübsches Mädchen sah, dann sagte er seinem Kutscher: ‚Die mit 'roff!' Und deswegen hat's in der DDR so viele Dimitroff-Straßen gegeben."

Ich glaubte meinen Ohren nicht. Nö! Das konnte nicht wahr sein! „Vati", sagte ich im Schock. „Du kannst Deutsch?"

„Logo", sagte Vati. „Ich bin Sachse, aber ich bin nicht blöd!"

Das genauso Unglaubliche aber war, dass Mia gleich nach dem Witz losgelacht hatte. So einen heftigst üblen DDR-Kalauer dürfte doch in Bayern keine Sau verstehen. Wer kannte hier schon den bulgarischen Kommunisten Georgi Dimitroff?

„Vati", sagte ich. „Hier weiß doch keiner, was DDR war."

„Ich schon", sagte Mia. „Meine Eltern kamen aus Leipzig."

„Leibdsch?", sagte Vati wieder auf Sächsisch. „Dann sin' mor Landsläude."

„Ich kann aber nur ein bissl Sächsisch", sagte Mia. „Ich lebe bei meiner Tante, die kommt auch aus Leipzig, spricht aber Hochdeutsch, obwohl sie in München wohnt."

Vati zog ein paar *Puhdys*-CDs aus den Hüllen und legte sie auf den leeren Beifahrersitz. „Sooo", sagte er.

„Ferddsch?" Er drehte sich um, zeigte auf mein Notebook und lachte. „Zu mein Zeidn had' mor middn Mädls ni vorm Combjuor rumgehangn." Mir war klar, was man zu seinen Zeiten in der DDR mit den Mädchen trieb. Mia wurde rot wie Radieschen. So heiß wie sich meine Backen anfühlten, trug ich aber sicher die gleiche Farbe wie Mia.

„Vati", sagte ich. „Hör auf damit!" Die Erwachsenen halt mit ihren Sprüchen. Ziemlich ahnungslos sowieso. „Die Zeiten ändern sich", fügte ich hinzu. Klar hatte ich mein Notebook mitnehmen müssen. Ich war in Panik, was ich auf einer solch langen Fahrt mit Mia bereden sollte. Mit Anna und Katja und Emma wüsste ich's schon. Aber Mia? Vielleicht konnten wir zocken statt reden. Zuerst musste aber ein Songtext für die neue Sängerin gedichtet werden. Ich legte mein Notebook zur Seite und kramte Zettel und einen Bleistift hervor. Mein Vater drehte die *Puhdys* voll auf und tauchte in seine Ostalgie. Wenn die *Puhdys* rockten, interessierte ihn der Rest der Welt nicht mehr.

Komisch! Das Reimlexikon, das ich extra eingesteckt hatte, musste ich beim Texten kein einziges Mal aufschlagen. Mia streckte mir die Zunge raus und gleich fiel mir ein Vers ein. Die Frau war echt 'ne Nummer. Jedes Pfund von ihr war irgendwie seines Gewichts wert, he-he-he ... In einer Stunde hatte ich den Song:

Mias Lied

Willst du zur Venus fliegen,
Gewinnen und nicht siegen,
In der tiefsten Höhle eine Sonne finden,

Schmecken wie Aprikosen,
Duften nach wilden Rosen,
Himmelhohe Mauern überwinden.

Ref:
Auch dein Herz pocht einen fetten Beat,
So mach dein Leben einfach zu einem Lied.
Komm mit!

Statt um Erfolg zu ringen,
Kannst du nur dein Lied singen.
Die Welt taucht ein in deine Harmonie,
Trotz Ansagen vom Wahrsager,
Werden Schicksalsschläge Schlager.
Dein Leben wird zu einer Melodie.

Ref:
Auch dein Herz pocht einen fetten Beat,
So mach dein Leben einfach zu einem Lied.
Komm mit!

Bald gehen wir zusammen,
Durch Schneestürme, durch Flammen.
Singen, spielen, staunen, tanzen, lachen,
Stellen nur blöde Fragen,
Und lassen uns nichts sagen.
Wenn's kalt wird, reiten wir Feuerdrachen.

Ref:
Auch dein Herz pocht doch einen fetten Beat,
So mach dein Leben einfach zu einem Lied.
Komm mit!

„Du bist der Poet der Herzen, Bennie", sagte Mia, nachdem sie den Text gelesen hatte. Komischerweise hörte sich das „Bennie" von ihr ganz anders an als von anderen Leuten – angenehm.

„Danke." Ich freute mich echt drüber. Vielleicht würde aus mir noch was werden.

„Sollen wir etwas zocken?", fragte ich.

„Was hast du drauf?", sagte Mia und nickte zu meinem Notebook.

Erst jetzt fiel mir auf, dass Mia ein Mädchen war. Der konnte ich nicht einen Ego Shooter vorschlagen. Von meinen älteren Freundinnen bei Facebook wusste ich auch schon, dass Frauen nicht *Assassin's Creed* oder *GTA* zockten. Ich guckte im Windows Explorer, ob ich ein paar Mädchenspiele hätte – Puzzles zum Beispiel. *Dr. Mario* oder so was. „*Candy Crush*?", fragte ich.

„Spinnst du?", sagte Mia. „Lass uns doch *Fortnite* zocken. Nicht so was Langweiliges wie *Candy Crush*. Das hab ich zuletzt im Kindergarten gespielt."

Ich wollte sie jetzt nicht lächerlich machen, deswegen freute ich mich, dass wir im Auto kein WLAN hatten, und ich deswegen *Fortnite* nicht starten konnte. *Fortnite* ist ein Online-Spiel. Dein Avatar auf der Insel bei *Fortnite Battle Royale* muss sich irre schnell bewegen und ständig auf der Hut sein. Sonst wird er sofort gekillt. Bei solchen Spielen sind Mädchen überfordert. Sie klicken zweimal in die Tasten und geben das Spiel auf. Das habe ich schön öfter bei Mitschülerinnen erlebt.

„Ich hab hier im Auto kein Netz", sagte ich.

„Ich kann dir einen Hotspot auf meinem Handy einrichten", sagte Mia. „Ich habe ein gutes LTE-Netz. Das müsste auch im Auto funktionieren. So schnell fahren wir nicht. Meine Tante ist ein WhatsApp-Narr, schickt mir ständig Fotos. Deswegen zahlt sie mir einen sehr teuren Handy-Vertrag."

Wohl gab's keinen Ausweg – ich musste es dem pummeligen Mädchen überlassen, sich bei *Battle Royale* zu blamieren. Ich richtete das Netzwerk mit Mias Hotspot ein und meldete mich online bei *Fortnite* an.

„Zeig mal!", sagte sie und riss mir mein Notebook aus den Händen.

„Hä?" Ein Mädchen nahm dem größten Zocker auf Erden sein Werkzeug? So mir nichts dir nichts? Unglaublich, oder?

Hmm ... Vielleicht war's doch keine so gute Idee, mit Mia zu zocken. Sicher hat sie irgendwo das Wort *Fortnite* aufgeschnappt und wollte nur angeben. Gleich würde ich ihr die einfachsten Sachen erklären müssen. „Wir können's auch lassen", sagte ich nochmal.

„Warum denn?", sagte sie und holte Kopfhörer aus ihrem kleinen Rucksack. „Lass uns loslegen!" Wohl hat sie schon mal *Battle Royale* gezockt und wusste, dass du mit den Kopfhörern besser hörst, woher die Gegner kommen.

♥

„Vielleicht gehst zuerst auf die Spielwiese und lernst dort etwas, wie man mit den Tasten steuert ...", wollte ich sie etwas anleiten. Sie sprang aber sofort auf die Insel, mittendrin in einen Pulk von 100 Killern, die auf der Insel schon nach Waffen suchten. Na ja, gleich wird jemand ihren Avatar erledigen und dann hat sich die Sache. Ich nahm mir vor, ihr Spiel nicht zu kommentieren, um sie nicht lächerlich zu machen.

Doch gleich musste ich eingreifen. Nach der Landung auf der Insel lief vor ihr ein Shogun mit einer Pumpgun in der Hand. Wo hat er die so schnell aufgetrieben? Wohl gut gelandet. Mia hatte immer noch nur die obligatorische Spitzhacke in der Hand, keine Waffen eingesammelt, doch lief auf den Shogun schnurstracks zu.

„Stop!", brüllte ich, damit sie mich durch ihre Kopfhörer hörte, so dass mein Vater uns trotz *Puhdys* vor Schreck fast in den Straßengraben fuhr. „Das vor dir ist ein Shogun!"

„Ach was!", rief sie. „Das ist ein Anfänger!"

„Shogun ist in epischer Skin", brüllte ich.

„Für 20 Euro gekauft", sagte Mia. „Du siehst doch, wie der läuft. Anfänger! Den erledige ich gleich."

„Wie denn?", heulte ich. „Du hast keine Waffe!"

„Doch", sagte Mia und killte den Shogun von hinten mit ihrer Spitzhacke.

Ich war baff. Ich hockte da und starrte sie an. Ich habe bei *Fortnite* schon einiges erlebt, aber wie krass Mia den Shogun mit ihrer Spitzhacke kalt gemacht hatte – alle Achtung. Ich nahm mir vor, Mädchen beim Zocken nie mehr zu unterschätzen.

Mia zockte so, dass ich ihr mit offenem Mund nur zugucken konnte. Dabei hab ich immer gedacht, ich wäre ein begabter Zocker. Von wegen! *Sie* war eine geniale Zockerin! Eine geniale Sängerin noch dazu. Was für eine Mischung ... Wenn sie nur ein bisschen wie Anna oder Katja aussehen würde, könnte ich mich glatt in sie verknallen. Zum Glück ließ mich Mia kalt, ich musste meinen Liebeshorizont nicht von drei auf vier erweitern.

„Wo hast du das gelernt?", fragte ich.

„Naturtalent", sagte Mia und lachte.

„Hast du nie gezockt?", fragte ich.

„Nö", sagte sie.

„Echt?" Mein verblüfftes Gesicht brachte sie wieder zum Lachen.

„Ich hab früher sehr viel gespielt", sagte sie. „Aber irgendwie kam da nix Neues mehr raus. So hab ich mich mehr aufs Singen konzentriert."

Na, sag mal! Wie weit musste man kommen, um das Zocken langweilig zu finden?

„Ich muss was beichten", sagte ich leise und guckte zu meinem Vater. Vati starrte aber vor sich hin auf die Autobahn, hörte nur den *Puhdys* zu, headbangte dabei als wäre es *AC/DC* und brachte damit den Wagen hin und wieder zum Schaukeln.

„Ich halte nicht viel vom Beichten", sagte sie. „Sag mir einfach, was du auf dem Herzen hast."

„Wir wohnen in keinem Plattenbau", sagte ich. „Wir haben schon immer in einem Einfamilienhaus gelebt."

„Das weiß ich doch", sagte Mia. „Dein Vati hat mir erzählt, dass ihr am Rand von Dresden ein altes Haus habt."

Na, also. Big Lady wusste schon alles! Ja, war das nicht blöd? Sollte allein ich den Typen spielen, der keine Ahnung hatte? Langsam war's an der Zeit, die Rollen richtig zu besetzen und wieder mal den ungesund selbstbewussten Macker rauszukehren: Du Jane, ich Tarzan. Leider war Mia nicht die Jane. Trotzdem hatte ich gehofft, dass sie mir für die Plattenbaulüge böse sein würde und nicht so brutal tolerant. Wenn dich Frauen nicht mal mehr zusammenscheißen wollen, dann bist du echt am Arsch. Also! Jetzt musste Benn, Baron von Münchhausen alias Jerry van Helsing, wieder mal den Mädels zeigen, wie der Hase lief. *Sie* hätte erstaunt sein sollen, nicht *ich*!

„Ja", sagte ich. „Wir wohnen in einem alten Haus. Leider gibt's dort etwas ganz Unangenehmes."

„Echt?", fragte Mia und bekam wieder ihre großen Pflaumenaugen, die aber immer größer wurden, so dass sie gleich wie Pflaumenpfannkuchen aussahen. Ihre Augen stehen Mia gut, das muss ich schon zugeben. „Und was gibt's dort?"

„Einen Geist!"

„Einen Geist?"

„Ja! Den Geist meines Urururururo..." He? Hab mich irgendwie verstottert. Was sollte das, Mann? War ich nervös, oder was? Doch nicht wegen Mia!

„Urururuuro?"

„Nein. Urururururo..."

„Ach so! Urururururo." Plötzlich wurde Mia von einem Lachanfall geschüttelt, dass sie fast den Autogurt zerrissen hätte. Besser lachte ich mit. Komisch, oder? So konnte ich sonst nur mit Rowdy ablachen. Sicher machte mich die Aussicht auf Dresden krass glücklich. Fühlte mich echt saugut.

„Voll", sagte Mia, als sie langsam auslachte.

„Mein Urururur...!"

„Hör auf damit", sagte Mia und wischte sich die Lachtränen weg.

„Ich will sagen, mein Ururururopa spukt bei uns", sagte ich. „Meine Ururururoma hat ihn mal zu Tode gepoppt und jetzt spukt er im Haus um Mitternacht rum, damit so was nicht noch mal passiert."

„Damit bei euch keiner poppt?"

„So ähnlich."

„So was gibt's doch gar nicht.", sagte sie.

„Doch", sagte ich.

„Und was machst du dagegen?"

„Wenn du um Mitternacht auf der Treppe bei uns bist, musst du halt ‚ich fick deine Mutter!' rufen."

„So 'n Quatsch!"

„Nein!", sagte ich. „Das stimmt. Wirklich! Geister haben irrsinnige Angst vor Schimpfwörtern. Vor einem Gangstarapper scheißt sich jeder Geist in die Hose. Wenn du ‚Isch fick deine Mudder, Alta!' sagst, haut jeder Geist ab." Mia lachte, doch schon etwas verunsichert. Sie wusste nicht, dass das einzige unangenehme Wesen, das in unserem Haus in Dresden gerade rumspukte, Claras Stecher Kevin war.

♥

Ich freute mich, das Schwesterchen wieder zu sehen. Und sie muss sich auch gefreut haben, weil sie für uns auf zwei Pfannen Vatis und meine Lieblingsspeise briet – Kartoffelpuffer mit viel Knoblauch und Majoran. Das Rezept hatten wir von Vatis Oma geerbt, die nach Dresden aus Böhmen kam. Für Vati hatte Clara einige Flaschen Pilsner Urquell gekauft. Er mochte das tschechische Bier.

„Super lecker", sagte Mia bei dem späten Abendessen. Sie flüsterte mir ins Öhrchen: „Mit dieser Knoblauchbombe im Bauch wird sich kein Geist in meine Nähe trauen."

„Knoblauch vertreibt Vampire", sagte ich mit ernster Miene. „Keine Geister."

„Ach so" Mia machte ein putzig trauriges Gesicht, langte jedoch bei den fettigen Puffern weiter zu.

„Hast du keine Angst wegen deiner Linie?", fragte Clara Mia. Kevin kicherte. Obwohl ich hin und wieder auch einen Witz über Mias Figur schmiss, bekam ich plötzlich arg Lust, Kevin das Lachen aus der Fresse zu schrubben. Aber von einer Linie konnte man bei Mia echt nicht sprechen. Eher von Kurven!

„Klar hab ich Angst wegen meiner Linie", sagte Mia. „Aber nur wenn's mir nicht schmeckt."

„Säggssch", sagte Vater.

Mias schon so große Augen gingen über den Tellerrand. „Mein Vater meint nicht ‚Sex'", sagte ich. „Er meint, dass du ganz schön sächsisch bist!" Vati grinste.

Kevin versuchte, meinen Vater wieder mal zu einem Aktienkauf zu überreden, aber Vati blockte ihn elegant ab: „Nu, nu. Liebor reich und gesund als arm und grang", sagte er und ging schlafen.

♥

Mein altes Zimmer war immer noch startklar für mich, um in die Träume zu fliegen. Mia schlief im Gästezimmer daneben. Clara und Kevin wohnten unten im alten Schlafzimmer der Eltern und mein Vater legte sich auf die Couch im Wohnzimmer hin.

Mein Zimmer. Wow! Noch genauso, wie ich's verlassen habe. Frisch bezogenes Bett. Sogar mit meinem letzten Joghurtbecher auf dem Tisch. Nur die Joghurtreste schauten nicht mehr ganz so frisch aus. Ich schmiss den Joghurtbecher in die Mülltonne, damit in ihm in den nächsten Wochen keine neue Evolution in Gang gesetzt würde und jagte wieder nach oben. Endlich Bett!

Lange schliefen wir nicht. „Hauuuh!" Ein Gekreische im Treppenhaus ließ die Zimmerwände erzittern. Raubüberfall? Ich sprang aus dem Bett und machte das Licht an. Mitternacht! Und von draußen wieder, kreisch, kreisch: „Hauuuh!" Ich lief auf die Treppe und schaltete auch hier das Licht ein. Unter der Treppe stand Mia in einem blauen Pyjama, blass wie ein Bettlaken. Vor der Klotür zitterte Kevin. Mein Vater und Clara bogen auch gerade um die Ecke.

„Benn hat mir gesagt, dass es bei euch spukt", sagte Mia. „Ich habe vor Angst geschrien und Kevin damit erschreckt."

„Vollidiot", sagte Clara und schleppte Kevin ins Schlafzimmer. Wen hatte sie mit dem „Vollidiot" aber gemeint? Mich oder Kevin?

Vater freute sich sichtlich, dass Kevin von Mia gedisst wurde, holte aus dem großen Kühlschrank im Gang ein Pilsner Urquell und machte es auf. „Die is in Ordnung", sagte er, nickte zu Mia und ging mit seinem Bier ins Bett.

„Gute Nacht", sagte ich zu Mia.

Plötzlich war die Schlaflust verflogen. Durfte sowieso mein geliebtes DSL nicht so missachten. Nachdem ich noch dazu eine Woche lang ohne Netz war.

Außerdem konnte ich vor dem Schlaf in einer Web-Zitatendatenbank nach ein paar passenden Zitaten suchen, um Katja, die kleine Hippie-Philosophin, zu beeindrucken. Heute musst du keine Bücher wälzen, um dir etwas Bildung anzueignen. Google reicht vollkommen. So! Nach einer Stunde hatte ich 'ne Menge schlaue Sprüche abgespeichert. Schluss damit! Die Müdigkeit nach der Fahrt trieb mich nun doch ins Bett.

Ich war noch nicht ganz ins Reich der Sex-Alpträume getaucht, da klopfte es an meiner Tür. Ein Geist huschte in mein Zimmer und schlüpfte zu mir ins Bett. Ein Geist mit viel Körper. „Ich habe Angst", sagte Mia. „Kann ich bei dir schlafen?"

„Klar", sagte ich. „Reicht dir die Decke?"

„Machst du dich über mich lustig?", fragte Mia.

„Nein!"

„Du Schuft!", sagte sie und ging auf mich los. Wir kämpften eine Zeitlang im Bett. Für eine Sängerin hatte sie echt gute Kampftechniken drauf.

„Ich geb auf!", brüllte ich.

„Ich kann auch gut kitzeln!", sagte sie und tat es. Wir lachten wie die Blöden.

„Reicht dir also die Decke?"

„Voll", sagte Mia.

„Was hast du da auf der Treppe zu Kevin eigentlich gebrüllt?", fragte ich.

„Na: ‚Isch fick deine Mudder'. Wie du mir geraten hast!"

„Echt?"

Mia guckte mich mit ihren Telleraugen an. Hä? Sie verarschte mich! Ja, gab's so was? Das runde Mädchen machte sich über den großen Spaßvogel Bennie lustig. „Na, warte!", brüllte ich. Zur Abwechslung packte jetzt ich sie in den Schwitzkasten.

Sie kicherte. „Lass los! Ich hab auf der Treppe gar nichts gesagt. Nur ein bissl gekreischt."

Wir lagen ein Weilchen still. Ich hörte ihren Atem immer leiser werden – wie ein Lied, das zu Ende geht.

„Gute Nacht, dann", flüsterte ich. Und versank ins Reich der Träume. Ich befand mich schon bald an einer Meeresküste unter den Palmen.

♥

Links von mir schält Anna eine Banane für mich, Katja reicht mir eine Kokosnussschale mit Kokosmilch. Beide nackt. Die nackte Emma läuft auf mich zu, hinter ihr das Blau des Ozeans, Wassertropfen glänzen auf ihrer Haut, die Sonne hockt in ihrem Haar, schon ist Emma bei mir. Jesses! Sie küsst mich auf den Mund.

„Piraten!", kreischen plötzlich Anna und Katja. Ich drehe mich um. Aus der Bucht rennt ein Kerl auf uns zu, wildes schwarzgelocktes Haar, in der Linken hält er einen Säbel, die Rechte ist ein großer spitzer Stahlhaken, der mich gleich durchbohrt ... „Aaaaaaah!" Ich wache auf. Uff! Zum Glück nur ein Traum. Da... da... das ... da ist aber kein Traum mehr, oder?

Auf einem Mondstrahl surft Peter Pans Fee Glöckchen zum Fenster hinein. Sie streut leuchtende Sternchen über Mia wie Konfetti, sie rieseln nach unten, glitzern in Mias Haaren wie Sterndiamanten und machen sie hübsch. Plötzlich stürzt Glöckchen sich aber auf mich, schlägt mir mit ihrem Fäustchen einmal gegen die Stirn, damit ich endlich aufwachen würde, säuselt „Auf Wiedersehen, Bennie" und fliegt davon. Der Mond streichelt sanft Mias Gesicht. Ihr Traumlächeln mit den langen welligen roten Haarsträhnen umrahmt – sieht aus wie ein Jugendstilbild: Blumen, Blätter, Efeu! Eine Haarsträhne kitzelt ihren Mund, ihre Lippen wellen sich ... Was? Singt sie im Traum? Fremde Mächte heben meine Hand und streicheln Mia die Haarsträhne vom Mund. Fremde Mächte? Vielleicht habe ich einfach nur das gemacht, was ich machen musste? Ihre Haut ist Samt aus Märchenland, ihr Mund die Pforte zu Tausend und einer Nacht ...

♥

„Aaach, aaach!" Stöhnen und Seufzen weckte mich. O Gott! Masturbierte hier Mia? Das wäre nichts Ungewöhnliches in der Früh. Das machte ich jeden Tag so. Aber in einem fremden Bett? Vor Zeugen? Vorsichtig klappte ich die Augenlider auf. Im Bett lag sie nicht mehr. Auf dem Boden? Leider keine Selbstbefriedigung. Mia machte Liegestütze. War das nicht behämmert? Liegestütze? In der Früh? Ich wartete, bis meine Morgenlatte wieder in den Käfig passte und stand auf. Inzwischen tobte Mia sich mit Klappmessern aus. Ich legte mich auf den Boden und machte mit. Was hätte ich auch sonst tun sollen? Ihr erzählen, dass Sport Mord ist? Die Mädels machten sowieso immer das, was sie wollten und schissen auf deine klugen Sprüche.

Einem geschenkten Herz ...

Bevor wir läuteten, hatte ich Mia untersucht. Gut! Alles zu! Keine Ritzen, keine einladenden Löcher, Lücken und Spalten. Ich klingelte an der Wohnungstür.

„Hä?", sagte Rowdy. „Was machst du denn hier?"

„Wir haben das doch gestern ausgemacht."

„Echt?", fragte er und seufzte. „Kommt rein." Rowdys Mutter hielt sich heute bedeckt, was ungewöhnlich war. Normalerweise ließ sie sich keine Gelegenheit entgehen, einen zu grüßen. Rowdy machte die Tür von seinem Studio auf. „Überraschung!", rief er.

„Hi, Bennie", sagte Carmela. Sie hockte auf Rowdys Sofa. Keine Ahnung, ob sie die Überraschung war oder wir.

Als ich Carmela erblickte, fingen im selben Moment die Wände an zu beben. Erdbeben? In Dresden? ... Ach, nee! Jetzt habe ich wieder geschummelt! Kein Erdbeben, gar nichts. Klar hatte ich beim Anblick von Carmela einen Bombenangriff erwartet oder zumindest einen kleinen Tsunami, doch außer Carmela selbst herrschte hier keine andere Naturgewalt.

Bald jagte Mia uns mit ihrem Gesang sowieso in spirituelle Bahnen: Gott hatte sich aus Bayern herausgewagt und in Dresden ein himmlisches Konzert organisiert. Jetzt hockte er neben mir auf Rowdys Sofa und hörte Mia zu. Aus Rowdys Musik und meinem Text hatte das Mädchen mit dem voluminösen Klangkörper ein scheißverdammtes Kunststück gemacht. Ihre romantische Stimme fesselte meinen Geist, aber auch meinen Körper – ich fühlte mich über jeden Anflug eines Ständers erhaben. „Das ist gut so!", sagte Gott und klopfte mir auf die Schulter.

„Bald gehen wir zusammen,
Durch Schneestürme, durch Flammen.
Singen, spielen, staunen, tanzen, lachen,
Stellen nur blöde Fragen,
Und lassen uns nichts sagen.
Wenn's kalt wird, reiten wir Feuerdrachen."

„Wie war ich?", fragte Mia nach der Aufnahme.
„Na ja!", sagte ich. „Vielleicht hättest du das tiefe C mit etwas mehr Inbrunst bringen können."
„Du Schuft!", sagte sie und nahm mich wieder in den Schwitzkasten. Carmela und Rowdy guckten uns interessiert zu.
„Okay, okay!", rief ich. „Du warst übelst krass geil!"
„Voll?", fragte Mia.
„Voll!"
„Darauf stoßen wir an", sagte Rowdy. Zitronenbrause zur Feier des Tages.

„Erinnerst du dich noch, als wir zusammen nackt gebadet haben, Bennie?", fragte Carmela und nuckelte weiter an ihrem Strohhalm.

„Ihr hab zusammen nackt gebadet?", fragte Mia. „Das sieht Bennie ähnlich. Voll der Draufgänger."

„Draufgänger?", sagte Rowdy. „Bennie-Boy? Meinst du den da?" Er zeigte auf mich.

„Voll", sagte Mia. „Einmal ist Bennie in unsere Umkleide gekommen, als wir Mädchen alle nackt waren. Jeder anderer hätte sich geschämt oder wäre sofort abgehauen, Bennie hat uns aber gleich seine Geschichten erzählt." Sie drehte sich zu mir. „Du bist manchmal schon unglaublich selbstbewusst, ge!" He? Unglaublich selbstbewusst? Eher ungesund. Unglaublich wie der Schein trügen konnte.

„Als Carmela und ich zusammen nackt gebadet haben, waren wir fünf", sagte ich.

„Das stimmt", sagte Carmela. „Dann hatte ich aber jahrelang Angst vor dir."

Waaas? Wollten sie und Rowdy mich verarschen. Hat Rowdy ihr von meinen Carmela-Komplexen erzählt und sie startete jetzt eine blöde Retourkutsche? Ich guckte Rowdy an, er hob nur die Schulter und schüttelte den Kopf. „Angst vor mir?", sagte ich. „Ich hatte doch Angst vor dir."

„Du musst dich darüber nicht lustig machen", sagte Carmela. „Einmal beim Baden hast du mich gefragt: ‚Bist du echt ein Mädchen?' ‚Ich bin ein Mädchen!', hab ich gesagt. ‚Und wieso hast du keine Brüste?', hast du gefragt!"

Rowdy, ich und sogar Mia starrten Carmelas Brüste an, die man jetzt nun mal echt nicht übersehen konnte.

Mit Mia ging plötzlich eine ihrer üblichen Veränderungen durch. Sie tauchte in eine andere Welt ein. Wie damals als ich ihr das Drachenauge geschenkt hatte oder als sie in der Kabine die farbigen Handtücher der Mädchen betrachtete. Eine Erinnerung hatte ihr Gesicht verändert. Auf einmal sah sie aus wie ein ganz kleines Mädchen. Trotz ihrer Körperfülle. Sie machte den Mund auf und sagte. „Mir hat ein Junge gesagt, dass ich wie 'ne Bohnenstange ausschaue."

Sie lachte auf. Auch mir war nach Lachen. Bei Rowdy und Carmela zuckten die Lippen genauso. Aber ... na ja, ich hielt mich zurück, damit Mia nicht dachte, dass ich über sie lachte. Trotzdem: Ihre Sprüche trieben mich die ganze Zeit zum Lachen. Voll!

„Du hast mich damals gefragt, wieso ich noch diesen Schniedel habe", sagte ich zu Carmela.

„Schniedel?!", fragte Mia ... nein, sie sang es, und es klang so krass, dass es uns alle dann doch zum Boden schmiss. Ein Lachanfall wie 'ne Bombe. Ging hoch und jagte alles zum Teufel. Nur das Lachen blieb.

„Schniedel?"

„He-he-he!"

„Oh, Alta!", sagte zum Schluss Rowdy, noch vor Lachen hustend. „Habt ihr irgendwo meinen Radiergummi gesehen?"

Die Tür ging auf. „Hallo, Kinder!"

„Mama!"

„Ich hab gedacht, Sie sind unterwegs", sagte ich zu Rowdys Mutter.

Sie brachte uns Käsekuchen rein. „Wie geht's euch in Bayern, Bennie?"

„Super", sagte ich. „Das ist Mia."

„Hallo, Mia", sagte Rowdys Mutter. „Du kommst also aus Bayern?"

„Nö", sagte Mia. „Aus Sachsen!"

Und da bekamen wir einen neuen Lachanfall. Der Tag wollte sich heute echt ins Zeug legen. Rowdys Mutter schüttelte den Kopf, lachte aber aus Höflichkeit ein bisschen mit. „Ich muss jetzt den Braten in den Ofen legen", sagte sie. Wir kreischten von Neuem auf, da ging sie besser kochen.

„Was machen wir heute noch?", fragte Mia.

„Ich hab hier die neue *Blitz*", sagte Rowdy und warf ihr die Programmzeitschrift zu. Rowdy lässt kein Konzert mit Herbert Grönemeyer aus. Was ich nicht so ganz verstehe.

Zum Glück stand heute kein Grönemeyer-Konzert an. Eher richtige Kunst.

„Hey", sagte Mia. „Sascha Guddimar hat um sechs in einer Buchhandlung in Dresden eine Lesung."

♥

Sascha war in Dresden gut bekannt. Die Buchhandlung prall voll – eine Demo für guten Humor: Saschas Geschichten trieben Lachwellen durch die Menge.

„Bist du mit Mia schon weitergekommen?", flüsterte Rowdy mir zu.

„Hä?"

„Na, ob ihr schon gepoppt habt?", fragte Rowdy.

„Spinnst du?", sagte ich.

„Die passt zu dir wie die Faust aufs Auge!"

„Eben", sagte ich. Rowdy hatte echt keine Ahnung. Ich und Mia?

„Ich muss mir von Sascha ein Buch kaufen", sagte Mia in der Pause. Carmela wollte auch. Rowdy und ich holten Cola an der provisorischen Bar, und die Mädchen stellten sich in der Schlange an.

„Du hast Glück mit Carmela", sagte ich. „Hätte ich nicht gedacht."

„Du mit Mia auch."

„Jetzt mach mal Schluss damit. Sie ist nicht meine Freundin!"

„Warum denn nicht?"

„Ist mir zu rund."

„Ich find sie hübsch", sagte Rowdy. „Und voll lustig."

„Voll", sagte ich. „Aber nichts für mich. Du müsstest Anna sehen!"

„Dann bring sie nächstes Mal mit."

„Na ja, vielleicht komme ich mal mit Katja", sagte ich. „Die ist irgendwie zugänglicher als Anna ... oder mit Emma."

„Pass auf, Alta, dass dir der Ruhm nicht in den Kopf steigt", sagte Rowdy und klopfte mir auf die Schulter.

„Komm!", sagte ich. „Wir gehen zu den Mädels. Ich sollte Sascha auch ‚Hallo' sagen."

„Darf ich euch ein Herzchen reinmalen?", fragte Sascha die Mädchen, als wir mit den Cola-Flaschen am Büchertisch auftauchten. Hinter Mia und Carmela standen nur noch zwei Jungs. Der Rest der Leute hockte schon und wartete ungeduldig auf die zweite Lachrunde.

„Ein Herzchen? Unbedingt!"

„Klar! Was sonst?"

Sascha malte Mia und Carmela ein Herz ins Buch, das mit einem Pfeil durchgestochen war.

„Super!", sagte Mia.

„Wollt ihr auch ein Herzchen haben?", fragte Sascha die zwei Jungs, die jetzt an der Reihe waren.

„Nein!", sagte einer der Jungs in Panik. Der andere legte das Buch zurück auf den Büchertisch und beide wandten sich ab.

„Der ist schwul", sagte der eine Typ im Weggehen leise zu uns.

„Ich auch", sagte Rowdy zu ihnen. „Dann passt auf, Arschlöcher!" Ruck zuck suchten die Jungs das Weite.

„Jungs wollen nie ein Herz haben", sagte Sascha zu Mia und Carmela, die immer noch am Tisch standen und auf uns warteten. „Nur Frauen haben wohl keine Angst vor Herzen." Ich kaufte mir von der Buchhändlerin auch ein Buch und hielt es Sascha hin.

„Ich bin Benn", flüsterte ich Sascha zu. Mia brauchte ja nicht zu hören, dass Sascha und ich uns noch nie gesehen hatten.

„Ach, Benn, Kumpel! Hallo!"

„Starker Auftritt", sagte ich.

„Danke", sagte Sascha. „Was soll ich dir reinmalen?"

„Ein hübsches Herz!", sagte ich.

Mia und Carmela prusteten los.

„Ach, Bennie", seufzte Mia.

„Du hast mich beeindruckt, Benn", sagte Sascha und schrieb hinein: „Für Benn, damit er den Hamster weiterleben lässt." Darunter malte Sascha ein riesiges mit einem Pfeil durchgebohrtes Herz, um das ein pummeliges Engelchen herumflatterte.

„Krass", sagte ich.

„Muss weitermachen!"

„Viel Erfolg!"

„Euch viel Spaß!" Unsere Sitze hatte zum Glück keiner belegt. Wo war aber Mia geblieben? Ach, dort! Sie stand noch am Büchertisch und redete kurz mit Sascha. Hmmm? Beredeten die was Interessantes?

Der Hammer schlug gleich nach Saschas erster Geschichte zu. „Ein alter Freund ist hier", sagte Sascha. Wir guckten uns alle um. „Er schreibt sehr lustige Hamstergeschichten", sagte Sascha. „Benn! Kommst du zu mir?"

„Ich?"

„Na, komm schon!"

Scheiße! Alle Leute starrten mich an. Mir blieb nichts anderes übrig, als nach vorne zu gehen.

„Trägst du uns etwas vor?"

In letzter Sekunde fiel mir die Rettung ein. „Ich ... ich hab nichts dabei."

„Ich hab eine Geschichte von dir da", sagte Sascha und reichte mir seine alte Hamstergeschichte.

Und ich weiß nicht, ob man's mir glauben kann oder nicht, aber ich hab einfach „na gut!" gesagt. Ich legte die Geschichte zurück auf den Tisch und stellte mich ans Mikro. Zum ersten Mal in meinem Leben.

„Willst du's nicht vorlesen?", fragte Sascha.

„Nö", sagte ich. „Den Mädchen muss ich es auch immer aus dem Kopf vortragen." Gelächter im Publikum. Irgendwie schien ich bei den Leuten Lacher zu verursachen. War ich ein Komiker, oder was?

♥

Heim liefen wir über die Elbbrücke. „Du bist schon ein ausgekochtes Biest", sagte ich zu Mia.

„Voll", sagte sie.

„Du hast doch Sascha bequatscht, damit er mich ans Mikro ruft."

„Bist du happy?"

„Schon", sagte ich. „Das ist schön, wenn man was erzählt und so viele Leute lachen."

„Voll", sagte Mia. „Ich kenne das vom Singen. Wenn dir Leute begeistert zuhören, gibt's nichts Schöneres."

Wir kamen erst gegen zehn heim. Die Haustür machte uns Kevin auf. Ziemlich mürrisch schaute er aus.

„Ah", sagte ich zu ihm. „Kevin allein zu Haus!" Aber auch dieser kleine Scherz zauberte kein Lächeln in sein Gesicht. Nur Mia lachte. Aber die lachte sowieso über jeden Blödsinn. Das hab ich heute oft genug erlebt. Trotzdem hatte sie Angst vor Geistern. Komisches Mädchen.

Auch in dieser Nacht schlief sie bei mir im Bett. Klar verhielten wir uns ganz gesittet. Mia war halt nicht mein Typ. Trotzdem war's irgendwie schön neben ihr zu liegen. Sie duftete wie die Wiesen damals bei Oma. Wenn hier aber Anna liegen würde! Oder zumindest Katja! Auch Emma wäre nicht schlecht. Nein, Quatsch, natürlich müsste es Anna sein. Oj! Anna! Die auf mich in unserem bayerischen Dschungelcamp wartete. Morgen fuhren wir wieder hin.

Diesmal würde ich nicht auf der Fahrt mit Mia zocken, wo sie mich als Zockerin so in den Schatten stellte. Ich musste sowieso noch diese ganzen Zitate lernen, die ich mir abgespeichert hatte. Katja sollte doch ihr blaues bayrisches Wunder erleben, wenn ich ihr die Sprüche um die Ohren haute.

In duftender Wärme wachte ich auf. Die Sonne spazierte schon im Zimmer umher, guckte unter den Tisch und malte einen großen Kreis auf die Wand. Mia und ich waren ineinander verkuschelt. Echt komisch! Ich machte meine Augen auf und tauchte ein in ihr Pflaumenmeer. Plötzlich konnte ich nicht widerstehen, küsste sie auf die Nase und hüpfte aus dem Bett. Klar nur ein Schwester-Bruder-Kuss. Irgendwie verstand ich mich mit ihr supergut.

♥

Mein Vater sang auf seinem Fahrersitz bei einem ziemlich üblen *Puhdys*-Song mit:

„Doch die Welt verändert sich,
Ob wirs mögen oder nicht.
Und der Platz,
Neben dir,
Ist morgen vielleicht schon leer."

Heftig, oder? Das Auto schlitterte auf die Autobahn. Dresden, ciao! Ich guckte wieder in mein Notebook.
„Sollen wir weiterspielen?", fragte Mia.
„Äääh ... heute nicht", sagte ich.
„Was studierst du da?", fragte sie.
Mist! War die neugierig! „Ich lerne für Deutsch!"
Sie beugte ihren Kopf zu mir. Hmm ... keinen schlechten Duft trug sie da in den Haaren. Bio pur!

Bevor ich die Datei mit meinen Zitaten klein klicken konnte, lachte sie schon: „Du lernst für Deutsch Zitate von Frank Zappa? Hey! Das ist ein super Spruch: ‚Die wirkliche Frage ist: Ist es möglich zu lachen, während man fickt?'"

„Unser Deutschlehrer ist ein Freigeist", sagte ich.

„Voll", sagte Mia. „Das da find ich auch übelst schön: ‚Information ist nicht Wissen, Wissen ist nicht Weisheit, Weisheit ist nicht Wahrheit, Wahrheit ist nicht Schönheit, Schönheit ist nicht Liebe, Liebe ist nicht Musik, Musik ist das Beste.'"

„Das ist auch mein Lieblingsspruch."

„Mit der Sammlung könntest du voll Katja beeindrucken", sagte sie.

Ja! Als ob sie meine geheimsten Gedanken lesen könnte. War ich so leicht zu durchschauen? Jede Frau, die mir über den Weg lief, schien krass sibyllenmäßig drauf zu sein. Zum Glück mussten wir meine neue Zitatensucht nicht weiter erörtern. Ich fuhr das Notebook runter. Wir hatten ja jeder auch ein hübsches Buch zum Lesen dabei. *Hamsterlegenden*. Von Sascha Guddimar.

Flaschendrehen im Mädcheninternat

Das Wochenende hatte den Mädchen heftig die Immunabwehr gesteigert. Alle lachten. Nur mich trieben durch den Klosterhof düstere Gedanken. Chill out! Nach fast einem Viertel Jahr Holiday ging's heute wieder in die Blödelbude. Für einen Sechzehnjährigen ist die Schule manchmal 'ne echte Folterkammer.

Meine neue Klassenlehrerin zeigte uns ihren Rücken und ihr langes grauschwarzes Haar, als ich in die Klasse hereinkam. Keine Kurven, nur Kanten!

„Das ist dein neuer Klassenlehrer, Benn", sagte der Schulleiter und verabschiedete sich. Ach so! Na ja, als Kerl schaute meine neue Klassenlehrerin ... pardon, mein Klassenlehrer, gar nicht so übel aus. Wohl hatte mich sein langes Haar etwas verwirrt.

„Du bist also Benn aus Dresden", sagte Herr Kramarz und brüllte gleich in die Klasse rein: „Ruhe!" Er stellte mich den Leuten vor. Zum Glück glotzten mir von den Bänken keine angsteinflößenden Erscheinungen entgegen. Keine Pseudogangsta. Keine Aggro-Berlin-Typen. Terror in der Schule konnte ich jetzt nicht gebrauchen. Ich musste mich auf meine Mädchen im Kloster konzentrieren.

Überhaupt schien das bayrische Schulsystem viel strenger zu sein als das sächsische: Hier schafften's ins Gymnasium vor allem Mädels. Mehr als die Hälfte der Klasse.

Zum Glück war ich schon Mädchen gewöhnt. Deswegen störte's mich überhaupt nicht, neben einem zu sitzen: Alina. Zumindest hatte ich gleich jemand bei der Hand, von dem ich in der Früh die Hausaufgaben abschreiben konnte.

Ich lächelte Alina schüchtern an und sie reichte mir unter der Bank eine Praline. Gar nicht so übel! Die Praline meinte ich. Um mir ihre Hausaufgaben zu sichern, trug ich nach der Schule ihre Tasche zum Bus und stellte mir vor, dass ich die Tasche von Anna trüge. Oder von Katja. Schlimmstenfalls von Emma.

„Danke, Bennie", sagte Alina zum Abschied. „Vergiss nicht: Energie kann weder erzeugt noch vernichtet, sondern nur in andere Energiearten umgewandelt werden."

„Verstehe", sagte ich, auch wenn ich überhaupt nichts verstand.

♥

Am Abend wollte ich den Mädels durchs Liebesloch meine neue Hamstergeschichte erzählen und mich damit von dem Hamster Dudi endgültig befreien. Meine allererste eigene Geschichte! Aber dann sollte es mit Dudi vorbei sein. Schluss! Hatte keinen Bock auf weitere Hamstergeschichten.

„Willst du uns besuchen, Benn?", rief Katja von nebenan. „Wir feiern!"

„Eure Party steigt doch erst am Donnerstag", sagte ich. „Oder habt ihr die vorverlegt?" Das wäre gar nicht übel. War gerade kussbereit. Nur etwas Sorgen machte mir, dass ich immer noch nicht wusste, wen ich bei der Party küssen sollte: Anna? Oder Emma? Anna war zwar meine Freundin, auch wenn sie sich in dieser Hinsicht ziemlich bedeckt hielt, doch Emma könnte mir die Fresse polieren, sollte ich die Falsche küssen. Zum Glück hatten Katja und Mia nichts davon gesagt, dass ich sie am Donnerstag abknutschen sollte. Sonst würde hier das totale Kusschaos abgehen.

„Die Party am Donnerstag ist fest eingeplant", sagte Katja. „Heute gibt's nur eine kleine spontane Geburtstagsfeier."

„Am Mittwoch kann er zur Tanzparty in der Stadt mitkommen", sagte Anna. „Wir gehen doch alle!"

„Ich nicht", sagte Mia zum Glück und zog somit die Aufmerksamkeit von mir weg. Klar würde ich nie zu einer Tanzparty mitkommen. So bescheuert, meinen Ruf mit Hühnertanzschritten zu vernichten, war ich auch nicht.

„Warum plötzlich nicht?", fragte Emma Mia.

„Mia und Tanzen?", höhnte Anna. „Kennst du den Spruch von dem Elefanten im Porzellanladen nicht? Hi-hi-hi ..."

Doch diesmal ließ sich Mia nicht aus der Ruhe bringen. „Meine Tante besucht mich", sagte sie. „Sie hat in der Nähe was zu tun. Hat mich zum Abendessen eingeladen."

„Benn will auch nicht mitkommen", sagte Emma. „Feigling!"

„Äääh ... ich hab was anderes vor", sagte ich. Dass ich nicht wie 'n Elefant im Porzellanladen tanzte, sondern wie 'ne wilde Sau auf Kastanien, wollte ich nicht verraten.

„Spielverderber", sagte Emma.

„Kommst du jetzt zu uns, oder nicht?", fragte Katja.

„Unten sitzt doch jemand an der Pforte", sagte ich. „Da komme ich so spät am Abend nicht vorbei."

„Haste Angst, oder?", fragte Emma.

„Er traut sich nicht", sagte Anna.

„Was habt ihr ständig?" Das war Mia.

„Bist du so wenig kreativ?", fragte Katja in meine Richtung.

„Mein zweiter Name ist die Kreativität", sagte ich. „Wartet!" Ich joggte nach unten. Mir war ein Gedanke gekommen: Die Eisentür – der Eiserne Vorhang! Was, wenn man ihn doch irgendwie knacken konnte? Im Kellergang unter der Treppe war doch ein Wandkasten mit Schlüsseln.

Meine Eltern hockten im Wohnzimmer und glotzten. Mit zwei Händen voll von Schlüsseln hüpfte ich wieder die Treppe hinauf und probierte mein Glück. Schon der Vierte passte. Zum Glück musste ich nicht die schwere Eisentür eintreten, so männlich wie ich mich fühlte.

Alter! Vier Mädchen haben mich zu einer Party in ihr privates Kämmerchen eingeladen. Was, wenn dort heute ein Gruppensex-Kränzchen abgehen würde?

Bennie und die vier ... uff, besser schreibe ich hier gar nicht, was ich mir da alles vorgestellt habe. Die Datei könnte doch mal jemand in die Hände bekommen.

Ich brachte die restlichen Schlüssel in den Kasten und lief zurück. Wieder mal machte ich eine Tür ein klein bisschen auf, diesmal die geheimnisvolle Eisentür, und spähte hinaus: Ein leerer dunkler Gang mit einigen Holztüren. Nach links lief die Steintreppe runter. Von unten kam etwas Licht. 2. Stock. Zwischen uns und der Pforte im Erdgeschoß lag also noch eine Berliner Mauer aus ungezügelten Mädchen.

Stille. Die Türen der Mädchenzimmer schienen aus massivem Holz gezimmert zu sein. Trotzdem war Vorsicht angesagt. Die Tür „meiner" Mädchen musste die erste rechts sein. Schnell rein, bevor ein Mädchen aus einem anderen Zimmer mich hier im Dunkeln erwischte. Und dann: Alarm im Mädcheninternat! Zur Sicherheit legte ich aber vorher mein Öhrchen an die Holztür. In dem Moment ging die Tür auf. Ich stolperte ins Zimmer hinein, betete aber heftig, dass es die richtige Tür war.

Zuerst nahm ich nur das grelle Licht der Birne war. Hatte mich ein Weilchen im Dunkeln getummelt.

„Der Typ ist echt krass", sagte Emma. „Er hat's geschafft!"

Langsam schälten sich die Mädchen aus dem Licht wie Elfenprinzessinnen.

„Wie bist du reingekommen?", fragte Mia mit offenem Mund.

„Ich kann mich unsichtbar machen", sagte ich.

„Voll", sagte Mia.

„Das ist doch unmöglich", sagte Anna. Menschenskinder! Hatte ich sie beeindruckt? Alles ist möglich, Prinzessin. Man muss nur wollen. Man muss sich ans Unmögliche gewöhnen. Unauffällig steckte ich den Schlüssel in die Tasche.

„Vielleicht ist er durch die Tür am Ende des Gangs gekommen", sagte Katja. „Das wahre Geheimnis der Welt liegt im Sichtbaren, nicht im Unsichtbaren."

„Oscar Wilde", sagte ich und hatte's sogar richtig ausgesprochen. Katja guckte mich an, als hätte ich die Nudelwalze erfunden. Tja, hatte halt eine fette Zitatensammlung in meine graue Masse reingeknetet. Was Zitate anging, konnte ich im Mädcheninternat jetzt selbst den Herrn Google spielen.

„Die kann man gar nicht aufmachen", sagte Mia und glotzte mich weiter mit ihren riesigen Augen an. Bei so viel Bewunderung hatte ich Lust, mir gleich meinen Scheich-Turban anzuziehen. „Die war noch nie auf, seit ich da bin", fügte Mia hinzu.

„Ich hatte am Sonntag Geburtstag", sagte Katja und reichte mir ein etwas gefülltes Wasserglas. Auf dem Tisch in der Mitte des Zimmers stand eine angefangene Bloody Mary. Boah! Die Mädels waren hart im Nehmen. Whiskey? Illegale Drogen im Mädcheninternat?

„Alles Gute!", sagte ich und kippte das scharfe Zeug runter. „Dürfen Jugendliche überhaupt Alkohol trinken?", fragte ich.

„Der Typ ist echt witzig", sagte Emma.

„Mein Papa sagt, dass Alkohol impotent macht", sagte Anna.

„Nur die Jungs", sagte Emma. „Kipp das Zeug runter, Bennie!"

Die Mädchen hoben ihre Gläser und prosteten Katja zu: „Auf dich!" Wohl war ich mit dem Trinken etwas zu schnell gewesen. Ich trinke fast nie, jetzt musste ich mir aber noch ein Glas einschenken lassen, um beim Toast mitzumachen. Die Fahrt in den Abgrund musste abgebremst werden.

Ich guckte mich um: Im Zimmer standen zwei Stockbetten, eins jeweils an einer Wand. Mia schob einen fünften Stuhl zum Tisch, der vorhin in der Ecke an einem Computertischchen gestanden hatte. Wir hockten uns um den großen Tisch in der Zimmermitte rum. Ich am Tischkopf wie der Pascha!

„Und was kriege ich zum Geburtstag?", fragte Katja, kräuselte die Lippen zu einem Kuss und beugte sich zu mir. Das gab's doch nicht! Mich hatte es schon schockiert, wie Anna und Emma hinter mir her waren und Küsse von mir wollten – ganz anders als die Mädels in Dresden – aber auch du, Katja? Was ging da ab? Oder war's in Bayern normal, dass die Mädels so brutal direkt waren? Na ja, zumindest Mia hielt sich zurück.

Ach, was soll's, dachte ich mir. Ich nehme, was ich krieg, und damit basta. Katjas Mund schwebte vor meinem Gesicht wie eine reife Erdbeere. „Na, was krieg ich zum Geburtstag?", wiederholte sie.

„Ich könnte dir eine Hamstergeschichte erzählen", sagte ich.

„Alles der Reihe nach", sagte sie und küsste mich auf den Mund. Boah!

„Bist du betrunken, Katja?", fragte Anna.

Mir schien fast, Anna war eifersüchtig. Aha!

„Eine *neue* Hamstergeschichte?", fragte Mia. „Hast du sie auch Sascha geschenkt?"

„*Eine* Hamstergeschichte habe ich Sascha geschenkt", sagte ich. „Diese ist aber nicht von mir, die ist von Sascha selbst. Er hat sie mir geschenkt. Weil ich ihm meine geschenkt hatte. Wir haben getauscht."

„Da kennt sich keine Sau mehr aus, Bennie", sagte Emma.

„Die Typen in Dresden sind alle so", sagte Katja. „Schon Karl May ..."

„Nimm deine Lesebrille ab, Katja!", bremste Emma sie. „Lass Bennie seine Geschichte erzählen!"

♥

„Mein Freund Bebbl hat mich zur Kirmes in einem Dorf in der Sächsischen Schweiz eingeladen. Ins Haus von Bebbls Eltern. Bebbls Freundin Sandy hat ihren Hamster Dudi mitgebracht, damit Dudi auch etwas von der Kirmes habe, doch Dudi schiss auf die Kirmes – und das wörtlich – und nagte in seiner Pappkiste an einer festlichen Bio-Karotte. Er war der einzige Vegetarier im Wohnzimmer. Die andern aßen selbstgeräucherten Speck und spülten ihn mit Slibowitz runter. Nur ich trank Cola.

‚Wer Kaffee und Kuchen haben will, kann in die Küche kommen', sagte Sandy. Alle Frauen verschwanden in der Küche, die Männer blieben sitzen.

‚Kaffee und Kuchen?', fragte Onkel Albert, der hier in einer festlichen Jägeruniform hockte. ‚Wer braucht das denn?' Er füllte unsere Gläser wieder mal mit Slibowitz nach.

‚Ist das deine Flinte?', fragte ich Albert und zeigte in eine Wohnzimmerecke.

‚Mein Bärentöter!', sagte er. Der Onkel hatte mit dem Slibowitz schon einige Stunden vor uns angefangen, deshalb sprach er nicht mehr so deutlich. ‚Seht ihr den Apfel da?' Onkel Albert zeigte zum Fenster hinaus, stand auf und packte seinen Bärentöter. ‚Den knalle ich jetzt ab!' Der Hamster Dudi richtete sich auf, stützte sich mit den Vorderpfoten am Pappkistenrand ab und guckte Onkel Albert interessiert zu.

Die Wohnzimmertür flog auf. ‚Leg die Flinte weg, Albert!', kreischte Bebbls Mutter. ‚Letztes Jahr hast du uns den Hund erschossen!' Onkel Albert stellte seinen Bärentöter gehorsam wieder in die Ecke. ‚Wir gehen auf die Kirmes', sagte Bebbls Mutter.

Onkel Albert packte wieder seinen Bärentöter. ‚Ich mach für dich am Schießstand eine Rose klar, Marie!', brüllte er. Nur mit Mühe gelang es uns, Onkel Albert seinen Bärentöter zu entwenden.

Ohne weitere Zwischenfälle ist unser Haufen auf dem Sportplatz des Dorfes angelangt. Überall Karussells, Schießstände, Zuckerwatte, Wurstbuden, Bier, Schnaps und andere Freuden.

‚Ich liebe Kirmes', sagte Sandy. ‚Wollen wir hier etwas spazieren gehen?'

‚Geht schon vor!', sagte Bebbls Vater. ‚Wir machen jetzt Pause mit dem Alkohol und trinken hier am Stand Bier, um den Schnaps zu verdünnen.' Die Frauen schlenderten voraus.

Onkel Albert gurgelte sich das Bier hinein.

‚Ich will fliegen!', brüllte er plötzlich. ‚Ich bin ein Adler!' Er torkelte zur Kasse des benachbarten Kettenkarussells.

Bebbls Vater zerrte ihn zurück. ‚Kein Karussell heute, Albert', sagte er. ‚Letztes Jahr hast du den ganzen Platz vom Kettenkarussell aus zentrifugal vollgekotzt.'

Zum Glück erblickte Onkel Albert unweit von uns den Schießstand mit unseren Frauen davor. Gleich stelzte er hin. ‚Gib die Flinte her!', brüllte er, krallte sich von dem Schießstandbesitzer eine Luftflinte und fing an, in die Stofftiere am oberen Regalfach des Schießstandes zu ballern, bis Fetzen flogen! Die Schießstandleute rissen dem Onkel die Waffe wieder aus den Händen und nötigten ihn, die getroffenen Kuscheltiere zu bezahlen.

‚Arschlöcher!', brüllte Onkel Albert, als wir ihn von der Schießbude wegzerrten. ‚Ihr habt bei den Flinten die Läufe gebogen! Ich zeige euch gleich eine richtige Flinte! Meinen Bärentöter!' Plötzlich entriss er sich uns aber und torkelte zu einem Stand mit aufgeblasenen Luftballons. Er kaufte alle.

‚Zu Hause machen wir einen Schießwettbewerb!', sagte er. ‚Wer die meisten Ballons trifft, der ist der Kirmesschützenkönig.' Mit zwanzig Luftballons an Fäden lief er vor uns, hin und wieder sprang er hoch und brüllte ununterbrochen: ‚Ich kann fliegen!'

Zurück im Haus von Bebbls Eltern, trennten sich die Geschlechter wieder. Männer ins Wohnzimmer, Frauen in die Küche. Da der Hamster zu den Männern zählte, blieb er bei uns. Das Kerlchen hatte vor Freude gequiekt, als es uns wieder erblickte.

‚Ein Held', sagte ich. ‚Der einzige Hamster auf der Welt, der mit einem Fallschirm gesprungen ist.'

Bebbl musste noch mal erzählen, wie er den Hamster an einem kleinen Fallschirm aus dem 9. Stock runterspringen ließ.

‚Leider hat uns Sandy den Fallschirm weggenommen', sagte Bebbl zum Schluss traurig. ‚Die Nachbarn haben gepetzt!'

‚Frauen verstehen nicht die Lust des Mannes am Fliegen', lallte Onkel Albert. ‚Wozu ein Fallschirm? Wir haben die Scheißluftballons.'

‚Super Idee!', sagte Bebbl. Wir banden ein Stoffband um den Rumpf des Hamsters, befestigten dran die Fäden von sechs Luftballons und gleich hatte Dudi sein Luftschiff. Er zögerte keine Sekunde mehr, stieß sich mit den Hinterbeinen von der Tischplatte ab und schon schwebte er einen halben Meter über dem Tisch, fiel langsam runter, doch wieder – HOPP und HOPP – hoch und runter, wie ein Raumfahrer im schwerelosen Raum hüpfte der Hamster über den Tisch, er gönnte sich keine Ruhe, immer wenn er auf der Tischplatte landete, stieß er sich gleich wieder ab.

‚Er mag das!', brüllte Onkel Albert. Und gerade da flog die Wohnzimmertür auf und der Durchzug trieb den Hamster noch höher und zum Fenster hinaus. ‚Dudi!', kreischte Sandy in der Tür.

‚Keine Angst, Mädchen!', brüllte Onkel Albert. ‚Den hole ich schon runter! Ein paar Luftballons treffe ich immer.' Er packte seinen Bärentöter, hüpfte plötzlich flink wie Old Shatterhand zum Fenster, zielte, und bevor wir es verhindern konnten, ballerte er los. Und das war auch das unverdiente Ende des heldenhaften

Fliegers und Fallschirmspringers Dudi. Onkel Alberts Bärentöter machte aus Dudi Dünger für die Nachbarsgärten. Die sechs bunten Luftballons stiegen jetzt allein hoch gen Himmel, als wollten sie dem Hamsterhelden noch die letzte Ehre erweisen.

Die Frauen zerhackten Alberts Flinte im Hof mit einer Axt ..."

„... und zeigten sich somit als die einzigen mit Vernunft begabten Wesen im ganzen Haus", sagte Katja.

„So ist es!", schloss ich meine Erzählung.

♥

„Ist Dudi jetzt echt tot?", fragte Emma traurig. Die Amazone hatte auch ihre Schwächen.

„Ja", sagte ich. „Sascha musste den Hamster virtuell aus dem Verkehr ziehen."

Auch während meiner Erzählung hatte Katja fleißig unsere Gläser gefüllt. Die Whiskey-Flasche zog voll die Diät durch und nahm heftig ab. Mia hatte angefangen, den Mädchen über unseren Dresdenausflug zu erzählen: „Sascha Guddimar ließ Bennie auch vortragen. Er ist dort voll gut angekommen."

„Mann! Bennie!", sagte Emma. „Und ich habe echt gedacht, dass du ein Schaumschläger bist. Ein Angeber."

„Ich wusste gleich, dass Benn kein Betrüger ist", sagte Anna. „Mein Papa sagt ..."

„... der Schein trügt", sagte Katja etwas lallend.

„Nehmen wir Benn am Mittwoch zu der Tanzparty mit?", fragte Anna.

„Bennie will nicht", sagte Emma. „Dabei haben wir so schön Händchen gehalten, ge, Bennie?" Der Schnaps hatte ihr ganz schön die Zunge gelöst. Anna guckte mich streng an. Verdammt! Ich untreuer Schuft! Doch zum Glück haben sie darüber gleich die Tanzparty am Mittwoch vergessen.

„Wir sollten was spielen", lallte Katja jetzt schon ziemlich voll.

„Ich könnte aus meinem Zimmer *Die Siedler von Catan* holen", sagte ich. Die Mädchen guckten mich an, als wollte ich Frösche aufblasen gehen. Ihre Augen glänzten trüb.

„*Die Siedler von Catan*?", fragte Emma. „Spinnst du?"

„Wir können Stripp-Poker spielen", sagte Katja.

„Poker ist mir zu langsam", sagte Emma. „Wir spielen Flaschendrehen. Aber ohne blöde Aufgaben. Aufgaben hab ich in der Schule genug. Auf wen die Flasche zeigt, der zieht was aus und damit basta."

Manneh! War heute Nikolaus oder was? Gleich würde ich hier vier nackte Mädchen live präsentiert bekommen. Männer zettelten Kriege an, um so was zu erleben, und ich wurde mitten in die Peepshow gesetzt.

„Ich koche Kaffee", sagte Mia und steuerte die Kaffeemaschine an. Ihr welliges rotes Prachthaaar passte zu ihr wie ein gotischer Rahmen zum Bild der Madonna. Nur mit Mühe riss ich meinen Blick weg von Mia. Wohl hat mich der Whiskey auf falsche Bahnen geführt. Ich war doch hinter anderen Bräuten her.

„Ich muss schnell pieseln", sagte ich. Für das Flaschendrehen war gute Vorbereitung angesagt.

„Am Ende des Ganges ist ein Klo", sagte Anna. „Pass auf, dass dich keins der Mädchen aus den Nachbarzimmern sieht."

„Ich bin unsichtbar", sagte ich cremig.

„Wenn ein Unsichtbarer einen sichtbaren Strahl in die Schüssel schifft, ist es auch verdächtig", sagte Emma.

„Danach drehen wir aber die Flasche", sagte Katja.

In ein paar Minuten flitzte ich bei den Mädchen wieder rein. Zuerst hörte ich nur Gekicher, „hi-hi-hi", ganz anders als die ernste Stimmung, die hier vorhin angesichts des anzubrechenden Flaschendrehens geherrscht hatte. Hatte ich jetzt doch eine falsche Tür erwischt? Leider nicht: Am Tisch hockten Anna, Katja, Emma und Mia, jede eine Tasse Kaffee in der Hand. Gleich wurde mir auch klar, warum die Mädels so blöd gekichert hatten. Das waren nicht Anna, Katja, Emma und Mia von vorhin. Das waren vier vermummte Abenteuerinnen auf dem Weg zum Nordpol: Winterjacken! Mützen! Handschuhe! Und das im Sommer! Jede hatte mindestens drei Hosen an und einen Rock drüber. Mia trug über der Hose ein Blumensommerkleid und oben einige Jacken.

„Was soll das?", fragte ich.

„Wir drehen die Flasche, Bennie", sagte Emma. „Hock dich hin!"

„Ich hab nur die Jeans und das T-Shirt an", sagte ich. „Und ihr seid ausgerüstet wie für den Walfang!"

„Hab dich nicht so!" Katja klopfte auf den Stuhl neben ihr.

Mia reichte mir eine Mütze mit Bommel. „Die kannst du anziehen", sagte sie. „Ich hab zwei!"

Scheiß drauf!, dachte ich mir. Dann zeigte ich halt den bayrischen Perlhühnern, wie der Hahn aus Dresden sein Kikeriki kräht! Ich nackt – sie angezogen! Anna lachte mich an, ich stülpte mir Mias Mütze über den Schädel und hockte mich hin.

In den ersten acht Runden zeigte die Flasche kein einziges Mal auf mich: Mia hatte schon zwei ihrer sechs Ringe und zwei Jacken abgelegt, Katja ihren Ohrring und die Mütze, Emma ihre Pelzjacke ... na ja, zuerst hatte Emma eine Glasperle aus ihrer Perlenkette gelüpft, aber dagegen protestierten sogar die Mädchen.

Die Krönung brach auch langsam an: Meine Königin Anna musste was ablegen. Der Flaschenhals hatte sie mitten im Lachen erwischt wie ein Heckenschütze. Mit Verzweiflung in den Augen kickte Anna eine ihrer Sandalen in die Ecke.

Anna drehte die Flasche, und das blöde Ding zeigte auf mich. Hätte in den Flaschenhals beißen können. Klar zog ich zuerst meine linke Socke aus. Doch nach ein paar weiteren Runden hockte ich nur in meinen Boxershorts und dem T-Shirt da. Aber auch von dem befreite mich Katja gleich.

Plötzlich schien die Flasche die Kompassnadel zu spielen und ich den Nordpol. In der nächsten Runde waren die Boxershorts dran. Ich wollte sie unter dem Tisch ausziehen, da fingen die Bestien aber an zu motzen: „Zeigen!"

„Mein Papa sagt, ein Mann sollte sich nie für etwas schämen, was er tut", sagte Anna. Langsam ging mir ihr Papa echt auf den Sack. Dann besser zwanzig Vatis mit üblem sächsischen Dialekt als einen solchen

Wichtigtuer. Wohl machte aber erst ein kleiner Makel die Frauen richtig schön. Annas Makel hieß „Papa".

„Wir müssen doch sehen, ob du nicht schummelst!"

„Hä?" Ich stand auf und zog die Unterhose runter.

„Ist dir kalt, Bennie?", fragte Emma. Kalt ließ mich aber nur ihr männerfeindlicher Spruch. Ich kannte schon die Statistiken im Netz und wusste, dass es meine Gurke in ihrem Wachstum bis in die Mitte der gaußschen Normalverteilung geschafft hatte. Trotz der leichten Krümmung nach links. Aber auch die bereitete mir keine Probleme mehr. Schon Einstein hatte doch gezeigt, dass alles krumm ist – sogar der Raum in dem wir leben. „Wir können aufhören", sagte Katja plötzlich. „Benn hat verloren! Er ist schon nackt!"

„Benn hat noch meine Mütze an", sagte Mia.

„Scheiße!", sagte ich. Die hab ich ganz vergessen. Statt Mias Mütze abzulegen, war ich gleich aus meiner Unterhose geschlüpft, ich Idiot! Jetzt hockte ich nackt da, nur in 'ner Mütze mit Bommel aufm Kopf. Wir mussten weiterspielen.

Die Flasche ließ mich einige Runden in Ruhe. Als die Mädels mit dem Ausziehen von Mias oberster Jacke beschäftigt waren, hatte ich mir Mias Mütze unauffällig vom Kopf gezogen und sie über meine Gurke gelegt.

„Wo ist deine Mütze?", fragte plötzlich Katja.

„Äääh?"

„Er schummelt!", brüllte Anna, packte meine Kleider, lief zum Fenster und haute sie hinaus. Ja! Krass! Was jetzt? Ich konnte doch nicht so nackt durchs Mädcheninternat laufen.

„Ich kann dir mein Sommerkleid leihen", sagte Mia. „Da müsstest du reinpassen."

Ich schlüpfte in Mias Blumenkleid und ging raus. Die Tür hinter mir ging aber noch mal auf. Anna! Sie umarmte mich und klebte mir einen schnellen Kuss auf die Lippen. „Nicht vergessen, was du mir versprochen hast", flüsterte sie. „Am Donnerstag kommst du und gibst mir den Kuss von allein. Vor den Mädchen!"

„Sollen wir's morgen im Wald nicht trainieren?", fragte ich cremig. Irgendwie hatten aus mir die Blumenkleider einen echten Draufgänger gemacht. Doch die Tür ging wieder zu. Nur Dunkel und Stille hier. Und ich. Ein Mann! Um ein Uhr nachts im Flur des Mädcheninternats, in einem mit Blumen vollgeschwulten Kleid, ohne etwas drunter zu tragen.

Als ich in unsere Hausmeisterwohnung hineinschlüpfte, war ich so glücklich wie noch nie. Bis ich die Tür meines Zimmers aufmachte. Auf meinem Bett hockte Vati. Wieder mal stand sexuelle Aufklärung an. Diesmal über Transvestiten.

Erst gegen zwei konnte ich meine Klamotten im Klostergarten holen. Als schon alle Fenster des Mädchenwohnheims eine fette Augenbinde trugen.

Voll auf Herzen

Heute schwebte Alina in die Schule in einem so kurzen Rock, dass ich mich echt zusammenreißen musste. Sie war zwar nicht so krass hübsch wie meine Mädchen im Internat, doch ein kurzer Rock verschönert sogar Naturwissenschaftlerinnen. Wenn sie vom Rock noch einen schmalen Streifen wegschneiden würde, müsste man ihn als Gürtel bezeichnen. Oder als einen Peitschenschlag.

Auch als Intellektuelle wollte Alina wohl ihre anderen Talente nicht vernachlässigen. Vor der Physik flüsterte sie mir ins Öhrchen „die Entropie im Weltall nimmt zu" und legte das rechte Bein über das Linke. Ich versuchte unseren Lehrer, den Herr Katzmarz, anzugucken, aber seine Dauerwelle war gegen die nackten Beine von Alina ein zu schwacher Blickfang. Woodstock ging heute hinter unserer Schulbank ab. Ich hatte voll den Rowdy-Zwang verspürt, mich auf den Boden zu hauen, unter unserer Bank nach meinem Radiergummi zu suchen und dabei dem Minirock von Alina und allem drum herum und drunter eine Inspektion abzustatten. Aber so was tat man nicht, oder? Schon wackelte Alina auf dem Stuhl, als stachen sie meine aufdringlichen Gedanken. Besser ich träumte ein bisschen von Anna.

„Was machst du da, Bennie?"

„Waaas?"

Alina zeigte auf mein Deutschbuch. Die aufgeschlagene Doppelseite war mit Herzen vollgekritzelt. „Sind die für mich?", fragte Alina und kicherte.

„Die hab nicht ich gemalt", sagte ich.

„Doch!"

„Die müssen schon vorher im Buch gewesen sein", sagte ich. „Das hab ich erst gestern gekriegt und nicht ordentlich kontrolliert."

„Die waren nicht drin", sagte Alina. „Die hast du hingemalt. Gerade jetzt!" Wusste echt nicht, ob sie's mit ihrer Ehrlichkeit sehr weit im Leben bringen würde. Trotzdem blieb mir nichts anderes übrig, als nach der Schule wieder Alinas Tasche zu tragen. Damit sie nicht mit den anderen Mädels ging und ihnen über meine Herzen erzählte. In die Busssitze kratzte ich aber keine Herzen rein. Das schwöre ich! Die müssen von jemandem anderen stammen. Sicher von Frauen. Was Herzen angeht, schrecken Frauen vor keinem Vandalismus zurück.

♥

Als ich am Nachmittag und am Abend, bis in die Nacht, bis in die Träume, keine Stimme aus dem Mädchenzimmer vernahm, und nur noch wartete – wann würden sie heimkommen? – wurde mir plötzlich klar, dass die Lage brenzlig wurde. Ich verspürte nur Angst. Warum waren sie noch nicht zu Hause, verdammt?

Keine von ihnen? Hey! Was tat sich mit mir? War ich wirklich verliebt? Nicht nur aus Spaß? Nicht nur, um einen blöden Spruch zu bringen? Wenn ich aber tatsächlich verliebt war, blieb immer noch die entscheidende Frage: In wen, verdammt?

Sie waren bei Freundinnen in einem anderen Trakt des Internats gewesen. Bis um Mitternacht. Aber das erfuhr ich erst am nächsten Morgen. An dem gewissen Morgen, der einem teuflischen Abend voranging, dem Abend der Tanzparty. Zu der ich in keinem Fall gehen wollte!

Meine erste Tanzparty

„Du hilfst uns aber schon heute Abend, Bennie?" Die Frage klang eher wie ein Befehl, aber das war ich ja schon gewöhnt. Voll der Mussolini die Frau. Wenn du mal verheiratet bist, dann läuft's zu Hause wie bei der Bundeswehr. Mein Vater muss auch die Schnauze halten, wenn meine Mutter etwas entscheidet. Einmal hatte er vor Freunden geprahlt, dass er bei uns der Außenminister sei, und meine Mutter der Innenminister. Meine Mutter ist bei uns aber eher die Bundeskanzlerin.

„Was meinst du?", fragte ich.

„Na, heute Abend bei unserer Tanzparty", sagte Alina. „Ein paar Mädchen aus der Mädchenschule kommen auch. Du wohnst doch dort. Hat dir bis jetzt keine von ihnen was gesagt?

„D... d... d... doch!"

„Und wie hast du dich herausgeredet?", fragte Alina. Alter! Eine weitere Sibylle! Die Mädchen schienen voll auf dem Hellseher- und Propheten-Tripp zu sein.

„Ich muss …", sagte ich. „Ich muss Leuchtkäfer fangen."

„Wozu?"

„Für … für Bio-Leuchtsalami."

„Wie bitte?"

Mist! Hab vergessen, dass Alina krass intelligent war. Der musste ich was Klugeres aufbinden: „Ich … ich erkälte mich leicht … und gestern waren in der Nacht nur noch plus zwölf Grad."

„Der absolute Nullpunkt der Temperatur ist unerreichbar", sagte Alina. „Klar musst du helfen!" Sie guckte mir so lange in die Augen, bis ich „ja" sagte, Scheiße verdammte!

Und was jetzt? Plötzlich fiel mir aber Vatis Spruch ein: „Das Tanzen ist ein heidnisches Ritual, das Frauen schwach macht!" Super! Vielleicht gibt's nach dem Tanzen ein paar andere Heidenrituale, he-he … Am Abend würde ich Anna oder Katja willenlos tanzen. Leider hab ich da nicht bedacht, dass der Tänzer zuerst auf dem Parkett etwas bringen muss, damit seine Partnerin ihn begehrt.

♥

Das Liebesloch sang *Dreamer* in meine Dachbodenwelt, in einer Version, für die sich Ozzy Osborne nicht schämen müsste:

„I'm just a dreamer
I dream my life away
I'm just a dreamer
Who dreams of better days"

Laut! Mia war also allein. Mia mit Musik von der Muse geküsst! Das traf sich gut. Klar würde ich gern mit Anna oder Katja eine Teddybärausstellung besuchen, sogar mit Emma Generale wäre ich lieber in eine Kissenschlacht gezogen, nur war heute kein normaler Tag: Der Abend meiner Selbstvernichtung als Tänzer eilte heran.

Diese bescheuerte Alina! Wegen ihr würde ich mich heute lächerlich machen. Getanzt hatte ich bis jetzt nicht mal in einem Computerspiel. Tja! Tanztraining wäre nicht schlecht. Vielleicht konnte mir Mia aus der Patsche helfen. Und so übel war sie auch nicht. Eigentlich hatte sich der Ausflug mit ihr nach Dresden ganz gut angefühlt. Dachte gern dran. Na dann! Wenn ich mich vor meinen Angebeteten nicht als der Dancing-Mr-Bean zeigen wollte, brauchte ich Mia.

„Hallo, Sängerin!"

„Hallo, Bennie!" Ihre Stimme war auch beim Sprechen eine Melodie.

„Ich brauch deine Hilfe", sagte ich.

„Du brauchst Hilfe?"

„Kannst du herkommen?"

„Durch den Haupteingang?", fragte sie.

„Komm zur Tür am Ende des Flurs. Ich lasse dich rein!", rief ich und war schon aufgesprungen.

„Ich hab gewusst, dass du bei Katjas Geburtstagsfeier geschummelt hast und nicht unsichtbar bist." Die Mädels machten mich echt wahnsinnig!

♥

„Wie kann ich dir helfen?", fragte Mia in meinem Zimmer.

„Kannst du tanzen?"

„Hast du nicht gehört, was Anna über mein Tanzen gesagt hat?", fragte Mia und guckte mich ziemlich komisch an. Kokett heißt so was, glaube ich.

„Schon. Ich hab aber gedacht, dass es ein Scherz war."

„Anna scherzt nie", sagte Mia.

„Kannst du also tanzen oder nicht?"

„Voll. Ich mag doch Musik."

„Bringst du's mir bei?"

„Hast du nicht gesagt, dass du zu der Tanzparty heute nicht gehen würdest?"

Hey! Hatte die Fragen! Und ein Giga-Gedächtnis noch dazu! Bei der musste ich vorsichtig sein. Schließlich hatte sie mich schon in Dresden auf meinem Bett verprügelt.

„Äääh ... Meine Klasse organisiert die. Ich muss da mithelfen."

„Schade", sagte Mia. „Ich bin mit meiner Tante verabredet. Was willst du lernen? HipHop?"

„Kannst du mir nicht so 'n All-Style-Dance beibringen?"

„All-Style-Dance?"

„Na, was man zu allem tanzen kann!", sagte ich.

„So was gibt's nicht!"

„Unglaublich!" Ich seufzte. „Dann bring mir halt HipHop bei!"

„HipHop ist ganz iisi! Du musst dich nur für den geilsten Typen in der Bude halten. Dann geht's von allein."

„Echt?"

„Ja! Hin und wieder ziehst du mit der Hand deinen Pimmel hoch", sagte Mia. „So. Siehst du? Dann bückst du dich zu der Partnerin und sagst ‚yo, baby, yo, yo, yo!'"

„Was?", fragte ich.

Mia lachte.

„Du verarschst mich, oder?"

„Nur ein bissl. Du muss dir echt keine Sorgen machen, Bennie. Die Mädchen führen dich sowieso selbst. Auch bei R&B. Du kannst dich hinter das Mädchen stellen und im Rhythmus der Musik mit dem Po wippen. Hast du was Nettes auf deinem iPod?"

„Ich lass ein paar Sachen am Notebook ablaufen. HipHop zuerst, oder? Eminem?"

Mia seufzte. „Na gut!" Sie zeigte mir ein paar Tricks. „Super!", sagte sie nach dem Unterricht. „Jetzt tanzt du wie Patrick Swayze in *Dirty Dancing*!"

♥

Und *Dirty Dancing* sollte's auch krass werden: Ollo aus unserer Klasse, der DJ, spielte nur Rockballaden für Rentner. Keiner hüpfte rum. Die Jungs klebten an den Mädels wie Taschendiebe. So einen Tanz würde ich nie in Ehren und ohne einen Hormonaufstand überstehen. Mich auf die Arbeit rausreden konnte ich nicht. Meinen Dienst hatte ich hinter mir: Die Aula mit Stühlen und Tischen bestückt und für Anna, Katja und Emma einen Tisch reserviert.

Nach ein paar illegalen Alkopops, die aus den Rucksäcken gezaubert worden waren, tanzten schon drei

Paare auf der Tanzfläche aneinander gekuschelt wie in einem Swingerclub. Herr Katzmarz und zwei Lehrerinnen hatten sich nur am Anfang blicken lassen und verzogen sich dann ins Lehrerzimmer. Verdammt gefährlich, das Pflaster hier! Anna, Katja und Emma fingen an, mir herausfordernde Blicke zuzuwerfen. In Panik joggte ich nach draußen und zückte mein Handy.

„Hast du schon mal getanzt?", fragte ich Rowdy.

„Spinnst du?"

„Scheiße!", sagte ich. „Bin mit meinen Freundinnen bei einer Tanzparty. Hier in Bayern schaut das Tanzen aber aus wie Gruppensex. Was mach ich, verdammt? Ich krieg 'nen Ständer, Mann, wenn ich nur zur Tanzfläche gucke. Bei so dichtem Tanzen würde ich dem Mädchen den Gömböc gleich aufs Bein drücken. Die lachen mich doch aus!"

„Mir hat mal einer von unserer Klasse erzählt, dass der Mann beim Tanzen einen Ständer haben *MUSS*", sagte Rowdy. „Sonst fühlt sich die Frau beleidigt. Der Ständer gehört beim Tanzen zum Mann, wie der Controller zur PS4. Das sagt man dir in jedem Kurs für gutes Benehmen so. In jeder Tanzschule sowieso. Ich kann mal fragen? Warte!"

„Halt, Rowdy! Wen willst du fragen, hä? Deine Mutter?"

„Nö", sagte Rowdy. „Mama versteht solche Probleme nicht. Warte mal eben." Es raschelte als ob er den Hörer abdeckte. „Carmela? Benn ist bei einer Tanzparty, hat aber die ganze Zeit 'nen Ständer. Das ist doch normal, oder?"

„Waaas, du Arschloch!", brüllte ich. „Carmela ist bei dir? Und du fragst sie wegen meinem Ständer?"

„Mach dir keinen Stress damit, Bennie", kam Carmelas Stimme aus dem Handy. „Geh einfach tanzen. Wenn dich das Mädchen mag, lacht es nicht über dich!"

„Meinst du?" Ich war nicht sicher. „Bis dann."

Die Tanzfläche wurde immer voller, nur die Musik ist zur Abwechslung aufs Land gewandert – *Country Strong* von Gwyneth Paltrow.

„Damenwahl", sagte Emma und trieb mich vor sich her – wie der Metzger das arme Vieh auf die Schlachtrampe. Auf der Tanzfläche packte sie mich am Arsch als wäre ich der Stripper bei 'ner Drunk-Women-Party und los ging's.

Ich schickte mein Hirn in meine Füße und versuchte meine Suppenhuhn-Schritte der Musik und Emmas Füßen anzupassen. Zumindest hatte mich die Panik, Emma die Füße zu zertrampeln, vorerst meine Erektionsängste voll vergessen lassen. Obwohl Emma sich auf mich gelegt hatte wie auf 'ne Matratze. Ihr Bein an meinem, ihre großen Brüste an meinen Kleinen, wippte sie im Banne der Musik und rieb sich an mir, als ob sie meine PIN-Nummer rausrubbeln wollte. Ihr Kopf lag auf meiner Schulter und ihr Haar kitzelte mich an der Backe. Zu allem Überfluss sang sie mir ins rechte Ohr:

„Cause I'm country strong
Hard to break
Like the ground I grew up on
You may fool me

And I'll fall
But I won't stay down long
Cause I'm country strong
I'm country strong
Yeah, I'm country strong
I'm country strong
I'm country strong
I'm country strong"

Genauso war's! Ich schwöre! Emma sang grottenschlecht, doch der Text passte zu ihr wie der Löffel in die Suppe. (Der Spruch ist nicht von mir, der kommt von meinem Vater.) Bald hatten meine Füße ihren Rhythmus gefunden, langsam schickten sich andere Glieder an, das Parkett zu erobern – höchste Zeit wieder etwas Distanz zu gewinnen. Gott sei Dank legte der DJ gleich eine Pause ein.

„Ich muss jetzt mit dem Typen da tanzen", sagte Emma und nickte Richtung Hardy aus meiner Klasse, der hin und wieder unauffällig nach uns geschielt hatte.

Aha! Eifersüchtig! Etwas Trost spendet die Ansicht eifersüchtig schielender Jungs schon. Gleich weißt du, dass du nicht allein den Vollidioten spielen musst. Neben Hardy stand Alina. Sie hatte unseren Blick erwischt und drohte mir auf die bayerische Art mit dem Finger: „Du Schlawiner, du!"

Die Tanzfreude stülpte sich über die Leute wie 'ne Käseglocke, nur ich stank heraus. Emma hüpfte davon, ich wollte mich diskret verziehen und etwas Autogenes Training machen, doch schon zerrte mich Anna aufs Parket. Zum Glück legte der DJ *AC/DC* auf.

„Gefällt dir Emma?", brüllte mir Anna ins Ohr.

„Wer ist denn Emma?", brüllte ich zurück, ich Schuft. Aber ohne diesen Verrat hätte ich Anna sicher nicht so sehr zum Lachen gebracht wie jetzt. Sie warf ihren wunderschön gelockten Kopf in den Nacken und gackerte mich in kosmische Liebesbahnen. Nicht mal einen Spruch mit ihrem Papa brachte sie.

„Hoffentlich sagst du eine Stunde später nicht ‚wer ist denn Anna?'", sagte Anna. „Mein Papa sagt, dass Standhaftigkeit den wahren Mann ausmacht."

Ohne Worte. Standhaft war ich auf jeden Fall! Zum Glück legte Ollo weiter wildes Ska auf. So musste ich meine Standhaftigkeit Anna nicht fühlen lassen.

„Wer ist denn Anna?", sagte ich zu Katja schon eine halbe Stunde später, als sie mich fragte, wie's zwischen mir und Anna stünde. „Ich hab gescherzt", fügte ich nach einem Weilchen hinzu. „Anna ist super!"

Boah! Auf der Tanzfläche brodelte es vor sexuellen Lockstoffen. Ich schwitzte. „Guck!", sagte Katja, wischte meine Stirn mit der Hand ab und zeigte mir ihre nasse Handfläche. Wow! Plötzlich verspürte ich einen solchen Drang, sie zu küssen, dass ich mich mit den Zehen durch meine Schuhsolen im Boden zu verkrallen versuchte, um auf Katja nicht loszustürzen.

Noch vor ein paar Minuten flog ich neben Anna durch den leeren Raum, zwei strahlende Kometen, Schweif in Schweif. Doch plötzlich raste Annas Komet ohne mich weiter, allein, bis ans Ende des Universums. Katjas Gravitation zog mich an und ließ mich mit einer irren Geschwindigkeit um sie kreisen – und nicht nur beim Tanzen.

Statt hier aber den herumwirbelnden Derwisch rauszukehren, trat ich von Fuß auf Fuß, als müsste ich dringend. Katja wischte sich meinen Schweiß an der Jeans ab und lachte mich breit an. Die Sommersprossen in ihrem Gesicht tänzelten wie Traumschiffchen im chinesischen Meer. Ich liebte sie, Alter! War Katja die Wahre?

„Anna sucht nur nach einem Mann mit Geld", sagte sie.

„Vielleicht werde ich mal Geld haben", antwortete ich. Aber gleich wurde mir auch klar, dass Geld nicht unbedingt das war, was ich im Leben haben wollte. Warum protzte ich dann vor einem Hippiemädchen damit? Und zudem vor einem so süßen? War ich bescheuert?

„Liebe ist das einzige Mittel, die Gunst der Frauen zu erlangen, die für Geld nicht zu haben sind", sagte Katja.

„Krass", sagte ich. „Von wem ist das?"

„Von einem Franzosen."

Jetzt sollte ich auch einen Spruch bringen, oder? Der Katja weich wie Wachs machen würde. Leider fiel mir nichts ein, was zu ihrem Zitat passte.

„Damals im Klostergarten bist du auf Anna ziemlich heftig abgefahren", sagte Katja und schmiegte sich an mich heran, als wollte sie mir eine Ganzkörpermassage verpassen. Boah! Schon als sie mir den Schweiß abwischte, hatte sie den Autoschlüssel in das Zündschloss gesteckt.

Die Tanzschritte stellten für mich kein Problem mehr dar, so konnte sich mein Körper um andere Sachen als um die Tanztechnik kümmern. Katja presste mit ihrem rechten Bein meine Gurke an meins, ihr Bein wandelte sich beim Tanzen plötzlich zu einer Autopumpe, die den leeren Reifen vollpumpte. Startklar schoss mein Porsche die Tiefgarage hoch und versuchte, die Garagentür zu durchbrechen. Reflexartig zuckte ich zurück, bückte mich vor und streckte meinen Arsch nach hinten. Zog auf der Tanzfläche voll den Elvis ab.

In meinem Hirn herrschte der Krieg: Was soll das, du Feigling? Kein Zurückweichen! Attackeee! Sie ist so weit! Schmieg dich an sie und zeig ihr, wo bei dir der Hamster hüpft: Bein – Ständer – Bein. Dein Ständer der Wahrheit! Kannst nichts verlieren, Mann, eher etwas bekommen: Entweder eins auf die Fresse oder Katja. Los! Gleich weißt du Bescheid: Will sie dich oder will sie dich nicht?

Ja! Ich war bereit! Ich würde mich jetzt als der große Häuptling *Schiefer Speer* outen, und damit basta. Doch auch etwas anderes flitzte durch mein Hirn: Wenn sie mit ihrem Bein noch ein paar Mal hoch und runter pumpt, dann bricht hier die Sintflut aus, wie damals bei der Dresdner Emma, als sie dich im Schwimmbad ins Wasser zerren wollte. Ich löste mich von Katja, brüllte „Reifenwechsel!" und hüpfte wieder mal in gebückter Haltung davon.

Kurz darauf stand ich draußen vor der Schule. Allein! Drinnen die Show. Egal! Morgen würde es eine Kussparty geben. Mit Tanzen war's auf jeden Fall vorbei, solange ich mir nicht antrainiert hatte, den Ständer cool ans Mädchenbein zu legen.

Was jetzt aber? Nach Hause konnte ich noch nicht. Ich musste die Mädchen nach der Party ins Kloster begleiten. Das habe ich Frau Korcks versprochen, damit sie von freilaufenden Bären nicht gefressen wurden. Ich ging wieder rein, stellte mich an die Bar, schüttete ein Zitronenlimo nach dem andern rein wie ein Junkie und freute mich aufs Morgen. Krass blöd, oder?

Zuerst tauchte Anna an der Theke auf. „Tanzen wir?"
„Ich hab mir den Knöchel verrenkt."
Alina kam. In der Hand hielt sie ein Glas mit einem Getränk, in dem eine Kirsche schwamm.
„Selber gepflückt?", fragte ich.
Alina lachte. „Die Auftriebskraft eines Körpers in einer Flüssigkeit ist genauso groß wie die Gewichtskraft der vom Körper verdrängten Flüssigkeit", sagte sie und lutschte die Kirsche raus.

Ich hielt abwechselnd mit Alina, Emma und Anna Small Talk, nur Katja hielt sich bedeckt. Wohl war sie auf mich sauer wegen der Fahnenflucht.

Irgendwann tauchte sie aber doch auf. „Kommst du mit eine rauchen?", fragte sie.
„Du rauchst?"
„Nur bei Partys und so. Hab eine geschnorrt."
„Okay."
„Scheiße", sagte Katja draußen. „Habe kein Feuer!"
„Ich hole was", sagte ich und lief in den Saal zurück, um ein Feuerzeug zu organisieren. Mit Streichhölzern kam ich zurück, doch der Wind blies meine Bemühungen zunichte.

Die dunkle Nacht flüsterte mir unerbittlich zu: „Küss sie!" Warum verschwendest du deine Zeit damit, Streichhölzer anzuzünden? Puh! Meine Hände zitterten. Beim letzten Streichholz in der Schachtel seufzte

Katja, nahm mir das Streichholz aus der Hand und zündete sich die Zigarette selbst an. Bei ihr hielt sich der Wind mit Blasen zurück. Ja, sag mal!

„Weißt du, wie man in Woodstock aus den Wasserpfeifen Opium geraucht hat?", fragte Katja.

„Nein!"

„Einer zog an der Pfeife und der Zug wurde weitergeben von Mund zu Mund", sagte sie. „So!" Sie zog kräftig an der Kippe. Boah! Mir stank der Zigarettenrauch wie 'ne brennende Müllkippe, doch wegen des versprochenen Mund-zu-Mund-Zuges würde ich sogar Scheiße rauchen.

In freudiger Erwartung öffnete ich die Lippen. So fing also die Liebe an! Der erste Sex! Sie beugte sich zu mir. Alter! Jetzt würde sie mich küssen. Meine Zunge startklar. Jetzt! Ihre Lippen rasten auf mich zu. Ich schloss die Augen. Sie saugte ihren Mund an meine Nasenlöcher und blies mir den Rauch durch die Nase. Tränen! Husten! „Spinnst du?", kreischte ich.

Katja heulte vor Lachen. „Du bist so lustig, Benn!"

„Scheiße!", fluchte ich. „Ich hab gedacht, du willst mich küssen."

„Alles zu seiner Zeit", sagte sie.

Plötzlich rollte mir ein Spruch aus meiner neuen Sammlung durch den Schädel und suchte, wo er parken könnte. Ein Zitat von Lao Tse: „Wehe denen, die mit ihrer Liebe geizen. Sie sterben, bevor ihre Zeit um ist", sagte ich.

Aha! Voll baff, das Mädchen. „Benn, du überraschst mich immer wieder", sagte Katja fast zärtlich. „Morgen bekommst du den Kuss!"

„Bei eurer Party?"

„Ja!"

„Vor den anderen Mädchen?"

„Wollen sie von dir auch einen Kuss?", fragte Katja.

„Was spielt ihr da eigentlich?", fragte ich.

„W... w... wir?" Bisher war nur ich ins Stottern gekommen, jetzt erwischte es sie auch. „G... g... gar nichts spielen wir!"

„Was wollt ihr heute noch spielen?" Die Stimme von Emma machte das Törchen zur Lösung des Rätsels plötzlich zu.

„Wir gehen heim", befahl Anna aus dem Hintergrund. „Mein Papa sagt, man soll immer dann gehen, wenn's am Schönsten ist." Langsam ging mir ihr Vater brutal auf den Sack. Wenn er aber recht hatte, dann hatte er recht: Ich wollte hier auch weg.

Katja und die freie Liebe

Beim Frühstück hatte ich jetzt ein Küchenfensterkino: Mia joggte sich ihre Kilos weg. Meistens sah ich durchs Fenster, wie sie verschwitzt in ihren pastellfarbenen Laufklamotten ins Internat zurücklief. So wie sie dabei strahlte, sang sie sicher anschließend unter der Dusche eine schöne Ballade. Die hörte ich leider nicht. Auch ein Liebesloch ist nicht das Loch in die ganze Welt.
HÄNDE HOCH! SCHURKE!
Rowdy. Ich nahm ab: „Alles klar, baby?"
„Was geht?"
„Mia schwitzt!"
„Auf dir?"
„Blödmann! Mia ist nicht mein Typ!"
„Tolle Figur", sagte Rowdy und meinte das anscheinend ernst.
„Um bei *Fat Joe* mitzurappen?"
„Du weiß nicht, was du hast, Alta! Muss doch nicht jeder ein Hungerhaken sein. Die hat eben Kurven."

„Schon. Aber ich bin wohl in eine andere verknallt."
„Bist du dir da sicher?"
„Was ist schon sicher, Kumpel?", antwortete ich. Was sollte die Frage?
„Ich hab den neuen Song bei YouTube hochgeladen, der kommt echt noch besser als der mit Clara. Mia ist ein Naturtalent!"
„Singen kann sie schon", sagte ich. „Ich schau mir den Clip heute Nachmittag mit ihr zusammen am Computer im Lehrerzimmer an."
„Soll ich ihn dir aufs Handy schicken?"
„Lass mal! Am Handy sehe ich fast nichts. Ich guck's mir am Nachmittag mit Mia an."
Doch Gott denkt und Katja lenkt. In diesem Augenblick wusste ich noch nicht, dass auf mich am Nachmittag eine Live-Performance wartete, gegen die kein Web-Video eine Chance hatte.

♥

Am Nachmittag kam ich früh aus der Schule, weil Sport wegen einer Lehrerkonferenz ausgefallen war. Ich konnte's mir nicht anders erklären, als dass der bayerische Gott höchstpersönlich für mich ein Zeichen gesetzt hatte, Sport weiter zu meiden. Wo ich doch so krass motiviert war!
Unsere Klosterwohnung gähnte sich in den Nachmittag hinein. Meine Mutter kochte noch in der Mensa lebensgefährliche Knödel für morgen, auch mein Vater werkelte in der Schule rum, so musste der Sohn selbst seinen Hunger stillen. Zum Glück warteten im Ofen ein paar Pfannkuchen-Ufos auf mich. Ich be-

schmierte sie dick mit Marmelade und versüßte mir so mein herbes Liebesleben.

Was tun? Die Mädchen noch auf ihrem Zimmer ... vielleicht könnte ich ein bisschen am Notebook zocken? Keine Lust. Spielmäßig war ich immer noch etwas deprimiert, weil Mia mich bei *Battle Royale* wie 'nen Kindergartenzocker hatte aussehen lassen. Die Frau hatte echt Glück beim Zocken. Wohl Unglück in der Liebe, he-he-he ... Ich musste ihr im Lehrerzimmer unser neues Video zeigen. Wie hatte Rowdy es diesmal hinbekommen?

Musik ist sowieso die beste Brücke von alten Taten zu neuen. Ich schob mir die Ohrstöpsel meines Handys bis ins Hirn, legte mich aufs Sofa in der Küche und zog mir Mucke rein. Ich höre alles, heute war *Melodic Metal* dran. Nur ab und zu machte ich die Augen auf, vielleicht pennte ich auch etwas dabei.

Was war denn das wieder? Jede zweite Minute huschte ein Schatten an unserem Küchenfenster vorbei. Joggte Mia jetzt im Hof oder was? Hinter den Vorhängen versteckt guckte ich hinaus. Wow! Was sahen da meine Augen? Wollte eine Göttin mich hinauslocken? Die Welt als Wille und Überraschung.

Schnell! Wo war der passende Spruch? ‚Zufall' stand leider nicht auf meiner Zitatenliste. Musste wieder das Handy zur Hilfe nehmen. Klar hatte ich mir wegen meines winzigen Kontingents verboten, am Handy zu surfen, aber jetzt ging's nicht anders.

Ich klickte die Netzverbindung an. Im Google tippte ich *Zitat* und *Zufall* rein. Eine Liste mit Sprüchen von Schopenhauer kam: „All unser Übel kommt davon, dass wir nicht allein sein können." Hmm ... dieser Typ hatte also auch Probleme mit den Mädels. Aber was sagten die anderen klugen Köpfe über den Zufall? Aaah, das da passte ziemlich gut! Jetzt schnell nach draußen! Meine Adidas wie immer startklar. Als der Schemen an unserem Fenster wieder vorbeihuschte, latschte ich hinaus.

„Hallo, Benn!", sagte Katja. „Was für ein Zufall!" Aha! Wusste doch gleich, dass sie mit dem Zufall kommen würde. Was soll's! Wenn sie es Zufall nannte, zehnmal an unserer Tür hin und her vorbeizulaufen, bis sie mich „ganz zufällig" beim Herausgehen erwischte, dann war's mir auch recht.

Beruhigt hat's mich aber irgendwie schon, dass nicht alle Mädchen hier so brutal direkt waren wie Anna und Emma. Katja musste den Zufall zur Hilfe nehmen. Warum aber die Mädels so hinter mir herliefen, war mir immer noch schleierhaft. Vielleicht hat eine von den süßen Prophetinnen in der Zukunft gesehen, dass ich mal in *Wer wird Millionär* gewinnen würde. Ha!

„Hallihallo", sagte ich. „Die besten Dinge verdanken wir dem Zufall."

„Schopenhauer, oder?", sagte sie.

„Nö", sagte ich. „Casanova!"

„Balzac sagt, dass wir der Wahrheit nur durch Zufall begegnen. Wie hältst du es mit der Wahrheit, Benn?"

„Ballack?", sagte ich. „Echt? Ist der so klug?"

„Balzac!"

„Ball-Sack? Ach so ... der!"

„Nö! Balzac! Be-a-el-zet-a und ce"

„Ich kenne einen Balschak", sagte ich. „Der arbeitet in Dresden auf dem Bau."

„Du Spinner!", sagte Katja und gab mir einen leichten Klaps auf den Arsch. Das war hübsch. „Kommst du mit in die Natur?"

„Voll", sagte ich. Katja guckte mich etwas schief an. „Du hörst dich schon wie Mia an!"

„Reiner Zufall", sagte ich. Aber sie hatte voll recht. Bei unserem Weekend in Dresden hatte mich Mia voll mit ihrem „voll" angesteckt. „Soll ich deinen Rucksack tragen, Katja? Boah! So groß? Hast du da drin Bärenfallen?"

„Nur etwas, um die Natur zu zähmen."

Eine halbe Stunde später saßen wir in einem großen Strohschober und hielten von dort Ausschau nach den Kaninchen auf der Wiese unter uns. Ein Stück weiter links lag der Wald mit meinem See. Solche Landschaften gab's in echt? Nicht nur bei *Avatar*?

„Manchmal lege ich mich hier ganz nackt hin und lasse mich von der Sonne massieren", sagte Katja. „Hättest du Lust?"

„Nö", sagte ich. „Ich kenne das schon. Je mehr ich mich ausziehe, um so mehr ziehen sich die Mädels an."

„Ich hab keine Probleme damit, mich auszuziehen", sagte Katja und schlüpfte aus ihrem Hippie-Rock und ihrer bunten Bluse. Na, das war eine echte Überraschung nach dem Getue beim Flaschendrehen. Kurz konnte ich mich an ihrem Höschen erfreuen, einen BH trug sie sowieso nicht, aber auch das Höschen präsentierte sie nicht lange. Bald stand sie nackt vor mir als wären wir in Woodstock. Sogar die Socken hatte sie ausgezogen.

„So fühle ich mich am besten mit der Natur verbunden." Sie streckte sich genussvoll. „Aaah! Hier oben ist es schön wie auf einer Insel."

„Fuerteventura!", sagte ich und starrte ihre Schatzinsel an. Diese Natur schickte wie erwartet eine Menge Fantasie an die Front. Wie üblich mit dem stählernen Fahnenträger an der Spitze des Spähtrupps. Was jetzt, verdammt? Beim Tanzen konnte ich mich noch auf den verstauchten Knöchel herausreden, um vor dem Mädchen meinen Soldaten nicht in der Habacht-Stellung aufmarschieren zu lassen. Aber jetzt! Konnte ich ihr sagen, „du, ich kann mich nicht ausziehen, ich hab mir den Knöchel verstaucht?"

Katja holte aus ihrem Rucksack eine große Decke. „Ach so!", sagte ich. „Deswegen war der Rucksack so voll." Vielleicht konnte ich sie durch mein Gelaber ablenken, damit sie nicht merkte, dass ich noch nicht nackt war. Sie legte sich auf die Decke.

„Na, komm schon!", sagte sie.

„Wohin?", fragte ich.

„Stell dich nicht so blöd an!", sagte sie. „Zieh dich aus!"

„Ich hab ..." Mist! Wie solltest du einem Mädchen anständig verklickern, dass du am Wagen gerade 'ne Deichselstange hast, die nicht mal ein Ochse wegbewegen könnte. „Ich ... bei mir wächst da immer was ..."

„Waaas?"

„Na, du weißt schon. Manchmal ... bei mir ... aber echt sehr selten ... aber manchmal, wenn sich eine Frau auszieht ... und man ist in der Natur und so..."

„Benn?"

„Ja?"

„Was redest du da für 'nen Scheiß zusammen?"
„Ich kann mich jetzt nicht ausziehen, verdammt! Ich hab 'nen ... äääh ... 'ne kleine Indisposition."
„Einen Ständer?"
„Ja!"
„Jetzt zier dich nicht so!", sagte sie. „Ich werde wohl nicht in Ohnmacht fallen, oder?"
Hä? Was hat sie mit dem „oder" gemeint? Ach, egal! Ich blockte alle Gedanken ab, die mich zur Vernunft riefen und schlüpfte aus dem T-Shirt, aus der Jeans und sehr, sehr schnell aus der Boxershorts, weil ich den Anblick eines Boxershortszelts noch blöder finde als den eines nackten Ständers. Katja stand ja sowieso auf Natur.
Und hop auf die Decke. „Autsch!"
„Dreh dich um", sagte sie. Das klang nach einem verdammten Befehl, so drehte ich mich besser gleich um, bevor Strafmaßnahmen folgen würden. Ich lag auf dem Rücken, guckte in die Wolken, meine Artillerie suchte den Himmel nach feindlichen Flugzeugen ab.
Katja stützte sich auf den Ellbogen und beglotzte neugierig meinen Ständer. Plötzlich lachte sie. „Jetzt ist mir klar", sagte sie. „Warum eure Band *Krumme Gurken* heißt."
„Ist doch gar nicht so schlimm, oder?", sagte ich etwas verunsichert.
„Nö", sagte sie und bog sich vor Lachen.
„Schaut's echt so übel aus?", fragte ich, als sie ausgelacht hatte.
„Das ist so putzig!"
„PUTZIG???"

„Jeder hat's ein bissl krumm", beruhigte sie mich, aber immer noch grinsend.

„So was hab ich Rowdy auch gesagt."

„Deinem Freund aus Dresden?"

„Ja."

„Habt ihr euch eure krummen Gurken gezeigt?"

„Nein!"

„Die Jungs sind manchmal wie kleine Kinder", sagte Katja und seufzte. Plötzlich war mir hundertprozentig klar, dass ich Katja liebte und keine andere. Anna war ein Charakter in einem alten Spiel, in Zeiten, als ich noch kein Liebes-Zocker war. Katja! Sie sollte auch ihr Geschenk bekommen.

Ich streichelte sie zuerst an den Knöcheln, denn das wusste ich schon: Je weiter das Ziel, umso größer das Glück, wenn das Ziel erreicht wird. Ich hab mir vorgenommen, der Meister im Streicheln zu werden.

Katja lag auf dem Rücken, ich über sie gebeugt, ich versuchte, Van Gogh zu spielen, der Katja in ein Sonnenblumenfeld hineinmalen würde. Komisch! Im Kunstunterricht in der Schule bringt man dir bei, Bilder zu bewundern, Papier mit Farben zu bekleckern. Wie du aber einem Mädchen dieses bunte Lächeln ins Gesicht malst, zeigt man dir nicht. Ich konnte's trotzdem.

Wohl war sie aber eine bessere Künstlerin als ich, sie trickste mich aus. Wow! Ihre Hand hatte einen Spielplatz auf meinem Bauch gefunden und schickte sich an, dort Gemüse zu pflücken. Ich baute Dämme. Doch diese Bremse musste noch erfunden werden. „Uaah!"

Sie lachte laut, als ich anfing, Graffiti auf die Himmelswand zu sprühen. Millionen kleine Bennies im Stroh verschossen. Katja lachte weiter. Super! Mann!

Jetzt musste sie mich zum Lachen bringen. Meine Hand fuhr langsam ihre Schenkel hoch. Mein Mund kümmerte sich um den Rest. Ich gab alles! Heute klang auch Stöhnen und Schreien wie Musik, zum Schluss schmetterte eine ganze Ska-Band mit Trompeten und Saxofonen herein. Uffffff!

Jetzt lächelte sie nur sanft, die Augen geschlossen. Eine Minute, zwei ... Ihre Augen gingen auf wie zwei blaue Energie-Taler, nach denen du schon zehnmal die ganze Gegend abgesucht hattest. Katja guckte in die Sommerwolken über uns, und schon änderten sie sich zu geflügelten Pferden und trabten mit uns auf den Berg Sinai. Von dort aus konnten wir gemeinsam unsere rosa Zukunft prophezeien.

Ich kuschelte mich an sie, ich wollte mehr, als sich nur gegenseitig zu streicheln. „Das geht nicht", sagte sie. „Ich habe einen Freund."

„Hä?" Der Sturz vom Berg Sinai! „Du hast einen Freund?"

„Ja, bei uns zu Hause. Wir gehen schon seit einem Jahr zusammen. Er will aber erst nach der Hochzeit."

„Was meinst du?"

„Na, du weißt schon!"

„Poppen?"

„Ja!"

„Das glaube ich nicht", sagte ich.

„Doch", sagte sie. „Seine Familie ist sehr katholisch."

„Eben", sagte ich.

„Er nimmt's ernst. Er würde den Ständer nie in den Mund nehmen!"

„Ich auch nicht!"

„Was?" Auf einmal lachte sie und gab mir noch einen Klaps. Diesmal auf mein nacktes Bein. „Du weißt, wie ich's meine. Er würde nie das Wort ‚Ständer' in den Mund nehmen!"

Hier konnte ich sie wieder mit meiner frisch angelegten Zitatenbank beeindrucken: „Warum soll ich mich schämen, Körperteile zu nennen, die zu erschaffen sich Gott nicht geschämt hat."

„Das sehe ich eigentlich auch so", sagte Katja. „Wer hat's gesagt?"

„Ein alter Bischof."

Sie nickte: „Der Stand-up-Comedien Lenny Bruce sagte: ‚Wenn Sie am menschlichen Körper etwas anekelt, dann beschweren Sie sich beim Hersteller.'"

„Und du ... du liebst ihn?"

„Lenny Bruce?"

„Nö! Deinen Freund."

„Voll", sagte sie und lachte.

„Mit dem Poppen erst nach der Hochzeit und so ... willst du das auch?"

„Ich ... eher nicht."

„Ich meine, was ist, wenn er vorher stirbt? Dann wird er sich im Himmel umbringen, dass er nie gevögelt hat."

„Und du, Bennie? Bist du auch noch Jungfrau?"

„Nö! ... Ja!"

„Wusste ich doch", sagte Katja. „Bekomme ich am Abend bei unserer Party einen Kuss von dir?"

Ich war schon so mies dran, doch diese Frage machte mich noch trauriger. „Klar", sagte ich.

♥

Erst als ich am späten Nachmittag in meinem Zimmer ins *Assassin's Creed* tauchen wollte, um auf andere Gedanken zu kommen, kamen die lästigen mit voller Wucht. Ich hockte da, die Handflächen auf dem Tisch, die Finger auf der Tastatur, ins Windows starrend. Statt zu spielen, dachte ich nach.

Vielleicht konnte ich Katja dazu bringen, ihren Freund zu vergessen ... hmm ... warum eigentlich? War's nicht gut so? Wenn Katja einen Freund hatte, konnte ich mich doch wieder mehr auf Anna konzentrieren. Mein Nachmittagserlebnis mit Katja verblasste langsam. Vielleicht war das gar nicht Liebe gewesen, was ich da gespürt hatte. Nur Rausch der Sinne. Und, Alter! Sollte bei der Party auch Anna rumzicken, würde ich den Kuss Emma geben und dann mit ihr in die Natur zum Catchen gehen.

Doch auch andere Gedanken als die über meine Liebesgeschichten flitzten ungeniert in meinem Schädel umher: Blöd!!! Jetzt hatte ich Mia doch nicht unser Video gezeigt, und ich selbst habe es auch noch nicht gesehen. Aber gleich stieg die Party meines Lebens, da konnte ich mir die Gedanken an unseren bescheuerten Videoclip jetzt echt schenken. Weltbewegendere Taten standen an, als ein Video anzugucken. Ich ließ das Zocken, legte mich aufs Bett und dachte an meinen Dresdenausflug mit Mia. Alter! War's schön!

Damenwahl

Das Finale nahte. Das große Küssen! Immer wenn ich dran dachte, packte mich das Schlottern. Küss-o-mania! Nach der Kussparty würde wohl Benn, der Herzensbrecher, selbst sein virtuelles Jerry-van-Helsing-Ego in den Schatten stellen. Vor dem Küssen noch etwas Knoblauch futtern, so ... Quatsch! Nur ein Scherz! Nach dem Abendessen noch die Zähne putzen und dann stand der Kussorgie nichts im Wege.

Zu den Mädchen flitzte ich wieder durch die Verbindungstür zwischen unseren Fluren. Nicht einmal mein Vater hatte sie bis jetzt benutzt. Leise klopfte ich an und machte nur ein klein wenig die Tür auf. Wollte nicht wieder mitten in eine Strip-Show reinlatschen. Zum Glück alle angezogen: Anna, Emma und Katja hockten am Tisch und warfen mir mit ihren Blicken Mut zu, nur Mia saß auf ihrem Bett und machte ein mürrisches Gesicht.

„Hallo, Benn", sagte Anna und hob ihre Augenbrauen. „Ich ... wir warten."

„Komm an meine Brust, Bennie", sagte Emma.

„Oh", sagte ich. „Der Traum jeden Mannes." Die fast zwei Wochen im Mädcheninternat hatten aus mir 'nen abgebrühten, voll ungesund selbstbewussten Macker gemacht, oder?

„Der einzige Mann, der wirklich nicht ohne Frauen leben kann, ist der Frauenarzt", sagte Katja.

„Casanova?", fragte ich.

„Nö. Schopenhauer."

„Alles klar, Mia?"

„Voll", sagte Mia, aber es klang nicht so.

Ich hockte mich zu Katja, Anna und Emma an den Tisch. Mia blieb auf ihrem Bett sitzen. Das Mädchen schien noch komischer drauf zu sein als ich.

„Und?", fragte Anna.

Klar zog bei mir im Schädel ein Gangsta-Rapper seine Show ab. Ich hatte echt keine Ahnung. Das Mädcheninternat hatte mich aus meinem Boot geschmissen.

Take me back to my boat on the river
I need to go down
I need to come down

Manchmal hatte ich das Gefühl, dass ich schon schwimmen gelernt hatte, manchmal klatschte ich aber mit den Händen gegen die Wasseroberfläche und wusste, dass ich gleich ertrinken würde. So wie jetzt.

Ich guckte Mia an, sie sah mir direkt in die Augen. Augen groß wie ein Tor in die Welt. Etwas raschelte am Fenster. Was? Hatte ich wieder die Vision von Fee Glöckchen? Drohte Peter Pans Flügelwesen mir mit ihrem kleinen Finger? Ich guckte wieder zu Mia. Verdammt! Tränen? Was war bei der los? Wohl war sie nicht in Stimmung, mir einen Tipp zu geben, einen

Wink. Mir aus der Misere zu helfen und mir zu sagen, welches der Mädchen am Tisch ich küssen sollte. Doch plötzlich schoss mir wieder Mut in die Knochen. Die schlimmste Wahrheit ist besser als die Unsicherheit. „Was wird hier eigentlich gespielt?", fragte ich.

Die Mädchen am Tisch guckten sich an, sagten aber nichts.

„Soll ich eine von euch jetzt küssen? Das wollt ihr?"

„Ja."

Ich zögerte.

Dann stand ich auf.

Ging um den Tisch herum zu ihr. „Ich möchte dich küssen", sagte ich und guckte ihr in die Augen.

„Das ist schön, Bennie", sagte Mia und küsste mich.

„Das gibt's doch nicht!", sagte Anna.

„Ach, Anna", sagte Emma.

„Hast du auch gespielt?", fragte ich Mia.

„Nein! Ich ..."

„Klar hat sie mitgespielt", sagte Anna.

„Das stimmt nicht!", sagte Katja. „Nur du, Emma und ... und ich. Wir haben gewettet, welche von uns Dreien du hier küssen würdest. Mia wollte nicht."

„Warum hast du mir nichts gesagt?", fragte ich Mia.

„Ich hab versprochen, mich da nicht einzumischen. Entschuldige, Bennie!"

„Tut mir leid, Benn", sagte Katja. „Es wurde auch für uns jetzt am Ende schwierig. Wir wollten's abbrechen ..."

„Quatsch!", rief Anna.

„Du wolltest nicht", sagte Emma.

„Blöde Zicken!", zischte Anna und stürmte aus dem Zimmer.

♥

Die Mädchen hatten sich ein Spiel ausgedacht, schon lange bevor ich ins Mädcheninternat gekommen war. Es ging darum, welche von ihnen die größte Herzensbrecherin war. Sie hatten gewettet, wer am schnellsten einen Jungen dazu bringen würde, sich in sie zu verknallen. Als Beweis musste der Junge sie vor den anderen Mädchen küssen. Bisher war aber nie ein Junge im Mädcheninternat aufgetaucht – bis ich kam, der Hausmeistersohn. Und dann hatten sie alle Register gezogen ... Um was sie gewettet hatten, erfuhr ich leider nie. Der Wettpreis war so ungeheuerlich, dass Mia rote Ohren kriegte, als ich sie danach fragte.

Ruhm

In der Früh nach der Party wachte ich glücklich auf. Klar, ich als alter Zocker und Geklaute-Geschichten-Erzähler durfte sowieso nicht groß motzen, darüber, dass die Mädchen mit mir gespielt hatten. Habe ich bei Facebook nicht krasser mit den Frauen dort gespielt? Ich löschte meinen Jerry-Van-Helsing-Account.

Mit meinem Gewinn war ich mehr als zufrieden. Was für ein geiles Gefühl, einen Glücksgipfel erklommen zu haben und nicht gleich wieder abzustürzen. Zum ersten Mal im Mädcheninternat änderte ich meine Meinung über die eigenen Liebesgefühle nicht nach ein paar Stunden wieder. Ein gutes Zeichen, oder? Das derb schöne Gefühl von gestern hatte sich bei mir festgemauert und stand unverrückbar da wie die Berliner Mauer ... äääh ... das war kein guter Vergleich. Sorry! Hauptsache, ich freute mich wahnsinnig auf den Nachmittag mit Mia.

♥

„Wollen wir uns das neue *Krumme-Gurken*-Video angucken?", fragte ich Mia nach der Schule. „Mit dir als Sängerin."

„Machen wir doch zuerst einen Ausflug", sagte Mia. „Draußen ist es voll schön, da kann man doch nicht im Zimmer hocken bleiben. Das Video können wir auch am Abend noch schauen."

Sie hatte gerade vor ein paar Sekunden an meine Tür geklopft, mein Vater hatte sie nach oben geschickt. Als sie die Tür aufmachte, hörte ich vom Hof das übliche Mädchenstimmenorchester des Freitagnachmittags: Heimweg! Zum Glück blieb Mia übers Wochenende hier – ihre Tante hatte sie ja erst am Mittwoch gesehen.

„Was machst du da eigentlich?", fragte Mia streng und runzelte ihre Stirn. Eine Strähne ihres wunderbar roten Haares schmückte ihre Nasenspitze. Sie trug einen breiten Ledergürtel mit einer massiven Schnalle um die Jeans und ein kurzes schwarzes T-Shirt mit einem Ausschnitt, der Rowdy zu einer Wahnsinnstat verführen würde. Huch! Ich hatte die übelst schönste Sexbombe in der EU zur Freundin. Das poetische Mädchen. Hey! Kein Glück im Spiel, Mann, und dann gewinnst du im Liebeslotto!

Ich hockte gerade an meinem Notebook. „Äääh ... ich habe jetzt eine LAN-Verbindung bekommen und wollte ein bisschen *Battle Royale* zocken."

„Du willst ohne mich spielen?", fragte Mia. „Unglaublich! Rutsch ein bissl zur Seite!" Sie schob mich auf die rechte Stuhlhälfte, beschlagnahmte die Tastatur, killte innerhalb der nächsten halben Stunde alle Avatare auf der Spielinsel, die härtesten 12-jährigen Killer, die es auf der ganzen Welt gab: Epischer Sieg! Voll brutal die Frau.

„Du hältst dich für 'nen tollen Kerl, was?", sagte ich und biss sie sanft ins Ohrläppchen.

♥

Ich badete mit einem Mädchen im See, bekam aber keinen Ständer. Kann sein, dass es an den romantischen Gefühlen lag, doch ich glaube, eher war das Wasser der Grund: Saukalt! Der Herbst klopfte schon langsam auch in Bayern an.

„Spiel mir etwas vor", sagte Mia, als wir wieder am Ufer waren. Ich zog meine Flöte aus dem Rucksack. Wir schlüpften in unsere Kleider, damit das Flötenkonzert auf der Isomatte steigen konnte.

Ich trillerte los: *In my Place* von *Coldplay*. Mia sang mit. Aber das überraschte mich nicht mehr. Mia ist die Herrin der singenden Vögel. Sie kennt alle Lieder:

„In my place, in my place
Were lines that I couldn't change
I was lost, oh yeah
I was lost, I was lost
Crossed lines I shouldn't have crossed
I was lost, oh yeah"

Nach dem Lied nahm Mia mir die Flöte aus der Hand, streckte sie gen Himmel und guckte an der Flöte entlang, als wollte sie abmessen, wie gerade die Flöte war.

„Hast du was mit Katja gehabt, Bennie?"

Die Frage hat mich ziemlich unvorbereitet erwischt.
„Ich ... wir ... wir haben etwas rumgespielt."

„Das tun Kinder auch so", sagte Mia. Ich drehte mich zu ihr, kitzelte mit meiner Zunge ihre Nasenspitze. Ja, so hat's angefangen. Das Kitzeln von Mias Nasenspitze meine ich. Dann kitzelte sie mit der Zunge meine Nasenspitze, dann ich ihre, dann wieder sie meine, bis ich irgendwann zur Abwechslung etwas anderes von ihr in den Mund nahm: Nach der Nase gleich ihr süßes Kinn. Nur beim Anblick meiner krummen Gurke verhielt sich Mia ziemlich unorthodox, ganz anders auf jeden Fall als Katja.

„Ach, Benn", sagte Mia. „Dass du immer so übertreiben musst." Und dann kam das, worauf ich schon so lange gewartet hatte. Und es war VIEL besser, als es jede Hochzeit sein kann, auf die du warten musst, um das machen zu dürfen. Hochzeiten sind ja nur eine menschliche Erfindung, aber das da, meine Fresse, das da kam direkt von Gott. Oder von der Natur. Auf jeden Fall war's voll krass überirdisch schön! Es ist einfach immer schön. Wenn du's mit jemand machst, der's auch schön mit dir findet. Den du magst.

♥

„Ich habe einen Freund", sagte ... ja, ja, aber so arschmäßig geht das Leben mit mir dann doch nicht um. Klar sagte das nicht Mia, das habe ich gesagt.

„Ich habe einen Freund", sagte ich, „den muss ich jetzt unbedingt anrufen."

„Ich weiß doch, wen", zwitscherte Mia.

„Klugscheißerin!"

„Alles cremig, Alta?"

„Yeh!"

„Hast du die Kugel rollen lassen?"

Ich verdeckte den Hörer mit der Hand. „Rowdy will wissen, ob ich die Kugel hab rollen lassen", sagte ich zu Mia.

„Und ob!", sagte sie.

In den Hörer sagte ich: „Voll!"

„Habt ihr euch das Kino angeguckt?"

„Noch nicht", sagte ich. „Wir machen's gleich. Das schwöre ich."

„Dann seid nicht allzu überrascht", sagte Rowdy.

„Ist was passiert?"

„Guckt's euch halt an!" Rowdys Stimme klang nicht so begeistert. Hat uns bei YouTube irgendein Wichser einen hässlichen Kommentar verpasst? Etwas Blödes über Mia? Warum habe ich Idiot das Video noch nicht angesehen? War von den ganzen Liebesdingern und dem Spiel der Mädchen so verwirrt, dass ich an nichts anderes denken konnte. Vielleicht sollte ich mir den Clip zuerst allein angucken? Was wenn sie jetzt etwas ganz Fieses über sich von den Hatern bei YouTube liest? Das könnte Mia echt schaden.

„Liebe Grüße", hörte ich Carmelas Stimme aus dem Hintergrund.

„Ich muss los, Alta", sagte Rowdy. „Wir gehen ins Theater."

„Was schaut ihr euch an?"

„*Romeo und Julia*. Krass, oder?"

„Auch das muss sein!"

„Stimmt!"

♥

So unruhig wie jetzt war ich noch nie beim Hochfahren eines Computers gewesen. „Weißt du was?", sagte ich zu Mia. „Du wartest draußen und ich guck mir den Clip zuerst allein an."

„Warum denn, Bennie?"

„Äääh ... es gibt halt immer Arschlöcher, die bei YouTube ihre perversen Kommentare ablassen. Die sind vom Leben frustriert, da bietet sich im Web Gelegenheit genug, ihren Hass auszuleben."

„Benn", sagte Mia. „Ich bin Mia. Ein paar gehässige Kommentare gehen mir am Arsch vorbei. Hab schon Schlimmeres erleben müssen."

„Wie du meinst."

Ich tippte nur *Krumme Gurken* ein. Klar kam unser neues Video an erster Stelle in der Liste. Sonst gab's sowieso nur drei Einträge mit „Krumme Gurken" als Schlagwort. So 'nen fetten Titel kann sich nicht jeder Idiot ausdenken.

Es ging los. Mia schaute in dem Ding übelst toll aus. Super geil! Echt! Trotzdem musste ich mich aus dem Bann ihres Anblicks in den Schwaden aus Rowdys Nebelkanonen losreißen. Was sagten die Kommentare? Konnte mir den Dreck im Kopf schon jetzt ausmalen, bevor ich ihn auf dem Bildschirm lesen würde.

„Nuttenmusik!"

„Fette Schlampe!" Und Schlimmeres.

Egal! Irgendwie würde's Mia schlucken müssen. Erst jetzt fiel mir ein, dass Rowdy den Dreck hätte löschen können und keine weiteren Kommentare hätte erlauben brauchen. Aber, na ja, Rowdy ... der hatte nicht immer Sinn fürs Soziale.

Okay. Der Augenblick der Wahrheit!

Ich zoomte den Explorer auf siebzig Prozent runter, damit Mia weiter den Film gucken und ich mir gleichzeitig die Kommentare anschauen konnte. Ich las, konnte aber nichts Mieses entdecken. Lauter Begeisterung in den Sätzen. Schon der Erste schrieb: *„Die hübscheste Sängerin, die ich kenne. Der Hammerflow!"* Ich stieß Mia mit dem Ellbogen in die Seite. „Hast du's gelesen, baby?"

„Schön", sagte Mia ganz cool. „Hast du dir aber mal die Zahl da angeguckt?"

Und hier muss ich zugeben, dass ich im Bann der Furcht vor Verrissen bis jetzt nicht das Wichtigste wahrgenommen hatte, was bei einem YouTube-Video eine Rolle spielt. Die Anzahl der Zugriffe. Die verdammten Klicks. Schnell huschte mein Blick in die rechte Ecke unter das Video: 120.000!

Scheiße verdammte. WIR HATTEN NACH DREI TAGEN BEI YOUTUBE 120.000 Zugriffe! Huch! Erst jetzt fuhr mir die Angst so richtig in die Knochen.

„Du hast zwei Tage lang eine Freundin gehabt, Mann!", sagte eine krass ehrliche Stimme in meinem Kopf. „Die ist nächste Woche bei Dieter Bohlen! Oder bei Stefan Raab! Oder wo auch immer. Und dann siehst du die nicht mehr." Mit letzter Hoffnung klickte ich die Kategorien bei YouTube an. Vielleicht war die Zahl irgendein digitaler Fehler.

Fehlanzeige! Die Zahl der Zugriffe stimmte. *Krumme Gurken* hatten heute bei den YouTube-Charts den Hit Nummer eins.

„Scheiße, Alter!", sagte ich zu Mia. „Du bist weltberühmt!"

Doch irgendwie freute sie sich auch nicht so richtig. „War das schön, Bennie?"

„Na, klar!", sagte ich. „Ein super Video!"

„Das meine ich nicht", sagte sie. „War das schön heute mit mir am See?"

„Ja!", sagte ich. „Wie nichts anderes!"

„Kannst du Rowdy sagen, er soll das Video von YouTube runternehmen?"

„Was? *Krumme Gurken* abknallen?"

„Ja", sagte sie. „Ich bin noch nicht so weit. Mir macht das Angst."

„Mir auch", sagte ich.

HÄNDE HOCH! SCHURKE!

Mein Handy lag immer noch auf dem Tisch neben dem Bildschirm. Sein Klingelton hob Mia vom Stuhl wie ein Düsenantrieb – ich hatte es wohl zu laut eingestellt.

„Habt ihr's gesehen?", fragte Rowdy.

„Ja", sagte ich. „Du hast es toll gemacht."

„Carmela und ich sind ziemlich fertig wegen dem Scheiß."

„Hä?", sagte ich. „Willst du nicht berühmt werden?"

„Hey! Mann! Wo hier alles so super läuft? Ich brauche nichts mehr! Ich will nur weiter meinen Spaß haben."

„Wir auch!", sagte ich. „Mia hätte gern, dass du das Video von YouTube runternimmst."

Stille.

„Alta!", sagte Rowdy dann langsam. „Meint Mia das ernst? Ich darf das Video aus dem Verkehr ziehen? Einfach so?"
„Klar!"
„Und *Krumme Gurken* löschen?"
„Ja!"
„Alles?"
„Alles!"
„Dann lass die Kugel rollen, Alta!"
„Genau, Kumpel!"

♥

So hauchten *Krumme Gurken* ihr virtuelles Leben aus, um dem normalen mutig entgegenzublicken. Später in meinem Zimmer fingen wir mit dem normalen Leben an. Mitten im schönsten Weilchen fragte Mia, was ich mal sein möchte.

„Hausmeistersohn in einem Mädcheninternat", sagte ich. „Forever!"

♥

Auch im Traum singt sie. Sie selbst ist ein Lied, das man unendliche Male hören könnte.

Danksagung

Kathi Porst, Frederik Goßmann, Antonia Paal und Katrin Maschke von den Münchner „Bücherfressern" haben das Manuskript probegelesen und mir wertvolle Tipps zukommen lassen. Kathi hat mir durch die allererste Rückmeldung einen schönen Tag in Wien geschenkt.

Mein Kumpel, der Schauspieler, Kabarettist und Bühnenliterat Moses Wolff, ist für mich eine Quelle der Inspiration und hat mir auch bei diesem Buch seine Hilfe zukommen lassen.

Meine Freunde aus Sachsen, Oda Sommermeier und Tino Hartauer haben mir geholfen, von der sächsischen Realität nicht weit weg zu fliegen. Tino Hartauer hat die Dialoge des Vaters in ein wunderbares Sächsisch übersetzt.

Alex Maschke stand mir bei meinem Ausflug in die Welt der Computermusik mit Rat bei.

Zuzy Speer hat mir ein paar schöne Redewendungen und Neologismen beigebracht – voll!

Simone Martin führte mich in die Geheimnisse der Synästhesie und ihrer Kunst ein.

Von Julia Reuland und Brigitta Erdödy von VolXmusik habe ich zwei schöne Facebook-Zitate verwendet.

Zu meinen Plattenbau- und Hamstergeschichten wurde ich durch geniale Kneipen-Bafler wie meinen Freund Pepino in Ostrava inspiriert. Diese urbanen Legenden sind anonymen Ursprungs und moderne Volksmärchen.

Was wäre mein Leben ohne Jan, Gabriel und Teresa?

Euch allen gehört mein Dank!